云淡风轻

回首仰天笑故史

萧墅 著

人民日报出版社

　　萧墅是一位真正意义上的画家、书法家、诗人、音乐家，也是一位名之实归的思想者和哲人，数学、物理、天文等领域皆颇有造诣。人世间的大坎坷大磨难，没有压垮他，反而成就了这位嬉笑怒骂桀骜不驯冷眼看红尘热血写人生的世界文化名人。本期刊载萧墅十二生肖绘画及诗文，以飨读者，让我们领略这位奇才、通才的才华和风骨。

摘自《世界人文画报》——编者按

作者 萧野

目　　录

萧墅 著

云淡风轻

萧墅 著

云淡风轻

云淡风轻

序 言
——《戈壁归来人》续集——

我是从戈壁滩大漠中死里逃生回到人间社会上取得事业成就的人！也曾用《戈壁归来人》编辑出版过一册书。今天重以此题为核儿续写故事新篇即此明示。

序言诗引

我咬断自己的舌头！
让疼痛令我忘掉孤身子影的寂寞。

我咬断自己的舌头！
让血流冲毁自相残害的人性枷锁！

我咬断自己的舌头！
让这股狠劲助我闯越出包围自己的一切困惑！

我咬断自己的舌头！
让血染的文化业绩复原成大地上的绿色！

我咬断自己的舌头！
让这毅力的善意尽可能把盲目的死人救活！

我——咬——断——自己的舌头！
让最终显现的气质表明是塔克拉玛干戈壁归来人的本色！

2002年7月12日周五诗天客萧墅拟句于芍药居斗室

萧墅 著

云淡风轻

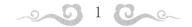

白木

己丑歲冬十一月廿五日書

觀元月八日周五蒲野老人至此

序
——《不》——

我在1966年遭以继母出面诉讼的复杂因由冤案下被迫到了新疆农三师兵团，这场有复杂背景的冤案到1981年12月25日继母死去多年后才得到平反。我在平反后重返北京落实政策走上教育工作战线，在极不顺的教育领域又被迫走向独立迈向国际社会发展文化艺术事业，从而取得了具有国际影响的中国文化艺术成就，但是，我人已年过花甲，此时深感暮午的彷徨。因此不断思考还应该做些什么事情的问题，于是，我想到还应该继写作出版的《戈壁归来人》一书再深入地表述出自己的人生体会，也许会对读者在自强不息人生奋斗道路上有所鼓舞，所以，我以一个《不》字立题而写作出戈壁归来人我的六十年生活变迁之经历，用它作为对读者朋友们的献礼！

那么，我把写在这里的文字，就作为《不》字为题的故事之序言首先与读者见面。

其实，我要与朋友们讲述自己的历史故事之目的，全在于要说人的成功之路是完全可以由自己选定的，当然，有了目的不一定可能照直发展下去而顺利的实现理想，这正像出门乘坐出租汽车似的，原本选定的路线因为中途塞车便只能改道行驶！只要目的不变就终会到达预期的目的而实现人生理想作为！不仅如此，甚至因为中途改道而会得到意外新鲜生活知识的收获，从而更有丰富实现最初理想目的的价值意义的内容。所以，我认为人活在世界上的意义尽在于认识自己面前的这个客观世界，其后，把自己对客观世界的认识再应用到客观世界中去进行实践检验的证明自己的认识力！不断的深入这种认识客观世界的发展，至少这个运动过程是我理念中自以为是的生活意义——也就是人活在大众生活世界上的意义！

我深感除此意义之外，我依据自己平庸的能力而言再无更多的贪想之奢望了！我最初在大漠中独自走在漫无边际的沙漠中偶然想到，仰面环视天宇就觉得自己是在一个大"O"圈里活动一样，那时想来人怎么也冲不出这个大"O"圈的包围。所以悲观的想到人生不会有冲破零的作为！但经过深思多年后认为，不！人是万物之灵，人是大有作为的！现代科学发展的进步现实证明：人类已冲破零的包围而登上了月球！所以，人都应该乐观地看待自己的人生美好的旅程，尽可能发挥能力为推进人类的人文史发展而献出自己毕生的精神和力气地活在人间！因此，我于1992年4月在日本长野小住的日子里，就以《文韵星光之旅》为题写作了一本小册子留赠给了国际友人——梅崎谦胜君读了我的文字他尤深地更加尊重中国的文化艺术了。

现在有很多往事使我思忆起来都深感十分开心！然而，我决不能自私的开心的活在大众生活中，我想，我应该尽凭着自己的能力用文字表述出来，让大众朋友与我共同分享一切开心的生活道理！朋友们：我们在其下的正文中再见面吧！

此致

祝愿读者在和平日子里以乐观作为推动人文史得到更理想的发展！

作者 萧墅 2002年7月15日

少年时代的萧墅

不!
——《戈壁归来人》史话续集——

穷苦街巷太平生活的记忆

一、雨落心窗

我朦胧的记得那是个大雨瓢泼的一天，自己瑟缩着依偎在妈妈怀里，我们母子俩坐在双把高翘的凹斗车厢的人力车上。听着车棚外的雷声雨声，从车棚的廉缝向外看去，那车夫很吃力的在雨水中向我家那很远的地方拉着车，雨水也不断打透车棚淋湿了我和妈妈的衣裳，妈妈搂着我对我说不要怕马上就到家了。我其实想的不是害怕车棚外的雷雨，而是在想登上车之前妈妈在那座叫大慈庵里的情景。妈妈在庙里时跪在地上一边哭一边烧纸钱，我开始并不知道一切是怎么回事，而是看妈妈哭得厉害时我才也哭起来，我一哭妈妈便渐而止住了她的哭声。妈妈便随之领着我走出了庙门，至于庙里是什么样子全然回忆不起来了，而只记得妈妈烧纸时用的那个又重又大的火盆，但是，我从那次才从妈妈那里知道是为死去的父亲烧纸的事情。其实父亲到底长的什么样，我却一点也不知道。我的童年自此后才逐渐有了记忆！

那车夫给我留下的印象很深，因为是他把我抱上车和抱下车来的。我记得那车夫年岁很大似的，头上戴一顶破草帽，肩上披着一块黄色里透黑的油布，身着一身黑色的衣裤，脚腕处扎有紧系裤腿的带儿，穿一双露有洞口的圆口青色便鞋。我看不清草帽檐下的眼神，可是记得是满下巴胡子茬很密的样子，那车夫说话的语声很和气，我清楚地把车夫说话的声音记在了耳朵里，我和妈妈下车的时候车夫说过的话至今还存录在耳边似的，"我没跟您多要钱，您不容易！这孩子挺好的，很仁义，您多会再去庙里烧纸我来接您"。我当时紧跟着妈妈急忙往家门屋里跑去，所以对那车夫后来的一切就都不知道了。若是回想起来必是总在风里雨中凭着卖苦力气挣钱养家的人。

我喜欢那车夫说话的声音，总觉得他说话的语调比富人们说话的声音好听，我从记住车夫说话的声音之后，我只要听见穿着富贵衣服的人高声大气的说话就心烦！我想，人还是穷苦点才更可爱呢，我长大了也决不做有钱的所谓富贵的人……

二、秋天的记忆

雨季过了秋天来了，但是，生活的岁月在我儿时的心中总是漫长的。而且对夏天或秋天并没有异样感觉，什么事情总是要围着妈妈转来转去的，所以感觉妈妈则是自己生活里永远不变的春天！我越长大些就越是更爱妈妈了，妈妈当然爱我。

我随着记忆力的产生，慢慢知道了更多的事情，首先知道了自己的家住在延庆寺街五号黑大铁门的群居人多的院里，而且是住在最靠近大铁门东北角的夹道破旧房子里。还知道曾在隔墙东边的四号院住过，四号院是并不规范的大四合院形式。据人们说我就出生在四号院的北房里，还有人说我很小的时候躺在土坑上翻来滚去的，谁拿衣被给我往身上盖都盖不上，说我用小手把别人盖上的东西都给揪掉，而后再自己乱拉些身边的东西往身上裹。后来还听说父亲生前的一些事儿，不论谁提起我的父亲都带有几分敬仰的话语，总称赞父亲有本事，但又说父亲脾气大，尤是管教孩子特别严，孩子在外面跟伙伴们吵了架，回到家里总少不了被父亲狠打一顿，打完还要孩子锁在厕所旁的尿筒上。据说我上面有两个哥哥都受过这种处罚。人们说我还有个三哥因生病死了，我算是哥们儿四个中最小的一个男孩，至于父亲什么时候死的和面容什么样儿便毫不所知了，也不知道是什么时候从四号院搬迁到五号大杂院去的相关情况，逐渐越发清楚的是住进五号院以后的事情。

五号院是个很深很深的院落，这院里最高大而讲究的那套独门小院是这一带所有房屋主人王旭斋中医家，我小的时候为看病去过他家。他家门口外的高墙上挂有好多块匾，都是远近就医的人们送的，有粉红的匾，也有墨绿色的金字大匾，还有黑色的金字大匾，上面刻的字差不多都是"妙手回春"之类的颂赞词句。这个独门独院是红门高台阶，而且有二道屏风门，院中有荷缸花盆假山及果木树。整个院子四周的房间都是相通的，而且有很宽的走廊，每个房间窗上的玻璃都是五颜六色的十分好看，房间里字画满墙，硬木书案以及陈列的各种物件都很古雅。据说王医生的父亲曾是清朝末年的秀才，能写一手好字，王医生的墨笔字就特别像古人贴上的字，这一切在我记忆里既清楚又模糊，很难具体作出论道。不过对王旭斋医生印象是肯定的，别看他家是富贵门弟，王医生为人却百般和善说话慢条条的，既不板着面孔也从不放声大笑，非常文静的待人。据说住房的穷苦人家多数给不了他家房租，但也没见他家跟谁吵闹过。这位王医生中等个儿，身穿蓝布大褂，青色便鞋白袜子，长尖下巴的一张黄白脸庞，两眉平直，眼睛很大，鼻口都很匀称。他特别令人深感和气可亲，我总叫他王大叔，他总笑咪咪的叫我老四。我自懂事以后就从心底里敬仰这位王医生！我默默地学他慢慢平稳的走路的样子，我模仿他细声细语的说话气态，我也尽量保持浅笑的表情待人，仿佛我就要长成王医生那样的人似的。然而，我家没有王医生那么高文化的长辈人，而且自己从小没有了父亲，所以，我也就只能从表面上模来仿去的生活在那环境里。

三、我的天堂

五号院除了房东家之外，多数家庭是做买卖的，有木匠，有铁匠，有毯匠，有皮匠，有修理桌椅板凳的，有修理自行车的，也有在社会上做官家事由的，这五号大院到底有多少户人家是很难弄清楚的。

从五号院里大铁门说起。第一家有两户住在大门内路西面一个小院里，一口河北语调的木匠孙家住北房，开地毯厂的业主刘同家住南房。这个小院的对面又是路东的一个大院落，这里也住有两家，院里的西房和南房住的是一家开毛巾厂的吴介强，北房住的就是我家。这院子的东房没有门，而是被四号院占用了。在这院的斜对面西南角上有个门，这门里的所有房屋都是一家开毯子铺的张六爷家，从张六爷家门向东直下去是很深的一处细长院落，这个院只有北房没有南房，从最外边汪家说起连住有四户人家，有在供电局干事的荣家，有做文事的谭玉璞家，还有开麻绳店的储家。这个院南墙根从外到内都是高大的洋槐树，春夏之季开的白花香遍了整个五号大院。这个院南墙的外面也是个大院，这另外大院住的人家更多了，而且这大院中门有个六角亭特别好看，人们都常到亭子里去玩耍，这亭子也算是穷人们的最好玩的地方了。我童年就在这深宅大院里渡过自己漫长的岁月，天悠悠，日悠悠，真是流年似水，家境虽穷却无所忧虑，孩子的心中能有什么过不去的事呢？

秋去冬来，我便很少走出自家小院，每天傍晚总是陪在妈妈身边。日落西山后，夜幕垂下，我家的屋子里并不点灯，妈妈把一个烧煤球的火炉弄得很温暖，而且就借火光照到白纸的屋顶上照亮整个房间。我和妈妈坐在火炉旁边，我一边取暖一边让妈妈给我说故事，有时妈妈还拿出些黄豆在火炉上烤给我吃，我和妈妈只等两个哥哥回来，我那时觉得自家这个小屋子就是我生活里的天堂！

四、母亲的教诲是难忘的

初冬的早晨，院里的水缸附近地上的积水已结了一层薄冰，晒在房外的衣裳已冻结的僵硬了，只能等到太阳出来把它暖化开晒干。我想这些衣服是妈妈洗的，可是在什么时候洗出来的呢？我想起来了，妈妈说过有很多的事情都是在我睡梦中她把那些事儿做完的！我相信妈妈就是妈妈而不是神仙，她特别勤快，我浑身上下穿的和在床上盖的衣被鞋袜都是妈妈一针一线缝制的，她自己身上的衣服当然是自己做的，谁都知道她的针线活做的特别好。有许多人都夸赞过妈妈，人们也称赞妈妈的人品，说她从不到各家去串门，但是见到谁也都十分和气，可是也不多说什么话，只是简单的问声好。谁都说妈妈长的富态、长圆的脸庞像个活菩萨，是的，我爱听人们这样说妈妈。

这天早晨屋子外面很有些凉意，我穿上妈妈给我做的灰色长袍站在院子里，仰面看着天上的寒鸦哇哇地叫着飞过院子的上空，知道这意味着天气一天比一天冷了，院子里的土地也硬实起来，门上的铁把手更是冰凉的不愿伸手去摸。我在院子里玩了好一会儿后，妈妈叫着我的名字让我回屋去，我应声回到屋里立刻闻到早饭的香味，我刚想吃碗中的菜粥，妈妈一把揪住我说："看你，老是流鼻涕，还往袖口上抹，弄的袖口都成镜子啦，来这边擦干净了再吃饭"。于是妈妈用手推着我的后脑海向脸盆靠近去，她又给我洗脸又给我用湿毛巾擦袖口，然后摸着我的后脑海上的小辫说："长大啦要知道干净点，知道不知道？"我嘻笑着回妈妈的话说："知道了！我下次改，不让妈妈给我擦了"。妈妈高兴的夸我说："四儿真乖！"我吃罢香味浓浓的早饭后又问妈妈："您干嘛给我做的衣裳和夹鞋都是灰颜色的呀？"妈妈毫不犹豫的对我说："穿灰颜色的衣裳是为给你爸爸守孝，早着呢！要守三年的孝呢。"后来，我再也不追问这方面的事情了。我和妈妈就是这样平凡地过着一天一天的日子。我每天睡觉前听着妈妈讲出的一个又一个似乎都没说完的故事，我总找不到每个故事的结局，所以，我儿时听来的故事都给留下了许多许多的疑问，我老想着每个故事里的人后来到底是怎么样了呢？然而，妈妈和所有人谁都没有给我讲透过？妈妈给我讲的所有故事，都是她从一本题目叫《廿四孝》的书上看来的，我也翻看过那本书，书上每个故事都有画，画的都是穿古装衣服的人。我听妈妈说过《哭竹生笋》、《玉香卧鱼》、《鞭打芦花》、《替父尝粪》、《代父从军》等等等等好听的故事。但是，妈妈从不让我把书拿去，她说："这本《廿四孝》的书是父亲留下来的，谁也不许把它弄脏弄坏更不能拿到外面去弄丢了。"所以，这本书后来到底哪里去了便成了谜。不过书上的故事却活着在我儿时的心中永远死不掉了，我深爱《廿四孝》这本儿时见过的书！

五、血与雪

有一天还没起床而睁开眼就能发现窗户纸特别白亮，还有一股寒气透进屋子里来，妈妈说外面天上下雪了，妈妈接着说："躺在被窝里别起来，外面冷！我起来去扫院子里的雪，扫干净了你和哥哥们再起来"，我喜欢雪，我不怕冷，我要起床出去跟妈妈一起去扫雪。就这样我一翻身就从被窝里爬了起来，穿上妈妈给我做的棉鞋从屋中跑了出去，我没想到刚跑出屋子就扑倒在雪地上了，我的鼻子碰出了血，再看那洁白的雪地上一滴一滴的鲜红血斑，真像在白纸上画出的红梅花。我一点也没害怕自己鼻子出血，用地上的雪往鼻子一揉，结果就不出血了，妈妈见了喊叫着高兴地说："四儿真棒，真有办法，真灵，快回屋去吧！"

就是那天晚上，妈妈又在睡前讲起了故事，她讲了一个聪明的文人作者的故事，说那诗写的特别有意思，开始的前三句诗像是不会作诗的人写出的大白话，可是最后一句话却一看便令人吃惊，谁也必说是有文才的诗。我这次听妈妈讲故事可没有听半截就睡着了，而是把诗句都记牢在心中了！那诗是这样由妈妈讲述出来的："一片两片连三片，四片五片六七片，八片九片十来片，落入红梅看不见。"我想，妈妈是在说我流在雪上的鼻血，真的，我流出的血果然第二天早晨就再也看不见了！我的热血和冷雪就这样揉在了一起……

六、天理人情

雪连天的从空而降，我家窗外到处都笼罩在银色的世界里。妈妈这一天从外面回来，她一边拍打身上的雪一边对我说："四儿，你不是喜欢雪天在外面玩吗！好，我这回带你出去玩个够，我今天已经把马车雇好了，明天上午接咱来，妈妈带你去姥爷家，你到了姥爷家之后可别嚷着又想回咱家来，不然姥姥会生气的，你答应不答应我说的话？"我听完妈妈说完这段话高兴极了，连说："我不想家，我想姥爷姥姥他们全家，我到了姥爷家听您的话，您什么时候想回咱家时，我再跟您回来。"我和妈妈就这样商量定了。

次日上午十点钟左右，我和妈妈走出了自己家门，看那马车夫抱着鞭子早已等候在门口了，而且还有一大堆邻居们也站在胡同里，我认识那些邻居，有孙家老姑，有徐满堂的母亲徐大婶，有小缨子姐姐和小蓉子姐姐及她们的弟弟小国堂，还有张六爷家的老伴张大妈，也有闻讯跑来的黑胖哥和他的母亲孙大婶一行人等。他们一看我和妈妈走出来便搭话，最先说话的就是孙家老姑，她说一口河北南宫话，开口便对我妈妈说："哎呀，大嫂真是贵人，平日总见不到你，你老闷在家里也不出来和我们说一说话，这大雪天你倒是出来了，可一出来就要坐马车去远处，我猜你们娘儿俩准是去姥姥家，要不决不肯花钱雇马车，大嫂你那份细劲我知道，会过日子哪！挺好，娘俩一路顺顺当当的看娘家人去吧，给我们也稍个好去。"孙家老姑能说会道，邻居们都晓得她是个嘴很厉害的人，妈妈并不多说什么客套话，只是向大家道别，这时徐大婶又插嘴问妈妈："就你们娘俩去姥姥家吗？你四儿的两个哥哥怎么不跟着你一块去？你可别偏心眼儿！"这时妈妈解释说："嗨！大婶这话说哪儿去了！三个孩子在我心里都一样，只是四儿的两个哥哥大了，他们不爱跟着我跑来跑去，四儿就是离不开我，再说四儿的大哥性子急，脾气大，那股暴烈性子跟他死去的爸爸一样，我就尽量让他自己在家练一练过日子吧，还有四儿的二哥陪大哥就伴就行了，我回娘家也不敢总待在那里，我自己这家里活也多的很，我主要是看天气不好有点不放心老人，这才想带孩子回去看一看，得了，大婶大伙儿多多关照我那两个大孩子，我谢谢大伙儿啦。"妈妈说完话便领我上了马车，那马车夫扬一扬鞭子就起程了。

我和妈妈坐在马车里听着马蹄踏雪的声音渐而离开了家，我突然想回过头去看一看邻居们，我扭着身子回眸看去，邻居们并没有散去，而且还在指手画脚的说什么似的，我便问妈妈："妈妈你回头看一看他们说什么呢？"妈妈笑着拉了我一把说："傻孩子，我怎么能知道大伙儿说什么呢！别回头，你也不怕扭酸了脖子。"妈妈说完这话之后，我只看了一会儿马车轧在雪地上的车轮子印儿，而后便张大眼睛环顾车外的四面八方的景色了。

马车走着，我边看车外边向妈妈问东问西的和她说话，妈妈顺口搭着的随便回答我的问话。我心里特别高兴，因为坐过多次人力车了，而坐马车还是头一次。我觉得这马车的样子就特别好看，它四方高大像个绿色的轿子似的，两个大轮在车厢之后，两个小轮在前，从小轮侧面两边各伸出一个约十几尺长的车把，其实应该叫车辕子，马就在车辕子中间套上马鞍子后，再与车辕子连在一起就能拉着车跑动了，这种车既不透风也不怕下雪，车厢里还很暖和，因为人坐在车里还可以盖上棉被或毛毯，坐在车里心中那股滋味儿，真是美极了！

我心中有感受母爱和体味安适生活的美意，而目光中的良辰美景也由天赐给我，所以，我虽然处在失去了父亲情况下的经济窘迫生活条件上，穷苦家庭也有穷苦太平生活的乐趣。似乎觉得这比富贵人家的日子过的更有诗意感受，尤其是妈妈总在我耳边叙述人文历史上的典故话意内容，它总在日益强化我讨厌那种说起话来既粗暴又混乱的人群，我看他们似乎觉得真理是声嘶力竭喊出来的。然而，我的妈妈从不用大声说话待我，怎么不更使我无限爱她呢？我虽然对父亲没有记忆，但是由于人们传说他性情粗暴所致，我便不愿意去幻想他在世时的一切，更是听说自己的大哥性格很像父亲，这使我早已暗自警惕地想尽量回避与大哥的接触。我心中的这些朦朦胧胧的思绪从自己有了记忆力之后就也都涌上心头了，但是总不那么清晰的思绪也常常会使自己失陷在大哥的凶神笼罩下！所以妈妈只带我一个人出离家门乘车踏雪的玩耍，我心中有无限的快味。

妈妈和我乘坐在马车里，一路上和妈妈说话中也总是绕来绕去都会跑到问大哥为什么是那样的人这件事上去，妈妈却对我东拉西扯的会把话题又岔开来，妈妈似乎觉得在登上马车之前对徐大婶解释的那番话有些失口了！因此在马车里也尽量给我说车窗外的风景，妈妈指着窗外的景色对我说："你看还是老天爷又公道又高明，用雪帮助天下的穷苦人，把所有破烂的东西都盖住了，让大家都住在这洁白似玉的生活里，四儿，你说老天爷好不好呀？"我连声回妈妈说："好，好，好！"老天爷是谁？老天爷就是大自然界，它对天下的人没薄没厚。这份天理借助雪表现出来的事实人人都会喜爱！

七、姥爷家的故事

没有下雪的时候那些东倒西歪的穷苦人家的房屋，经过连天大雪一装点变得特别好看，就像古山水画里的景致似的，东倒西歪的房屋配合着自然界尤显随意，此时此刻比有钱人家的阔绰房子更好看。大人们小孩子们打扫各自家门前的雪，狗儿们也追着跑在雪地里，偶然有三两点红装绿袄小姑娘的影子在雪地里跳动，这才叫生活的真实样子呢！沿途屋宇、古塔、城墙和树冠间隙透过去看到的古城门样子，还有城外的农野都被收入眼底，这回妈妈可带我大开了眼界啦！我和妈妈乘的马车一跑到南义门外离姥爷姥姥家可就不远啦，妈妈指一指窗外不远处四株带雪花的穿天杨大树对我说："你看那大树下就是姥爷姥姥家了。"不一会儿马车停到了姥爷家的门口，姥爷家的一大伙人们都出来迎我和妈妈，马车夫和妈妈算了钱便转回城里去了。

城外姥爷家有烧柴锅的饭味混合着烟味使我感觉特别的好闻，而且姥爷家的屋子里也有那么一股农家气息的味道给我好感，尤其是姥爷家屋门外的大院子四周都是被雪盖住的菜田。在那雪野里跟表哥们一起玩耍打雪仗、堆雪人等等游戏特别开心，玩累了之后，表哥们便带领我去一个更有情趣的地方，那地方就是姥爷家的花栈子，人们也有把花栈子称作暖房或温室的，其实就是栽着花木的低矮而狭长的向阳半坡的屋子。那里在一进门的地方是很大的一个烧煤的灶台，把烧旺的灶台火热的暖流引入管道向温室里输送，而后在很暖的管道上摆满了花木，专有花把事内行人给花木上肥浇灌培植，所以在花栈子里是进入了另一番天地，是一派春意洋洋的天地。那里什么花都有，盆栽的干枝梅、菊花、大理花等等等各色各样的鲜花，许多品种名称都叫不上来，然而，那里还有鲜嫩的黄瓜、茄子、香椿、西红柿等，都是冬天里难以吃到的价钱极贵的蔬菜，我到那里想吃什么都能办到，吃什么不必去跟姥爷说，那里管着花木的长辈们都会给我采摘洗干净给我吃，玩累了往一个窄窄的床铺上一躺，又暖和又舒适，不一会儿就会在那里睡着了，当醒来时自己也不知道怎么就躺在姥爷姥姥妈妈的身边了。睡醒了就可以吃饭，因为已是正午了，我记得最爱吃的是用冬天里的鲜香椿沫拌芝麻酱面，那口味特别香。

花乡的花农人家、姥爷、姥姥、妈妈及其余所有家中的人们廿多口人，真多，好大的一户花农人家，他们都疼爱我，尤其是姥爷姥姥和妈妈一会儿不见我都不放心，总让表哥们跟着，而且再三嘱咐我说不要到井边去玩，井边上有冰会滑进井里去，直到我一一答应后才肯放我出去和表哥们一起玩。

姥爷家的人们都知道，人们告诉我说姥爷年轻时参加过义和团，练得通身武功，而且也在皇宫里当过管理花卉的花把事，还在宫里有个画家朋友，说那画家朋友叫管念慈，也知道管念慈姥爷有个儿子叫管平湖也善画，而且操得一手美妙动听的古琴。我听了这些事就高兴的跑到姥爷跟前去问，姥爷对我说这些事都是真的，你管平湖舅舅也有时来咱们家，他给咱家画过好多画，有山水画，有花鸟画等等，我拿给你看一看管平湖舅舅的画。我看了画后就信大家说的话了，那画上还有一个名字却不是管平湖，姥爷告诉我说那是管平湖舅舅的别名，我才知道管吉安也是管平湖舅舅的名儿。从那时起画画弹琴的事情便钻进了我的心灵里去了。所以，我总问姥爷姥姥和妈妈他们管平湖舅舅什么时候来。

我的姥爷是位干瘦体裁面如红铜长一下巴白胡子的老头。他跟我总是笑，他跟别人有时发火，谁都很怕他，唯有我不怕，我爱姥爷，他长得特别好看，红脸膛，眼总是眯着笑，最爱和我说话，总是问我东问我西的，我都记不住和姥爷到底说过些什么话了，姥爷不跟我说话时自己就倒背着手满处去走。我也不知道姥爷去干什么，反正姥爷每次出去回来之后总是急着说别人。姥爷最常说的就是牲口棚大白马的事情，总问我的大表哥喂马没喂，说喂过后就把马拉出去遛一遛让马打几个滚，我听了姥爷说这些话也不知道是什么意思，于是跟着大表哥就往马棚去看大白马啦。我看那马真大，真高，真白，真好看！我却不敢靠近它，表哥却不怕它，走进马棚便把马拉了出来，我跟在马后边很远的地方向院外走，可是直到回来也没见表哥让马打滚，我便向表哥说你不让马打滚？我告诉姥爷去！表哥忙对我说别告诉姥爷，姥爷年岁大糊涂了，你没看见满地都是雪吗？我愣了一下才明白马不能躺进雪地里去打滚。

花乡的生活环境真玩不够，可是妈妈说明天就要回我们自己家去了。我在即将回自己家之前的这一天心里总不好受，我不愿意回自己家，我一想到回到家里和凶暴的大哥碰上面就犯愁，二哥还好，二哥不打我，而且也对大哥的凶气十足的表现不满。有一回二哥对我说："你看咱大哥那样儿，对着镜子刷牙刷个没结没完，刷一刷喷口水，真臭美。"我可不敢搭话，我知道大哥打人狠的要命，有时把棍子皮带都打断了，然而不是怕他而是不愿遭打。我其实有好多事儿看大哥做的又可笑又没道理，就说他戴口罩的事情吧，他跟别人不一样，他是总戴在口上一个大白口罩，而且独占一个洗脸盆，还做了一个铁丝架放在火炉盘上烤洗过的一人堆手绢口罩等物，谁也别碰那些东西，碰了就难免被大哥打上一顿。我觉得这个大哥太不讲理！尽管是这样回想自己家的事儿，可是也终要随妈妈回去，这一天心里总不快活，直到黄昏的时候，我也没有再跑出去玩。

花乡的黄昏后四野静悄悄的，但总有狗不时的叫几声，夜幕垂落下来后更是漆黑一片，家家户户只点燃一个带玻璃罩的煤油灯，姥爷家就是这样的灯，我老早就躺在暖炕上睡下了，但睡不沉！耳边还能模模糊糊的听见妈妈和姥姥说悄悄话，但听着听着便深沉的进入了梦乡。

八、灵魂高过躯体的发展

第二天也是上午十点多钟的样子，我和妈妈要离开姥爷家了，这次便不是坐雇来的那种像轿子似的马车了，而就是坐姥爷家的两轮大车，让姥爷家的大白马送我们，表哥赶车坐在前面，车上铺了草垫子，而后在垫子上再铺上褥子，还有被子可以围在身上。我觉得这样也很暖和，而且空气新鲜。我和妈妈坐上大车向姥爷全家人招手告别，大马车从姥爷家直向北跑去，不多久就看见南义门了，这里也叫右安门，远望右安门城楼高大雄伟，不过显得太古旧了，绿色琉璃瓦顶掉了好多块瓦，瓦檐部分有的地方下垂了，楼栏杆也掉了许多根，让我看来有点摇摇欲倒的那么一股劲，其实是风吹的城门楼上的荒草弯倒的错觉，城门楼两边连着灰色的城墙向东西两方向上延伸下去。城门洞很深且暗又有冷风，看去就有些阴森感。这座玲珑的右安门城楼当年初建时该有多么阔气，我想象不出来，只觉得前辈子的能工巧匠不简单！我注目凝神正看正想的时候只听啪一声响，大白马失蹄卧倒在进城市处的护城河石桥上了，是被桥面残雪冻成冰板的路面滑倒于桥上了，表哥忙跳下车去抬大车辕子，我这时也从被子下爬出来跑下了车，啪，又是一跤，我跌倒了，我没有哭，站起身去帮表哥，但是被表哥一手推开并说："快躲开，碰着你。"我没敢再上前，此刻马也起来了，表哥抱我上车，我却不愿意再坐上去，所以喊着说："我不上车！我不上车！"可是表哥已把我硬抱到车上了！表哥边重赶车边风趣的指着马说："还没到年呢就给城门姥爷拜年啦，你这一拜年弄的我表弟都摔了一跤，你可真可以的。"马车又重跑了起来，这回我在车上老担心马再卧倒在地上，一路上连街上的风景都忘记看了。就这样在表哥护送下，我和妈妈又回到了自己的家，可是表哥连口水也没喝，就又忙赶车向回走，不一会儿马车就跑远了，我目送着远去的大白马车，暗自学着大人们常挂在嘴边上念叨的那句话，也叨念了好几声，"阿弥陀佛，阿弥陀佛。"总之，我不愿意那大白马再滑卧在冰雪中。

我从姥爷家回到自己家之后，已是农岁腊月底了，天干凉干凉的冻脸又冻手，但是，妈妈却似不怕冷一样整天忙个不停。她说要过年了，家里要过的像点样子，不能让别人笑话。妈妈这么一说却让我想到了好多闷在心里不解的事情，比如说去姥爷家时坐那么讲究的马车，显然母亲是要面子，而回来时坐姥爷家的没棚子的马拉的大车，可见姥爷是在让妈妈别忘了农家人的朴素日子等等事情。好多事情便在自己幼小的心中翻来覆去的想了起来，有时想的发呆妈妈叫我都听不见。我就是这样逐渐在贫苦家境生活中一天比一天的明白事理的长大起来了。

死水风波轶事

一、春暖心寒的季节

延庆寺街的人们，尤其是男人们都喜欢在饭后到离家不太远的城墙根去遛个弯儿，那个地方也就算是穷苦人们的公园了。尤其是过完旧历年后天气渐暖起来，人们常到那一带去踏青，或是登上城墙远眺一番很有情趣的在高城墙上临着拂面春风走一走，会感到你被春风吹掉很多心中烦恼似的。其实，春风中的干燥却常给少年人带来不适应的愁思也是有的……

我那时已是延庆寺街上的少年人了，回想自己儿时的快味同时，又联想到儿时过点了的现在雄上的许多无可奈问的不幸事端，便与别人对春天的感觉就不大一样了。在痛苦情况下又不愿意让别人知道，便独自走到旷野处垂首抱膝的深感孤寂，这时春风吹来就会使人和春的燥热成份积在一起了，那种深藏在心灵中的滋味都无法形容出来，只能说是种种无奈情绪的综合心理病的集中涌入魂思的那种感觉！我就曾经如此难过地煎熬在少年时代里。然而，又有谁能知道这内涵中的一切呢？我以为有些事会伴着少年人终生都说不出口，这是永埋在心头的事情使人对后来的一个一个的春天都不会感到愉快，春思秋愁便构成了对不幸少年人的一生折磨了！别误会这春思秋愁决不限于只在男女爱情生活的事情上，而是有许多被屈辱的事情终生有口难言是对人更重要的心理挫伤！所以，少年笔耕之志是极易生成的人文思想发展的现实。

天气渐暖，但是，在少年时的我心中储存的所有热量却在不断降温。有一次，大哥发现我有一大批成套的崭新画片，有《水浒传》、《韩世忠与梁红玉》等等，大哥不问青红皂白便全部给没收烧毁了，而且追问是从哪里弄来的？甚至边问边用一条藤子棍往腿上狠狠的打！我便实话实说地告诉大哥说："我爱这些画片的原因是既能照画片摹写，还能从画片上知道些历史故事，所以想办法没花一个钱却把它成套的弄到了手，我的办法是先向别人借些破烂不堪的画片作为本儿，而后通过各种游戏规则大量的把别人手里的

萧墅 著

云淡风轻

画片赢到手，赢多了再以旧换新变成整套的画片收藏起来，就是这样积攒了十余套不同内容的新画片。"但是，大哥不相信而硬说不是好来的，所以用藤棍加打于我，逼我承认不是好来的！然而事实怎容颠倒改变？我为此吃了大苦，但最终在大哥调查了解下知道了属实情况，可是又借口说玩这东西是走邪路。这个大哥以此歪理掩盖他屈打人的粗暴举动！我暂不说这件事了，我少年时是这样从零起步发展，在一无所有的情况下最后变成了收藏画片的富有者。然而在几十年后，我以同样从零起步用亲手画的中国画作品换取金钱经济收入，同样走上了致富生活，并且还能帮助那位多半辈子做事也没取得成功的大哥！所以，少年时自己被大哥猜忌、屈打！摧折到了极颠倒的地步，那件事在当时伤透了我的心——有理说不清！

我虽然在少年时没有批判大哥的理论，但是，大哥对我这个做小弟弟的人这种管教方法，它的实质是封建主义暴君摧残人性的野蛮历史的复活表现！它所起到的作用不是把人管教成人而是把人变成奴隶，而这种作用力必然造成反作用力，只能逼迫的弱小一方人从思想到行动上对压迫者的日趋疏远走向独立！从理论推导的结论只能是这样！发展下去的历史事实必然能证明出这一点来。

所以，我少年时在家庭中遇到这种情形之下，从开始便产生了尽量回避与大哥接触的策略逃离思想，同时走上了弃文从武强化自身身体的发展道路。然而，我当时身为封建家长式的家庭环境中的弱小少年人，决无独立生活能力支持自己彻底做到与封建主义言行的大哥决裂分开的这一点，因此也就对不可避免的接触忍让，像这样非理的情形在生活里是频然不断发生的！

生活现实是在重复中发展着，我深感自己从童年到少年时代，这么大的十几年间隔里，而年复一年的生活日子总是在重复的现实中。自己在妈妈抚爱下总深感无限深情！但是，自己在日趋复活那封建家长专治的大哥眼里和他的暴力下便是极痛苦的感受！我不能不认为大哥从始至终地在以非理残酷思想及暴行扼杀于我！然而，我的大哥却从始至终地把他扼杀我的思想言行作为是为了"爱护"我来解释！他直到我们永远分离开之前都没有改变自己扼杀我的颠倒理由，我则从最初可以相信他的解释到后来愈加狠毒对待我的感受中发现，其中的欺骗性在无限延伸，直到我和他都活到了各自生命的晚年。我的那位大哥还在坚持他向所有人解释的那番理由呢！我被迫终断了与他的联系，我无望以自己同他相反的做法去感化他改变错了几十年的险恶思

萧野 著

云淡风轻

想言行！

然而，我不能不用发生过的史实来写下这篇决不扩大也不虚夸的文字！我这样做的道理是不言而喻的！因为我是全中华民族的人，而不是孤家寡人的一个昏庸子弟。

我深深记得在1948年以前于延庆寺街那个地方发生的一切史实，我想自己的那位大哥而对史实也不能不承认我说的都是实话！尽管他还会坚持自己的客观史实的错误解释——"爱护"之说，令我无理由去相信！任他说到生命终结吧！天晓得这弥天大谎，我则只管照直表述过去了的史实故事！

二、在酷热难奈的盛夏日子里

我已是在经历过粗风暴雨生活现实洗礼成长起来的少年人了！因此凭着耳聪目明知道的事情越来越多，不但深知自己不记事以前死去的父亲相关的传说，而且渐而知道了自己亲生母亲早就死在了父亲去世之前了，同时知道了我的妈妈原来是自己的继母！但是，我怎么也不能相信有关妈妈是自己后妈的事情！因为妈妈爱我，因为无限深情地爱我妈妈！我明知是事实而决不爱听人们传说她是我的后妈！我必须用孝敬妈妈的一点一滴做法去对抗人们的传说！我为了妈妈可以忍让大哥的封建粗暴专治主义思想言行，我恨大哥经常把妈妈气的哭天嚎地，然而，我弱小于大哥的体能却无奈于他的一切非理之举……

延庆寺街上的邻居们对我和妈妈及两个哥们儿的传说比酷热的夏天还热闹，看吧，人们又聚在一起了，坐在延庆寺街五号大院大门洞和那棵高大椿树荫凉下，人们除了重复的喊着"天太热了"之外，便开始热闹的东拉西扯了，手中扇子摇来摇去的扇着风，似乎想把说出的废话扇的到处都是。但是，人们无论怎么扇，我的妈妈都不会走出自家房门到大街上去和人们坐在一起。我的妈妈也不愿意我走出房门在大街上去跑闹，她眼里的我永远长不大似的。那么热的天，妈妈硬把我围劝在家里，她把一张凉席铺在地上，而后让我躺在上面，她用芭蕉扇不停地为我解凉，直到我睡着了又醒后还发现妈妈在做针线活。我一醒来便能喝上妈妈煮好又放凉的绿豆汤，而且便开始给我讲起故事来，我从儿时到少年时代的知识正是这样从妈妈的讲述中学来的。不过也有时给妈妈出难题，所谓难题就是向妈妈要钱。我其实也知道实境很艰难，可是自己想学乐器而没钱又怎么能弄到胡琴、笛子这类东西呢，但终在妈妈的泪水濛濛劝说下自己打消了无数次念头！

然而，我看到大街上卖胡琴、笛子的商贩手中拉的口中吹的都十分入耳，怎么办呢？我终于想出了办法，我的办法是用软木自制一个假胡琴，手里拉来拉去没有弦的假胡琴，口里哼着二簧调门，这样来解闷儿。妈妈看了苦笑不已，大哥却气恼的从我手里抢过去给扔了，大哥说我学这东西没出息。哎！我真的无可奈何。我一气之下跑出家门坐在大街口上的水井旁便哭了起来，不过只是流泪而没哭出声音来，我为了不被别人发现，可是没想到被卖水井中水给人们食用的赵老头看见了，赵老头问我怎么哭了？我并不答话，老人看我不说话便打了一盆清凉的水让我洗一洗脸，事情就这样的过去了。后来，我就喜欢上了这处供给大家吃水的地方了，赵老头也喜欢我，所以在天热的时候就到赵老头水井处的葡萄架下去乘凉，而且也从赵老头那里听了不少的神话故事，我对赵老头讲的许多天理人情深信不疑。

　　我除了在赵老头的水井处渡过的时光之外，慢慢又发现了街头上的一些热闹场合，什么卖枣的呀，卖甘蔗的呀，卖蟋蟀的呀。他们都使我感兴趣，都是我以前总闷在家里不知道的事情，所以，我从感到在家中大哥眼前无处容身的情况下便常跑到街巷中去玩。我看人家围在一起斗蟋蟀，我也找了一个铁盒养起了蟋蟀。不过最爱看的还是那卖枣的人，那个人手特别的巧，他不但能把红枣青枣用刀子和细棍制作成各样的小鱼，还能用蝉儿脱下的皮做成各种动态的小猴子，我深感兴趣。我跑到街上一待就是一整天，甚至有时和别人跑到很远的地方去打枣捉蟋蟀，还模仿别人用粘土制作养蟋蟀的小过笼。没想到这一切又遭到大哥的毁灭性暴打，他摔碎了我的蟋蟀盒，还对我打个没完，我想不到这次妈妈也站到大哥一边去指责我了，妈妈狠狠的指着我对大哥说："你好好管一管他吧！他变野了。"我从妈妈的变化开始感到再不能靠近全家的每个人了！不过，我心中还是深深的爱着妈妈，但是，我也不敢亲近她了。

　　我在大哥的凶暴管教下，自己喜欢的画片全部被焚毁了，自己后来又喜欢上的蟋蟀也不能养了，自己为解心中的委屈跑在街上的玩耍也被终止了。我还能干点什么事情呢？我终于又找到了儿时的乐趣，在家门附近到处去捡各色的花玻璃片，我捡了许多许多的玻璃片，有红的，黄的，绿的，乳白色的，把它们放在一起特别好看，单个拿在眼前照起来看景色都变成了各种颜色，这使我也很开心。可是大哥为了作小纸房子之类的劳动作品又从我的玻璃中拿去了好多，我惹不起大哥，我索性把全部剩下的也扔了，结果还躲不过大哥的又是一顿打，他说我和他闹气！所以就打我，我越发感到家不是自己的家了！

我大哥和我本是一母同生的兄弟关系，但是，他为什么把我从一开始就当作仇人一样看待？这——个——问——题——我终生也将无法解晰明白！

我的大哥在家中却是为所欲为，然而奇怪的是妈妈却从最初爱我一变转向百般顺从了大哥，这件事情从表面变化上看是如此而也终生难以弄明白！总之，我感念妈妈过去对我的疼爱，因此尽管妈妈变了脸，我都对她无怨无悔，只是再也接近不了她了！我只能眼睁睁看着大哥在家中一手遮天任意横行，他想买什么妈妈就给他钱，他想做什么妈妈决不阻拦。这位大哥越来越待我凶残！不过说实话，我也佩服大哥是个心灵手巧的聪明人，他在生活里还点油灯照明的时代里就会亲手作矿石收音机，就会用我捡回家的白铁片下角料做电动机模型，但凡木活、泥水活他都能做，而且被当地邻居们都令赞是有学问的人，尤是他善写一手漂亮的墨笔字令人折服，他每逢年关便为家中写对联。所以人人都说大哥脾气像父亲，本事也像父样，这两点我也承认，不过我简直受不了这位大哥的脾气本事！他想做点什么事，我必须跑内跑外去给他各处找东西，捡回家也好，向别人家要些东西也罢都由我去办！不去就打——打——打！直把我打的任劳任怨为止！其实，我这个家所有人也不知道我少年时的心已横定是不会屈服的，表面妥协实出无奈！因为大哥不仅在灵魂中骑在我头上，就是在生活表面上也真把我当驴骑在他的屁股底下！他外出的时候就让我和二哥一个做驴头，一个人做驴身。做驴身的二哥抱住做驴头的我腰部，而且大哥骑在两个人装成的毛驴背上，他用手拍打着做驴头的我，这样哥仁个就出门了！大哥却不管我和二哥愿不愿意、累不累等等难为情的事儿，总之，大哥永远高高在上，他自以为是，他没有一点兄弟手足的情味。

酷暑炎天的延庆寺街，我们家在街上出了名！我从过去被妈妈当成宝贝似的抚爱下变成了驴似的被这个并无温暖的家养着，而且被指骂的一塌糊涂！慢慢邻居们也在我家大哥和妈妈的合力指骂下都说我不好了，我有口难以辩白地活在人们中间，心中欲爆发的情感比天气还热！但苦于年少怎能有反抗如此封建专治的家庭力量，我强压心中的怒火低下头去活着！这便是我的少年时代不幸遭遇。

温不增华寒不减叶的平凡之我

说吧！表现自己吧——尽全条件的亮相吧！

我没有这一切条件机会，我只能默然的思考能生活下去问题的解决办法！弱智低能的我顾不上许多与生命没有最近距离关系的事情！穿着都列在其次，只要有吃的东西不饿肚子就行，但是，我也不吃嗟来之食！我这样活了几十年之后熬到现在竟然交了一点好运气，而今衣食住行总算不困难了，究竟是交上了怎样的一点好运？我把这个话题暂时保守于此，而先言表些另外想到的事情吧！

我想，中国人这么多，每天每时每刻每人都要说话！那么，能有几句有用的话值得留在历史上让人类永远牢记在头脑里而后按话意照办其事情的呢？只恐人人以为自己说的话重要，然而人们记得住与否就是另外的事情了。没有人们记得住的效果则多么重要的讲话也就没用了！因此，我看人人都十分自重自己说的每句话，所以，我也就不能把要说的话去充占人们自重地对人们去讲出口了。为此，我深感孤独寂寞，在这种情况下，我用诗的语言为自己开心的写了几句话：

说——我咬断自己的舌头！
把想说出口的话留在心窝……

我咬断自己的舌头！
让疼痛令我忘掉孤身子影的寂寞。

我咬断自己的舌头！
以血流冲毁人性的枷锁！

我咬断自己的舌头！
让血光著写的诗文把盲目人的心灵照彻！

萧墅 著

云淡风轻

我咬断自己的舌头！

把血染的文化业绩恢复成自然界的绿色！

我——咬——断——自己的舌头！

让我这个从塔克拉玛干大漠中走出来的人肃穆的面对祖国——敬礼！敬礼！敬礼！回报生养我的玉璞菁峨的山河……

现在重回到其上的话题，就此表述交好运之我。我是在父母过早亡故后沦为孤儿又做过童工的人，不言而喻地饱尝鞭挞凌辱的劫难重重的降临到自己身上，不反抗不甘心，反抗招来的颠倒苦刑日趋扩大！如此的天灾人祸压在身上一下就是四十多年！幸亏是自己从小的时候就忍受在天灾人祸之下习惯地适应了，所以越来越坚强的条件反射助我形成了具有内在力量的硬汉了，我在横遭人们歧视、轻蔑、挫折、打击、扼杀下被颠倒地斥责为没有反抗目标的反叛！人们不给我说话机会，不给我在社会上的表现机会，不给我亮相机会。我习惯地也不想再要这一切机会了！我另辟人文生活历史发展的蹊径！结果成功地超过了社会上一切方面堵截我的人们在优越条件下发展的现实了！这就是我——我今天的现实存在，可以说在无助中取得致高发展荣誉与人们正面作用无关！反面激励作用不必由我说出口来——我不必因说话去伤害表面感情！我想，人们会自思自忖的！我也用不着表现自己地再于社会上出头露面了，因为，我的历史业绩登载到《当代世界名人传》上再也涂改不掉了！而且谁想也达到我这一步还必须花很长时间地去下极大的深功夫！不然，没戏！我同时也用不着于社会上亮相了！同理下可想而知，我已在《当代世界名人传》这部史册上定格、定调、定位了。而且，我平生六十多年只获得这么一部书上给以公允的荣誉就完全够了！其下，我就安然地看着人们在这个纷繁复杂的世界上忙吧——该说就说，该表现自己就努力去表现自己，该亮相可别错过了机会！我在《当代世界名人传》这个站牌下等候大家来畅谈辛苦心得！那时，我也不会揭破大家当初轻蔑我的老底！过去就让它过去了。就此划个句号——我与大家同心同德就这一辈子，思来想去人与人相处在一起是缘分，磕头碰脑的抬头不见低头见，难得做一辈子的伙伴。现在，我可以把自己交好运的预想措施告诉诸位了，其实也就是于下的三言两语。

我在没有人们的一切发展条件机会的情况下，我只能默然不作声的闷坐在陋室里做些代替说话，代替表现自己于社会公众场合露面的行为，代替亮相地写作诗文、书画的做文事，并且把所做出的惊人之品便宜地转给借助我作品发财的人去出版，我就这样破格的损失经济利益而获得到了出版荣誉的活了过来，从而我的名字也被列入社会公允的各种书刊报纸杂志上去了，甚至在国际上也是这样从实际作品价值力量上顺便把我托举出来了，其实，我除了头脑智慧之外原来是一无所有的一个人，最初是借助人们丢弃的纸笔墨砚在土地上伏下身躯完成的作品，逐步积累精神物质力量才发展到今天得以温饱这一步的！

从这一步回顾我无辜遭难的史实
决不愿意倾吐的满腹人生苦水

我发展到把自己六十余年的业绩载入到中华人民共和国出版的史册《当代世界名人传》书上这一步，在很多熟悉我的人们中认为这算不了什么了不起的事情，甚至直面对我说："只要有钱付给出版社编辑们，谁都能把自己出版到这类辞书上。我也收到过很多这类辞书的邀请函，但是，我不参与也不花这份冤钱。这类书没用。"

尽管人们这样直面对我说，我却不在意，我想，我在当今这个社会上没有别的发展机会条件，自己从小时候父母早亡后沦为孤儿，又做过饱受恶人凌辱的童工，解放后还是个衣衫不整的少年，经常因受周围人们歧视而发生冲突，在冲突中永远处于舆论劣势和皮肉之苦的劣势，而且越是心怀不平的反抗就越是遭到更深层的否定，就这样在13年就学读书期间没得到过所有学校的好评语！我就学的学校有崇文区上堂子胡同二中心小学，班主任叶多嘉，还有北京崇文区大石桥小学，班主任崔一平，我读中学是在北京崇文区五十中学，班主任谢松泉，我于1958年考入北京工艺美术学校，班主任是冯宝琛。我在这所中专学校读书是最后求学的阶段，这位班主任冯宝琛从始至终带着所谓班里的骨干学生整治我，并把整治美言为批评教育帮助！瞪着眼声嘶力竭的否定硬让我承认是批评教育帮助，令我吃惊这傻子都懂得的颠倒！我在这种始终的逆境中怎能服气！不服！便落到了不予毕业不给予正式工作分配，所谓给个生活出路硬性分派我到平谷县长城鞋厂去做学徒工，每月十五元生活费，一年给23元的服装费，我比别的同学不但收入低，而且名声人格都遭到贬低，我为了生活不得不边做学徒工边向班主任和学校回访，希望得到重新分配！同时不敢把这一切情况告知家中的继母和哥哥们，因为继母和哥哥也早就连通一气把我逼上了考取中专学校的道路上去了，在中专住校离开家庭这不仅是我的目的，而且也是继母和哥哥的心思，不过，我在中专毕业问题上不顺大大影响了与家庭彻底脱离形式关系的目的了，我又不敢说明这个问题，所以就向学校班主任冯宝琛求情给以重新分配，然而，狠毒的冯宝琛一是向我说不负责出离学校学生的问题，二是说我在向他和学校无理取闹，三是声言向公安机关报警，我在这情况下回到家里也被继母指责有工作不好好干，于是在我哥哥的指使下继母也向公安局诉讼于我，结果我被北京东城区东华门派出所民警刘中华不问昏明颠倒地给收容到分局去了！我从此被诬告成预谋杀人的嫌疑犯，于1966年终被强制押送到新疆生产建设兵团去了，我陷入冤案自此开始一下子就是十五年。这十五年中间，我为解这不白之冤三次冒死脱离兵团闯越大漠戈壁滩回北京上访，而三次都失败地被刘中华民警扣压住我的申诉而重新押送回新疆，我第四次借助探亲假名义从兵团回京后便报病拖延回兵团的日期进行上访公安部，几经周折才把十五年冤案推翻，从而于1981年12月25日才得到市公安局的平反证件，我再进一步上访原北京工艺美术学校，这时学校不得不恢复我的工作安排问题，我于1983年才恢复到这学校中任中国画理论教授工作！我实话直说至此不禁令我深叹一声——我这苦命的孤儿多半生想走一条社会主义正道该有多么艰难！这个名义上的一个一个的学校中的老师们为什么这样看待我这个自幼年失去父母的孤儿？他们这样看待孤儿身世的我难道是忠于党的爱国主义进步言行吗？纯属不仁道的毁灭社会主义人才的倒行逆施！

然而，我胜利了！我取得了摆脱封建家庭粗暴迫害我的胜利了！我也取得了在童工生活时代与资本家恶势力不妥协的斗争胜利了，我还取得了与解放后所遭遇到的一个又一个毁灭我的教师们进行斗争的胜利了——长达半个世纪的时间，我的主要精力就不得不放在这种从政治生命上杀伤我，而我不得不自救的自救斗争上！我若不通过这几十年的磨难斗争胜利就无法开展我的文化事业工作！自1981年12月25日始，我总算走上了文化事业的正轨了！但是，也决不是顺利的！因为前五十年各方面因素给我留下的恶影响太深了，后来的人们总难从过去颠倒中从心理上纠正过来的看待我！我的发展困难也就在这个问题的阻碍上，所以，我没有任何社会文化发展出路，我唯一拼力抓住的一点，就是入选到《当代世界名人传》史书上去这一有力的理由，谁都可以不重视它！我却不能不以它为依据来解释我的人生不幸的大半生的问题！待叙……

我的大半生不幸的问题，也可以说是终生未能享受社会平等待遇问题，因为当年的冤案给我后半生的人生道路都留下了阴影的追踪，总揽得我不得安宁！我个人的问题也正好牵连着社会问题，也就是在本质上有一部分国家权力被反面人物势力所窃用之下使原本善良的公民受了苦刑的问题！因此，我不能不以我孤儿童工身世的人在新社会含冤的史实讲述出来，因为正义应该属于社会主义者的！

解放前，我在家庭生活中是与封建家长的一段斗争历史，其后是进入工厂做童工而成为了与资方势力的斗争历史。解放后，我在整个13年求学阶段，则是与始终颠倒看待我的老师与同学的斗争历史，其后在斗争的劣势下于1966年遭到家庭与学校老师同时的诉讼诬陷落入冤案，我又身负冤案为解决冤案进行斗争了15年时间，其实，这么长时间的斗争历史，纯属由我个人独立面对来自家庭和学校及社会各方面的冒牌社会主义者们进行斗争！最后，我终在1981年12月25日取得党的公安机关人们的理解和同情才胜利地在表面上结束了斗争！然而，斗争留下的阴影尾随着我恢复到学校任职还在起着排斥我的作用，因为北京工艺美术学校在不得不恢复我任教的情况下并不任用我走上教育工作岗位，如此又是八年时间耗了过去，我被迫于当时的1992年提前退休了！我这样一种在社会当中发生问题的历史情况又怎能不是社会问题呢？现在，我已经退休十年整了！人也年过花甲六十多岁了，回想自己这一辈子，在党与我个人之间这一层人们无事生非弄的党失掉建设人才，而我失掉工作机会！这一层人们对党与对我个人居心何忍？我已经无辜受害地活到暮年这个时候了，还不该彻底把是非功过表述出来吗？非说透不可！

谁对党对社会主义犯了罪而还装腔作势的充当正人君子也行不通！因为受害者本人心中这股窝囊气总在腹中翻滚！说不透死不瞑目！我的历史故事真真实实地从童年是这样开始和发展开来的，我把故事命题为《不》。当然，我写这册书也并不要求有读者翻阅，倘有读者有兴趣读，我也无须作任何表态！因为，我是在自己对自己鸣这一生的不平！我能取得斗争胜利已然很幸运了，而且，我的胜利即便不说明了而过去一切诋毁诬陷加害我的人们也自然是以失败告终了！更何况我在千难万险中一方面斗争而另一方面也独立自主地创造出了文化业绩，甚至登载到社会公允的史册辞书上了，这一点，我过去的对立面人们都没能实现到这一步！我深知他们除了借助篡夺党的权力害人之外而没有正经本事！而今，我活着，他们也还都活着。然而，同是在走到人生暮年的这个时候，我面对党和国家以及民族事业自己这颗心是坦然的！而他们也许同样是坦然的！正是这种表面相同而本质上大有区别的现实，我深感自己经遇的六十多年生活该是多么的不清晰，这是可想而必能深知的！

然而，我说到自己六十多年现实的时候就毫不必费唇舌了，俗话说的明白，事实胜于雄辩，我毕竟有自己在艰难条件下出版于国内外的书籍画册能为我证明——我是卓有从零点开始独立创业成绩的活到了暮年！

我想，自己真实的史实故事正必须从头说起，看吧！生活现实对一个出生在解放前的孤儿就是这样无情！

云淡风轻

无欲则刚的启发之思

古语说，无欲则刚！

这四个字蓦然在2002年5月13日周一的二十点晚间灯下蹦到我稿纸上来了！立刻令我联想到在这一天上午10点钟与一位超人通电话的事情，现在想来，我与其称之为超人都不如尊称是教训我的圣人！我则不过是个凡夫俗子，然而，我虽平凡却从不接受任何人的金钱物质支持！我便是我活了六十年的无欲则刚的历史表现，我宁可穷苦着独立的过自己孤独的日子，而也决不乞求任何人对我施善可怜！我就这样活过来并创立下了著书立说和房产经济财富。现在于人们面前有目共睹我所说的史实——萧墅文苑储存着萧墅的著作书籍画册。就是精神和物质双丰收的证据！此外，我以相当可观的金钱捐赠给社会和帮助给有真才实学的人，这样的事情不必由我指名道姓的自扬公德。我想，谁从经济上受益谁自己会清楚我是何以真诚相待他们的！我无怨无悔！甚至可以有能力继续给以人们无偿的帮助！只是受了我的帮助别把我看成是容易愚弄的呆子就行了！因为，我也是凭智慧赢得金钱物质到手的平凡脑力劳动者！我既有智慧又怎能没有理解一切生活表面问题的头脑呢？只有比我更会赢得经济的人认为我比他傻。我才能有所心悦诚服的来认他为师学些本事。如不是以事实教训我，我是无从认服一切的！但是，那我也从礼貌上会称别人是我的圣人！因为谁都有可能走向辉煌人生的胜利结果！决不可轻视任何个人，我是这样活在世界上的一个实际平凡人。总之，我是不在口头上与任何人争高下论短长的实干小人物，事实胜于雄辩！看发展、看结果，笑到最后躺倒在棺木中也会是获得到了实际安慰的一段人生历史。我现在已跨入人生暮年时候了，就此凭实经验说自己不会有什么太坏的结果了！此时此刻，谁敬重我，我就尽力帮助谁，谁失重地看待我，我想帮助却也连人家门都进不去，这又怎么把资助送去呢？爱莫能助——就是事实结论。

萧墅 著

云淡风轻

我从幼年父母双逝后就遭自己身边人们的白眼轻蔑，语言话语的唾骂，以至施加恶毒办法从政治上或从道义上摧折扼杀！但是，我忍着遭人们的教训指骂而默然地苦下学问功夫，结果自己老来生活过得蛮好！甚至比一切小看我几十年的人们在生活上日子过得更好！尽管如此，我还是在遭别人教训或指骂！我想，骂就骂吧！指责就指责吧！我不抢白！我如此表现已用中国画形式把我的精神意境表现在宣纸上了！请看！一条鱼安静的畅游在水中，钻过一块巨石下的水面，巨石上长满兰草向水面倒垂，这情景就是我所作的中国画的画面意境，已出版在大型画集中了。再请看！我在画面上还作了一首诗题写在空白处了，我的诗写道：

> 碧潭深秋怪石悬，幽兰望穿水底天。
> 游灵静气态自若，难得无语不乞怜。

我自喻就是那条鱼，不怕头顶上怪石重压，而拼命游向深远中，但就是以静气无语不乞求可怜地独乐于水中。有人说中国画多的都臭了街啦！然而，我这幅中国画收藏在自己的手中决不当商品出卖，它有表现我不卑不亢不在口头上抢白争辩，而任人去贬骂也不开口反唇相争。因此，我的作品跟臭了街的问题不相干！所以借故贬低我毫无意义！尽管人们如此的借故贬低我，可是边贬低又边向我要字要画挂进自己家中，甚至享用我以字画换回的劳动报酬的金钱！试问人们这样是人们贬低我呢还是在自贬本人呢？我确信人的襟怀宽广和精神高大不是凭会贬低别人、指骂别人，占有别人利益的高声叫骂或轻蔑不理睬别人对自己的敬重就是伟大起来了！否！我人面对趾高气扬的圣人们总是让步软的如面团儿，谁想怎么揉就怎么揉，我却含泪而也没能改变了我在《当代世界名人传》文字中的高大身姿呀！

我因为自幼长达几十年过孤苦日子而不习惯以穿戴吓人以示自己高大了！

我衣着普通平常而毫不影响在成为史书的文字上的高大形象——这能不是事实吗？我怎能受不住肤浅看问题人们的贬骂？我决不与骂我的人争嘴！尤其是我妈妈骂我，我更不还口，我坚信自己的妈妈骂我跟别人骂我是不同在一个意义上的！我妈妈是出于真心的疼爱我才骂我的！所以，我尤能安然地任妈妈把我骂个死去活来！没关系！我依然如故关心妈妈生活的为难之处！我知道妈妈不爱深动头脑思考问题，我体量妈妈太劳累！我有责任分担妈妈肩上的重任！但是，我又何必没做多么大贡献就总把好话挂在口头上说个没结没完呢？妈妈要体面的心性习惯，我最能理解！我何尝不愿意妈妈越活越年轻呢？我祝愿妈妈成为在人们中间走向越来越漂亮的人物！

妈妈最热爱党！党关心妈妈！就是这样！妈妈在党的培养下才有了我们母子的家，我——我听党的话同时敬重妈妈！我在党妈妈的政治思想熏陶下，习惯了经常作自我批评检查，所以，我总在提醒自己的创写了这样一幅联句的对联写道：

鹰隼入云睐所向，骅骝得路慎于平。

2002年5月13日周一拟文　萧墅

文化人决不走下坡路

　　我这六十余年生活日子过的，自己现在闷坐在屋子里前思后想，越来越对生活深感莫名其妙了。我经历过的大大小小的每件事情，决不是自己想怎么样而就能怎么样的。这就象驾驶卧车选定行驶路线不由自己似的，中途遇阻便不能按事先选定的路线再前进了，必须转道行驶奔向预先想达到的目的。而目的也未必会如事先预想之所愿，然而，在总不顺心的经历中索性听天由命啦，事到头来反却令自己感到十分理想和满足。我就这样在六十余年的生活道路上信步走到了今天这个样子。

　　今天自己的生活现实是什么样子呢？若是形容起来也表述不清楚，不过北京古玩城有位宋作桐副总经理偶然借助一副对联为我作了总结，这副对联是宋副总经理出差到山西省平遥县的时候在古董店里买回来的，其对联纸旧的发暗黄色，而对联字体却还十分清晰秀美，从字意读来上联写道"名虽不显身偏健"，其下联写道"才若能全寿更高"。我依据这两句话对照自己想来，果然大体很近似。只不过这副对联是老军阀吴佩孚写的留到今天落在我手里了，我且不管这对联出于谁手和到底历史价值如何，我喜欢对联内容便把它分别装裱在两个立长的镜框里了，把它挂在我的萧墅文苑正厅北墙上却也十分大雅，陪衬着满厅堂里的古典明式红本家具，很使厅堂增色不小，很多社会上的文人墨客来到我处都赞不绝口，分别都说这副对联的字意内容刻画的就是我。因此，我就越发的喜爱它了。其实说来，我的心境是这样的，用启功书法家曾写过的两句话说大有"莫名其妙从前事"之感，更有"聊剩于无现在身"之心情。可想而知，我已是年过花甲的人了，生活上瞒说的过去，自己在诗文书画及文学方面都在国内外留下了书籍画册诗集等出版物了，甚至《当代世界名人传》史书上也选编进去了我的名字业绩和照片，此外在经济生活上自己要求食无求饱居无求安这样的一种古朴心境，所以，我早就心安理得了！正是：几生修到梅花？然而，前生应誓明月，我才有今天的这个现实生活状况。

哎！"凡事只求过得去，此心还须放平来"。我十分欣赏林则徐这两句话，总认为闲下来还是多读些古今中外的书更好。我记得在五十年前，曾于徐悲鸿故居见到这位名画家写下的一副对联内容很有深刻意义，那副对联写道："充实之谓美，力行近乎仁"。我想，人就该是这样做人！总是应该不断充实自己头脑知识地活在人间，而且要尽力做些有公德的善事。无须邀他人之宠，更不必要不满足名利之争！这样活着则落得个痛快！我主张活到最后也应该是"温不增华，寒不减叶"地有股子岿然做人的精神头！人总脱离不开这样一种做人精神规律的认识！mortalem vitam mors mrtalis ademit（诗人卢克莱修的名言）。

我引证外国名人的话而把原文抄录在这里便联想到另一个问题，也就是说自己也去过世界上的一些别的国家侨居生活过一段时间，外国有许多风景名胜的自然山水观光环境是很美的，可以说自己每到一处都大有赏心悦目之感。我曾在国外利用短暂的休闲时间即兴写作些文学作品出版成册，总之，我无论在什么地方环境条件下也是手不离笔，笔不离字地在纸上写自己对世界人生观察赏析的认识，我认为人活在世上的意义就在于认识自己面前的这个世界，进一步说来，还应该把自己对人生世界的认识应用到世界中去实践和再认识！因为世界给我深不可测的方方面面的认识。其中人是世界上最富有活灵魂而难以做到彻底认识和理解的！我活到这般年岁也还是缺乏新生活经验，往往以极大善意看待年轻一代人，而却在年轻人的活思想言行下被左右的一时拿不出相应的对策来，从而陷入被动，其实，我这么大年纪相对年经人说来总是长辈人，所以从疼爱晚辈人的心意出发在经济上或学术上给予些支持帮助也是无所谓的，而关键在于互不苛求全责备的建立真诚交往关系。然而，就在这一点上，我往往对年经人考虑的就过于天真了！因此反让年轻人自以为是的误认愚弄了我！深思起来这又怎么可能呢？我比个生活历史实际的例证说："中华人民共和国创立五十周年的时候才为纪念五十年编辑出版了《当代世界名人传》这册史书，书中只选编入800名代表共和国五十年当中建设国家的精英人物，这里作个比喻说，这册史书就像是载运800名先进人物的列车，已经从建国五十周年庆典会场开动出去了！凡未登上这次列车的人们想上去已来不及了，只能等五十年后的下一次《当代世界名人传》的列车再上去，可是这前后已经相差了五十年，如此怎样追赶的上呢？我则就在这第一次列车上的800名人中！不信吗？请自己去翻阅该册史书的第463页的文字中找我——我就在那一页书上恭候大家！"

那么，当代世界文化名人的威风在哪里呢？我说不在世界名人的口头上，也不在脸上，更不在衣着豪华上表现，而是在书上的文字中记录的不朽事业成就上去看其威风吧！当然还有表现其威风的现实，这一现实就是具有相应的全面才华——演说理论的口才，提笔写作诗文的文才，博学广闻厚积的智识之才，皆是可随时考试的应世之全才！但是，若从粗陋的相貌和朴素的衣着及平凡生活的社会地位现实情况评说起来，便一点也看不出是位世界文化名人！然而，评定是否称职却只能从学术成就上去确定！所以说世界文化名人就在这两个方面富有实力地存在着呢！

文人相对浅薄认识的人们说来，文人一语百万兵，如此那些粗俗的言词怎能在话下站得住脚呢？文人凭才学立足于世界巅峰之上，而决不从某人衣着豪华或社会地位层次去衡量人的资格！就此说个故事吧！有位大文人穿着十分朴素去到外国出席会议，结果被同去国外的本国朋友见了质问说："你怎么穿着这么不讲究到国外呢？"大文人回答说："国外没有认识我的人！"事情就这样过去了。当大文人回到国内还是穿得十分朴素，结果又碰上在国外时质问他的那位朋友了，这次朋友又问到："你在国内怎么还是不讲究衣着呢？"这位大文人回答说："国内人们能认识我。"这是多么富有哲理的答话呀！然而，庸俗之辈却总在仪表上下功夫，当办正事的时候便由于头脑空空而总是说不出个子午卯酉的道理，但是这类人不自愧，甚至自以为是"贵人"！这类人除了吹牛、拉关系、弹劾人、唱高调之外，则一点正事也干不成！因此，文人把这类人称之为吹、拉、弹、唱而不用乐器演奏的音乐家高手！任他们慢性自杀生命地去吹、拉、弹、唱吧！文人要默然地以文字来表述内心有效的无声语言理论！一切见于纸面上体现大中华的人文思想精神！尽在中华史书上。

不同文化层次的人与人之间，无可交流思想认识！但是不能取轻视心态看待人们，可是，文化又决不是取迁就态度，不然就会在文化上走下坡路了！可是也决不因为精神高大而就在外部表现上趾高气扬不可一世的在人群里充当服装店里的木制模特儿！如是这样便还是没头脑……

2002年5月15日星期三　萧墅

萧墅 著

云淡风轻

学海潜精英

中共中央党校门前，那位从广东省佛山来京探望我的罗康先生，在罗夫人陪同下等我，我从卧车的前风挡玻璃透眼望去便看出来了，他们已经等了好久一段时间，我心里何尝不急呢，没办法，谁也能谅解，北京的交通状况通常总是到处出现堵车问题，尤其是向党校方向驶去的汽车太多，我们彼此互能理谅这个实际情况，且不冗述交通不便的事情，总之，大家在崇学宾馆终于接触上了。

我们多么希望见了面多在一起父谈一段时间呀，因为彼此也有几年时间没在一起了，即使是这样的一种心态可是时间不容人，我们大家聚在一起的时间只在2002年5月16日中午这么一段时间，这夫妇二人在当日下午十九点钟还要搭班机回广州去，所以，我们聚在一起和南海市委书记邓耀华及中央电视台的人们边进午餐边谈工作。其实，我们交谈的问题中心也只有一个，这个问题也正是国家主席和总理长时间与邓耀华交谈关心的当前先进科技发展问题！这个问题的前沿发展趋势就是尽快发展网络管理全面统筹的政治经济工作！

大家会见的时间是紧迫的，然而却是深有意义的。所以5月16日的午餐，大家谁也不是白吃干饭的人，各抒己见的交谈把丰盛的午宴又添了一道菜，结果偏重地向精神会餐发展而去，我与邓书记虽然是座席上交流思想谈话的主要方面人，但是，涉及到科技实质问题的时候，却是要由王斗斗出面来多说些较抽象而且具体的内容。其实，未来这项科学工作发展涉及面极广，人间各个领域的内容都将被纳入进去，只有在这方面才真正有个最概括的词语表明的准确，这个词儿就是四个字的成语——海纳百川！

坦率的说，我的所有重要工作的最初作用力，都是从宴会桌上启动的！实际上饭菜是什么滋味儿，我从来也不知道！我不是把重要问题就饭吃下去

萧墅 著

云淡风轻

化作粪便，相反，有营养的饮食却是要陪伴着我思考的问题将在未来所发起的动能！因此，归根结底的说来，思想政治组织工作无论在什么时候都是真正根本最先进的源头力量！

崇学宾馆5月16日午宴，它又成为了由大江南北先进科学工作者们凑集在一起，而集中拥向我来却是大家提供与我的一个工作进程中的纪念日了——红色的51612！就是我拟定的工作纪要之番号。我和大家将拟定在每一年的这一天，不但要创造出新的科技成果，而且都要在这一天共进午餐来纪念它！说句实事求是的，我为了这次在中共中央党校崇学宾馆的会晤事宜顺利进行，我都将应邀飞抵新加坡的事情暂时推掉延期在未来的出访工作中了，我感到这样取得的工作进展，是比飞抵新加坡的事情更重要！诚然，我将在今年深秋十月间，我必还愿飞抵新加坡去看望南洋艺术学院的何家良先生！我于此可以说此次推掉预定的事宜，而未必无益于南洋艺术学院，因为，我所主张的新科学事业是把艺术也包容在其中的！我就此首先向各界友人们在抱歉的同时说一席于大家深有意义的一段话！

一切事业成就！都是最科学而又复杂的公认性的无敌逻辑结论！是创造者摆脱本能的同时升华为神思的结论！不是孤立的，而是千丝万缕灵魂思考射线交织成的科技强音乐章。

天将大亮起来！我无奈还要暂放下笔而似乎像是浪费时间似的飞奔着去向全体社会公民们问个早呢。其下一整天到底还要做哪一项有成绩的工作，我不得而知！可是无论怎么说，我却不能不按时间记下这篇生活工作日记——这是自己的生活工作习惯！

最后，我依然以诗的语言来结束这篇笔记，而把诗句补写于其下：

崇尚新科技，学海潜精英。
宾朋相协手，馆驿话云龙。

2002年5月16日周四　萧墅

短　歌

　　……2002年5月16日周五，这一天对我说来，也是重要日子当中的其一日！所谓重要在于我听了一番非常值得深思推敲的超然评论，我不得不退避三舍地安静下来，沉入深深的独立思考涉世问题当中！多思！

　　无论如何采取全面退却才是保存自己灵魂实力的正确定位选择！在这个定位上可攻可守！

　　（一）我本以几十年斗争经验取得了消极中最积极的具体有目共睹的胜利现实成就！然而，16日我听到的一番话也极具有史料依据，判断无误的内容，据这一点说来，我尤值得重视！然而，那一番话中也有倒向唯心之说的方面内容。正因为如此，情况值得我深思去判断！如果失慎陷入盲从这便不仅是个人斗争生命史的失败，而且是具体到我所能把握的辩证观察事物方法上理论推理的暂时枯萎！所以，我必须强化理论地突破对方的语言封锁！这之前就必须忍耐在人生本能各种欲火下冰冷起来！进入孤独状态！现在，对方的理论还处在口头理论语言上，我应该把握的是其文字语言内容的理论依据！假如对方永远不拿出文字理论表述内容给我，那么，我就必须以逸待劳地期待文字交锋时刻的到来……

　　（二）我暂不能进取而也不可放弃自己有史实依据的文化艺术所取得的成就！无论如何在这一点上说来，我的现实存在的所创之社会公认价值是具体的——见报、见杂志、见书籍画册等等，到底已经构成系列性公认事实了！即使不可推进，而保守下来的现实内容也不是一切口头理论家们所追及得上的！尤其是人的阶段性成就与未来成为对立统一规律中永远相联系的生命内容！这个值得口头理论家们注重的真理是不可忽视的！

社会上大批的口头理论家们
值得重视自己理论的深远历史性的价值

　　我立此题表述问题的核心之处在于注重"公认性文字理论的表述"！提示一切仅在日常生活里能说会道的口头理论家们地指出：你们说的有理！我给以最大信任的敬重！正是基于这一点必须提示出来，口头理论家们的理论，如不上升为文字表述出来并占有公认性阵地（——报刊、杂志、书籍画册等等等等显示具体存在的条件）就是在浪费自己的宝贵有限生命时光！未来历史是不会知道诸位口头理论家活着的时候曾经说过什么高明语言内容的！请诸位口头理论家不要再浪费唾液了，还是拿起笔来把有充分道理的理论从口头上转到文字中来再发表在公认性的报纸上！这样，你们的理论才是果有其震撼力之作用的呢！但是，这也不过仅是全盘胜利人生的第一步。

　　那么，人生全盘胜利渡过前的第二步、第三步又该如何去实践呢？我想，诸位口头理论家们会比我思考的更深、更美、更全面。当然，我就不必全然为人们表述在这里了。

　　就目前来说，相当多的口头理论家们还拿不出公认性有证据的个人事业成就呢！因此也就应该注重充分利用生命时间去创造自我价值体现的条件和成绩问题的解决，似乎没有多余时间相对别人品头论足了吧？就此自检一下本身的社会地位的"身高"。我想是有益处的！人第一是从母体出生到世界上来，第二是把世界当作孕育自己的母体再实现出世的挣扎，当一问世又极易陷入弱肉强食的险境，究竟如何强大的发展起来？这个问题只能留给每个不同理想的人们自己去定胜利方案！强大起来之后达到永不示弱的灵魂永生地步！我想也就是没白来到人间活一回了吧！说回来，达到这一步正不是凭着芸芸众生和众说纷纭的助力结果！而是要实现独立自主和自力更生的把个人的事业列车驶入历史档案宝库！我言至于此又接近要忙碌起来的天光大亮时间了，因此只能在上述文字的下面写几句短语结束此文——

短 歌

我——
只把自己比作
高山顶上一滴泉！
我——
宁愿坠入深渊的
落个粉身碎骨！
我——
无靠山……

2002年5月17日周六晨　萧墅

萧墅 著

云淡风轻

戈壁滩上
苏天赐

独向尘寰抒魂手

我必须只当自己身边没有任何人地活着！如不这样主动也必落到被动地位上不会出现任何关心自己的人！甚至却会出现敌对仇视于我者！

因此，我只能孤芳自赏地品析自己的诗、文、书、画等等等等诸多能力体现结果，又因为自己的能力体现结果不被人们关心重视，所以，我也就不必关心重视地谈论所有人们的各自能力体现结果了。反正是人的生命只此就是这么一段，孤立的不深入群体里去与任何人比上下论高低的活着只能落得个独自其乐，这样总比深入到群体里去被贬低被排斥被否定的活着要痛快得多！真的，就是自言自语也无须乎对任何人至加可否。天知我我、地知我我、我知我我也——我若不如此，那为什么人们宁肯弱智般地只论道那些并无生命活力的产物呢？尤其是人们对并不高明的诗、文、书、画还在当如获至宝似地用最上等的出版条件去评说，真令我暗自哭笑不得！与其如此，我便深感莫如闭目深思以灵魂孤芳自赏地活着！我自认为我的诸多方面能力体现结果，其高明性体现已非所有人们可比了！因此，我自言自语的这样给自己用文字写出以下一段话意的评述——"新的生命向前飞奔！它把所有弱智表现的人们抛在了自己向前飞奔的尘埃之后，足有万里之遥！令弱智者人们望尘莫及"！

有人看到我写出的这段话意内容只想暴跳起来的指骂"我狂"！且息怒！来来来！不服气不要紧！不妨一对一的论战较量一番！事实胜于雄辩！我曾在沙漠里往返三进三出独步走过数万里路！除我之外的所有中外人士谁这样走出过自己的深入沙漠之经历？所以，我能写作出如下的诗句："天山雪顶下，万壑草不生，戈壁沙野阔，古道有行踪。丝绸知路远，险境骇人听，旱海八千里，我曾一步行。"我在这里只讲此一条史说足够了！若再把我笔到诗成超越古代文人诗才的能力表现出来，那时所有的人们就只能是目瞪口呆了！另外，我在独立奋斗的几十年里在各方面追求发展的目的实现起来也是无比神速的！甚至是无法磨灭的与人文史并存下去了！

今天，已是两千零贰年六月十四日星期五了，我将请油画家刘戈先生陪同我应元亨利硬木家具厂总经理杨波之邀同赴其厂文会。少不得还会遇上杨波另邀去的别位文客！我首先提前表示，一旦逢上新面文客，我必以礼相让！而决不抢阳斗胜，但是，我照样自言自语的高谈阔论自己所能表述出的中国文化！至于别人听也罢，不听也罢。信也罢，不信也罢！反正，我是在自言自语而与别人文会无关。正是：

众人皆能我何为？口占绝句施神威！

独向尘寰抒魂手，笑质书画废纸堆？

诗天客 萧墅拟文并句于芍药居陋室

萧墅 著

云淡风轻

当代中国精神

《萧墅文化精神研讨会》的红色横幅大字徽标挂了起来，十多家新闻单位的记者和到会的群众把哲理诗文书画家萧墅老人围坐在会场中间。2004年5月21日在北京古玩城就这样展开了讨论发言和萧墅老人的答记者问活动。由多层次社会人们自动发起的这次研讨会，首先在中央电视台记者汪光钧的发言开始，接连引起各家新闻媒体记者们热烈讲话，最后在萧墅老人答记者问的精神论表述后，《萧墅文化精神研讨会》十分成功地把这次社会活动记录在中国近百年的历史上了。

这次《萧墅文化精神研讨会》主要发起人是张昊先生，配合张昊先生完善全部研讨会过程的人们还有北京古玩城的领导人宋作桐和肖干事，以及李晨光、孙家棋、鲍海红等原战友文工团的艺术家们，曾为北京电视台的节目主持人东方黎明也参也了组办工作。这场会的主办工作不仅体现了大家政治思想敏感的革命进步潮和魄力，而且同时体现出大家热爱国家和热家社会民族文化财富的无私无畏精神！如无充分理由便很难说可以组办成功。更是因为会议活动需要很大经济支持，然而，这一切困难都没有阻挡住大家的理想热情——《萧墅文化精神研讨会》就这样顺利的召开起来和圆满成功地闭幕了！它成为了近百年历史上令人震惊的一次研讨会记录在历史上啦……

然则，若细品味起来的说，组办者们的进步政治思想和经济投资的这两种价值，都不无有更深远影响的历史总价值！他们将必受到全民族给予的赞扬！正是：

文史称史姓，化尽阴霾风。

精忠报国志，神州翰业兴。

世界英才书画专刊 总编：王养富 主编：吴俊营 设计：杨春艳 地址：北京市登莱胡同4号金泰楼305

《写在孕育新生儿之前的话》之序言

其下《序言和后记》两篇文字是摘录过去出版物上的两段文字，而不属于此次出版物的《序言》和《后记》。

《文艺报》，于2002年5月24日当天发行的报纸，在整版上刊发了奇迹史实人物业绩的摄影文学报导！也是继2001年8月28日《人民日报》报导的同一个人物之后的重点消息报导，再回首翻阅《中国日报》和《中国人才报》等多家报刊与杂志，也都曾报导过这同一个人物的奇迹！所报导的这位出现在中华热土上的人物却是从孤儿发展成为了的当代文化名人——萧墅。

在《文艺报》上的醒目标题写道：《萧墅：从孤儿到文化名人》，这一语概述出了其人的全部人生历史现实情况！醒目标题的每个字足有核桃般大竖写开来排印在整版报纸的中间，其余便是萧墅本人在各段不同历史环境条件下的生活工作留影照片并文字注解。萧墅是何许人也？请见《当代世界名人传》（中国卷）一书第463页的文字最后一段话便知分晓！萧墅是从孤儿挺立着身躯走过解放前童工生活行列的一个无产者苦人儿，也是在解放后文化大革命中被冤案没压倒，而从被流放的大西北，三次独步穿越沙漠死里逃生回到北京，获得平反后在科学、文化、艺术事业上取得长足健步发展成就的一位文人！在《当代世界名人传》这部史书上写道："萧墅寡淡独步文林20余年，终以诗人、书法家、国画家、理论家、演说家的哲人姿态登上了《中国当代名人大典》和《当代世界名人传》。"萧墅——就是这样一个平庸见奇的当代世界文化名人！

中国有从奴隶到将军的英雄人物奇迹！所以也出现了萧墅从孤儿到文化名人的奇迹！什么样的现实情况堪称得上是奇迹？就此可以这样说：奇迹，是从人的卓越精神脚步下产生出来的史实，这精神便是孕育奇迹天才人的沃壤。谁都可以尽可不信之，而却不可不由之发生——发展——到与历史并存下来的史实，就是奇迹！

奇迹创造者的精神面目表现在哪里呢？就此可以这样作出回答：不在其口头上，也不在脸上和衣着打扮上。而是在史书记载其业绩史实的文字中！

说来，萧墅这么一位卓有成就的文人，其实，他貌不惊人语不压众而极平凡的就生活在十多亿人口的民族大家庭里！但却是于学术文化上总在默默地进行着笔耕！据其才和据其苦难史可以这样来形容萧墅，足可谓是"文拓八荒之雄"，也堪称是位异才人物。所以《人民日报》报导他的文章题目如下所云：《异才出手，文冠大千》。

世界人多地广，而人不断有逝去的也有不断新生问世的。因此，萧墅在文化土壤上不断耕耘拓荒的史实千遍万遍的讲述或以文字表述，纯属是对新生问世的读者而言，不是对死去了的人们说的一切！所以怎样反复重提史话对新生问世的读者说来都是第一次，然而，相对老读者说来听了会有絮叨之感。因而提前奉劝老读者们闭眼吧！萧墅的废话不是说给老读者们听的，当然老读者们也就不必面对萧墅反复重提的文字话意去费眼神的观看了。其实，萧墅从孤儿走上童工无产者道路之后的几十年里的生活，他在物质生活享受上什么也没去占有！唯一获有的就是这些许文化成就，所以也就写不出其他方面内容的文字给别人看，谅解吧！萧墅这个贫骨头棒子不得不学鲁迅笔下的祥林嫂逢人便会只说自己关心的那些事儿——找她被狼吃掉的儿子……

祥林嫂毕竟生下过儿子阿毛，萧墅却在几十年苦难岁月里没有条件娶妻生子的过人的天伦生活。所以只把出版的书籍画册当作是自己的儿女们对别人夸说个不休，不论别人怎么厌烦萧墅的自夸内容，萧墅却是会永远爱他写作出版的《戈壁归来人》等等出版物——这是他生产下的亲爱的宝贝儿女们！

这篇短文就作为《写在孕育新生儿之前的话》把它当成序言呈现于此吧！

2002年6月19日周三　萧墅自白

《写在孕育新生儿之前的话》之后记

今天是农历壬午年入伏的第二日了，公历正好是2002年7月12日周五。我沉眠到凌晨三点钟醒来，首先想到自己而今已是年过花甲的人了，随之想到自己在六十多年当中经历过的是是非非，不禁感慨万端！正像5月24日周五《文艺报》摄影小说以传记文学概述我历史所说的那样——《萧墅：从孤儿到文化名人》，这篇摄影文学报导的文题准确地扣写出了我的心思，以及我涉身处世于人生做人所追求的目的！而且，我获得公允地实现了人生在事业上所追求的目的了！回想2001年8月28日《人民日报》（海外版）题为《异才出手，文冠大千》的评论文章，也以公允文字肯定了我在政治、经济、科学、文化、艺术五大方面对国家所做出过的事业成就贡献！当然还有多家报刊如《中国日报》、《中国人才报》、《首都经济信息报》、《中国物资报》以及香港的《明报》和《信息》，还有中国《收藏家》等等多家报刊杂志，都曾以大版面篇幅的文字报导过我的生平业绩，而且有报告文学女作家陈祖芬早在1990年初就在《十月》杂志上发表了报导我历史业绩的中篇作品，我最终也以本质性的几十年文风姿态立世之举被选载到《当代世界名人传》等等辞书上去了！尽管是我有很多友人都曾主观片面的对我说："这类辞书只要把钱付给出版社编辑谁都能入编到书上去！这类书没用！我也收到过这类辞书的征稿函。"等等说法。我听了友人们对我随时都说这种重复语言内容的话意之后，每次都引起我并不反唇相回击的暗自发笑！我笑友人们身为中国人竟然把中国的文化历史指责贬低的简直是一钱不值了，难道国家出版权力和编辑工作者们真如所贬低的那样毫无价值意义了吗？真的事情就那么不问人才事实的简单吗？与其说友人们贬低国家出版权力和贬低编辑工作者，却不如说是为了当面贬低我！然而，我的友人们又有谁和我似的也曾经历过我那样艰难的几十年历史？当谈到历史本质的实际过程的时候，人们便无话答对地哑口无言了！因此，我奉劝友人们不要信口说那些空洞盲目而乏味的话，显然，我劝止不住友人们这种短见的语言思考，我深感爱莫能助！也正是这些令我爱莫能助的友人们自己忽视了文字记载史实的人文史观，而人们自己在社会上生活下去连一点痕迹都难能留在中国的历史上，如此怎么能对延伸我们中国历史尽到公民责任呢？我想，充实国家政治历史内容应该是匹夫有责的一件做人的大事情！爱国主义重要的第一步作为能不是从重视充实国家民族的历史事实资料记载开始吗？不进行史书编辑工作中国的历史从哪里来又何以延伸下去？当然要反对无中生有的说空话，历史不应该是编造的！《当代世界名人传》这类由国家出版权力编辑出版的辞书必然经得起推敲！谁若从良心上对历史和对自己生命负责任的不相信《当代世界名人传》这类辞书的历史真实性，那么，谁就该亲手著写一部推翻《当代世界名人传》的书，若是既写不出书而还在口头上以简单思考的否定语言放空炮——简直不如放个臭屁！

我用文字表述至此，我便以入编到《当代世界名人传》的资格姿态表示，我在人生成功之路上站住了脚根！我从孤儿到文化名人不是空洞的历史过程，而是其他方面反对派的空洞否认我的说法已不值一驳了！因为，我在国家历史文字上已获定格、定值、定位了！我发展到这一步决非等闲！且不重复提出《当代世界名人传》入编的名誉，只以自己多半生获有的中国文化艺术才力而言，我斗胆说只恐等不到有真才实学的对手出面与我相交锋了——诚然是在共为民族发达的前提下进行文会！想必当然，我也决不同意只在口头上一争高下！来来来！请动笔一试！讲究个笔到诗成！而且要达到立意深卓！语韵上口！倘不见即席文笔相竞的结果，我决不听一切空泛的口头理论！正是：人格魅力的文笔体现令我忘掉了自家宠物也为生存的吼声了！

归根结底的说，我这个从孤儿生活起步发展自身文史的普通中国难人！六十多年没有后台靠山也没有可顺通的人际关系，更无金钱势力从正面支持，而是无助的独步文林，也可以说自己在科学、文化、艺术、经济方面独立取得到的公允成就，却是首先来自在中国当代人文史生活政治上的理论与实践的最先一步站得住脚的胜利！

现时代里的中国人，如果不是首先在政治上站稳脚根，那么在政治以下的其他各个方面就全然提不到话下了！然而，我这个从孤儿到文化名人的中间过程，为了首先在政治上站稳脚步而却耗费了大半生五十多年的生命时光！我才从政治理论作为上说服了过去始终否定我的社会各个环节组织上的人们，从而才有了在经济、科学、文化、艺术方面开拓进取发展的条件！基于这个条件才开创出自己老年阶段全面文史生活胜利的独立局面！所以从过去六十多年的史实能够证明自己首先是公民行列里的一名公民政治家、公民思想家、公民理论家、公民文学家、公民书画家、公民诗天过客！我倘若不经过这几家能力体现的几十年竞争，我便无力从孤儿生活史中站立起身躯步入到当代世界名人行列中去！谁最了解我？我自己最清楚自己是怎样从精神上战胜盲目否定我的人群而活过来的！我活得很开心！也就是说过去盲目否定我的人群活得很不开心！不开心的原因就是始终处于盲目政治的困惑中而思想里没有真正的社会主义学说纲领！没有马克思主义政治活灵魂！然而，我不是这样，我则是在中国共产党的正确领导下从孤儿童工时代到学生时代以至到中年老年阶段始终如一地以马列主义活灵魂为核心追求地生活在社会上！

这便是我——《当代世界名人传》第463页文字中的入选者萧野！

我——萧墅，自1981年12月25日人已过中年的具体门了落实到北京户口薄子上的时刻才算有了真正的政治生命！所以，北京东城区东华门派出所民警高亚征同志在为我登记户口时说："你不知道自己的出生年月日，就按报户口这天作为你的生日吧。"这样，我便把每年的十二月二十六日当作了自己的出生日期了。我从这一天起在零点经济条件上开始创业，到1988年10月正式在紫禁城出版社李毅华社长的推崇下出版了处女作品集！此后便不断在香港、日本、韩国等等环境条件中大量出版了诗文书籍画册。我发展这一切并没有用了过长的生命时光，不足十余年光景就创立下了众多人们终生都创造不出来的事业成就！而在1981年12月25日以前的几十年历史上，我却是因为从降生到世界上来之后就饱尝幼失父母沦为孤儿的天灾人祸磨难！几十年把我人逼的死去活来的历史该是多么漫长，我在过去蹉跎岁月中过日子正可谓度日如年。

然而，我在如履薄冰的四十余年死难日子里，却始终坚持闯走着一条《文韵星光》之路！而且，我在自己冲破人性枷锁束缚后取得了全面事业成功的今天，终以史实为依据的以极概括的笔调表述出了自己少年时代的漫长历史故事，我想，我的故事或许能在有兴趣读阅者的心中起到少有的多方面教益。所以，我花费些精力著写出这册书也是早有预想的。我但愿在读者心里产生这么一点效果！

萧墅 著

云淡风轻

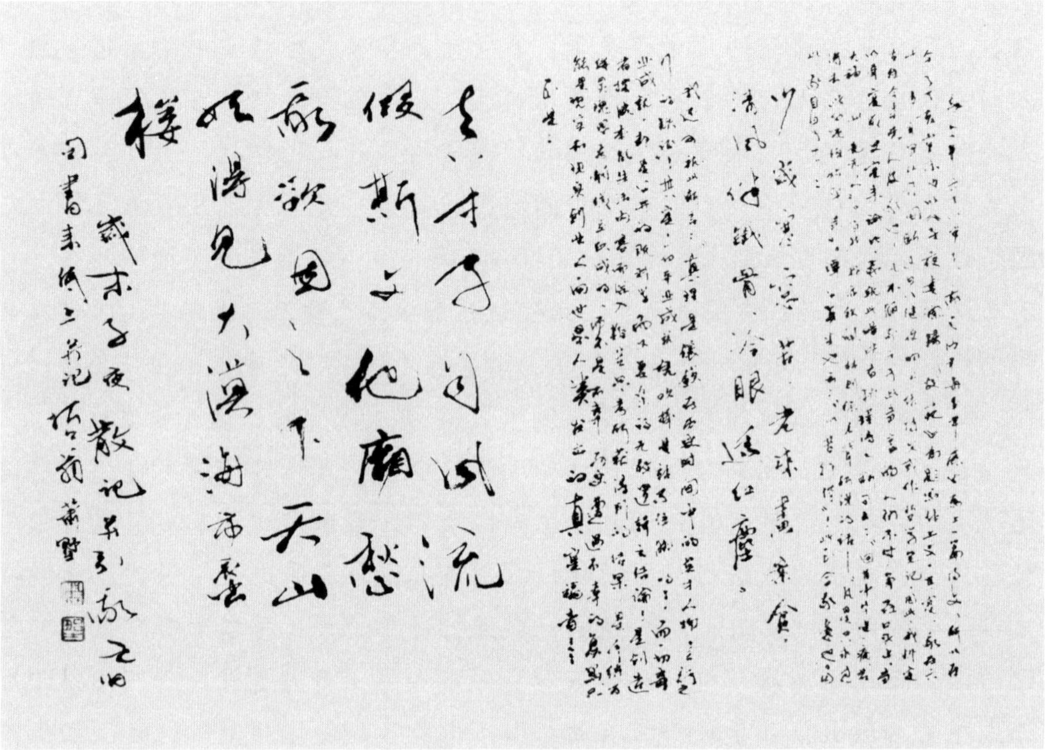

风烟杂感轶事

我未学哲学辩证法的从前，表述问题总是含混不清的，经常把两个概念下的内容当成一个概念下的人或事表述出来，譬如："人"这一概念，其实，应该分清楚后再进行表述，因为在表面上看去仿佛都是人，而若深入说来，由于人与人的言行表现不同，便可分为人中之神、人中之鬼、第三种人就可以称之为人了。

人、鬼、神三种不同言行的人，在表面上若含混的说起来都是人的同一概念，如果只用这同一概念认识的表述不同的人的本质表现，显然就表述不清楚了。我自从学会应用哲学辩证法看待不同本质的人之后，我才懂得必须会用不同概念的词意去表述不同本质表现的"人"！因此，有的人就可称之为"神"，而另有些人则可称之为"鬼"，如日本鬼子之说正是如此，相对消灭日本鬼子的中国军人就可称得上是"神兵"，平庸活在世界上的人就该称为"一般人"。

同理，虽说反侵略的战争年代过去了，而现今的生活里仍然要以清晰本质概念的看待不同本质表现的"人"！所以为表述清楚不同本质的人，我只能用"神"、"鬼"、"人"这三种概念去论述不同本质作为的"人"！我于此把不同概念的人表述清楚了，于下也就容易表述明白不同作为的人了！

我就现时代里却还活在我身边的人们说来，我活了六十多岁了而未见识过"神人"，相反，我总遭遇到"鬼"一样的"人"的暗算——诋毁！而几乎很少与一般人打交道，不过，我虽然接触不到"神人与一般人"而总遭"鬼"一样的"人"的暗算迫害，我却是因为吃了几十年的苦头而在思想里则产生出了防"鬼"的措施了！我防止"鬼"一样的"人"对我的加害之措施就是"回避"！回避的做法：（一）我必须向一切表面统称为"人"的人们告知我区分不同本质表现"人"的理论！其下，无论是谁若胆敢以"鬼"

一样的"人"的暗算我的手段向我伸出鬼手来或伸出鬼舌头来用诋毁我的流言蜚语害我，我就以彻底回避的不理睬之远远地躲闪开来，我对"鬼"一样的"人"视而不见听而不闻的也不提有关的字句！让它在我的见怪不怪中自己走向浪费时间精力的失败！其下，（二）用四字真经以对！所谓四字真经就是"你好？再见！"这四个字的两句话的短语。

这种"鬼"一样的"人"，我碰上的太多了！他们有时装作"神人"，有时装作"一般人"出现到我面前来，我定睛看出他们不是神也不是一般人而是"鬼"一样的"人"之后，我就会立刻用四个字把他们打发走！我这四个字的说词就是"你好？再见！"——即便躲闪不开也就从此与他们终断一切关系了！

不言而喻，所谓终断一切关系，就是在面对面时也不必进行语言交流，当然就更不进行深入交往了！我至少要让"鬼"一样的"人"在我面前活着如同死了似的！他到别处去闹鬼，我则无可奈何！因为"鬼"一样的"人"太多太多数也数不清！而且，"鬼"一样的"人"与"鬼"一样的"人"他们之间也总耍鬼把戏！他们本性就是玩鬼花活！所谓鬼花活就是瞪着眼睛说空话、说瞎话、扯谎骗取金钱势力名誉等等归为他己有的装起高贵身姿的摆起臭架子干一切不公正的坏事情！他们也不过如此几十年后一死就全完了！可是死后必遭一般人不休的指骂，他们也就等于活几十年而在给自己祖宗挣骂声似的！这种"鬼"一样的"人"，我理睬他们是毫无价值意义的！所以，我不如在人间的深山老林中独自散步观光面前这个大千世界！大千世界的自然风情对我来说，永远是美好的！因为，我感到大千世界的自然景观总在给我以希望的启迪，呵！难道自然界在体查赏析我表现出的这很一般的人格魅力吗？也许是因此自然界相对我施放出了那令我深感爽然的清新空气——我越发深感做人的高尚是不可不重立于己身的重要性了！

人是万物之灵！我当然要比自然界深通人性！所以，我崇尚人格魅力的升华，我每当看到这种人格魅力升华现实的绽放必为之动衷！甚至会令我在动衷的时刻而忘掉自家宠物也要生存下去的吼叫声，只有宠物吼叫声越来越凶的时候，我才从欣赏人格魅力中的呆思里醒觉过来，这时才想到该喂自家宠物点东西吃了！有时宠物嘴里吃着东西还喔喔的发着声音，人们说那是宠物护食的动物性本能表现，说白了就是贪婪性的现实暴露！这一点不值得人深加评论，因为宠物到底不是具有人文理智思想的人类！我甚至把其护食音响行为当成乐趣欣赏，而且情不自禁的会夸赞出口地说："真有意思！"

我过去住在香港的时候，曾喂养过一条金黄毛色取名VC的大宠物——外国种狗。

VC平时很听话，可是有一回突然变了脸咬了我的手，不过咬的很轻，我手大拇指处只留下一个紫红的浅牙印，也没出血，所以，我没舍得管教地打它，我想，狗是最通人性的动物，怎么也有时竟敢咬喂它的人呢？后来，有人告诉我说，这就叫狗脸翻了是不认人的道理，我从那一次受到惊吓教训之后，我便是怎么喜欢宠物却也决不去靠近它们了，不过，我知道那次是因为VC腹中生病了的缘故，因为后来它吐了很多黄水在地毯上，它病愈后却还是总向我摇尾巴讨好，我依旧喜欢VC并同VC一起照了不少照片。

VC很调皮，它不但吃肉喝牛奶，而且也常把纸叼在嘴里又咬又吞食，甚至把如纸似的港币也咬碎吞下肚子里去——吃钱！令我大为震惊！但也有时叼着钱跑上繁华的大街心去闯进食品店，老板们认为VC是受过训练的宠物，于是把吃的东西丢给VC，结果它真的把钱松开嘴留在地上，而叼起吃的东西就跑了，有老板们问起这件事情时，我总说VC的那种表现是偶然现象，而决不是也会做买卖。后来不知道是什么原因VC从家中跑出去后它再也没能回到我身边，我虽然想自己可爱的VC，但是，我无从去找到它，而也不想再养宠物了，我想VC不会惨死于非命！我又想，狗毕竟有狗的生活道路，任它跑走吧。……

今天已是2002年7月22日星期一了，我而今定居住在北京，回想失踪的VC之事也是十年以前的一桩事情了，总之，VC是叼着我的钱跑出家门一去不再归来！我想，我的钱或许能使VC过上几天不愁吃喝的快乐日子，我但愿如此！因为，我太爱我的VC了——它很懂些与我个人之间的人情道理中的小事情了，我还另外想到凡事只留个好印象就足够，何况是宠物呢，总不能与宠物朝朝暮暮的长久相伴下去的生活在一起。任VC漫游去吧！就此祝VC交好运找到比我更心善的主人。

我回想自己在几十年里所过的一般人的生活日子并不顺当，从全国解放初期到文化大革命开始之前始终在学校里做学生，我伴着文革运动开始自己就被当作"牛鬼蛇神"都不如的小人物进行向死里整治，其后，被迫流浪在社会上了，其实我始终是个经济贫困的穷人！自己直活到晚年今天这个样子，我没觉出自己招惹过谁而却落了个总被别人诋毁的地步，我在这地步上不想独立也逃不脱陷入孤立中自谋生路的下场！幸运的是大有赏识我诗文书画作品的国内外友人，我才借以诗文书画作品换回微薄收入活了下来，而且从小到大产生影响的发展到今天，我总算是活出了个做人的名堂——于1994年10月自己的历史业绩被选载到《当代世界名人传》（中国卷）第463页辞书上去了！

我自从迈开了灵魂的脚步走上了公允的人文历史辞书上之后，老体已深感困乏了，唯一感到适合自己的生活方式，便是半眠半醒地躺在床榻上回想往事，其后把想到的内容写作成杂文，经常在回想中感到过去经过的事情百思不得其解，弄不明白一次连一次的政治运动目的与建设祖国的实际关系意义，所以自己对国运前途无忧无欢的只剩下苦笑了！古人说天下兴亡匹夫有责，然而这对低能的我说来便是连当匹夫的资格都不够，不过，我就是这样也还大有人对我的所学深感望尘莫及呢！我再回想曾经施教于我的人一个一个都在摆空架子，毫无说透问题本质的才力，可是满目茫然的人们还在诋毁我，而却不知诋毁之词在公允的史书评价我的理论之下该是多么的虚弱！

虚弱的人有几个明显的特点：

（一）为了掩盖虚弱性却要衣冠楚楚。

（二）为了掩盖虚弱却经常板起面孔申斥别人。

（三）为了掩盖虚弱会随时的恭维面对的强者——总之善于吹牛皮、善于拉关系、善于弹劾别人、善于唱高调的并做不成实际事情就是虚弱人物的总体特殊表现。

我虽然年近古稀的老了，我虽然困乏地卧在床上而思想却是更充实了，我充实的思想内力之强劲程度可作个比喻的说，我把要表述的理论语言就是从手指缝中发出去，其力度也能把虚弱者削成片儿！

我终于把坦然的微笑留在了自己晚年生活这个阶段上了！这是自己在孤立的几十年中迎来的一抹迟到的春意中产生的感觉——以逸待劳轻松的文笔在笑到最后的这个时刻还要写出的一句话便是：不可忘记文化祖宗！只作为提示之语吧，写在我的"时一笑书屋"。

萧墅 2002、7、22 周一

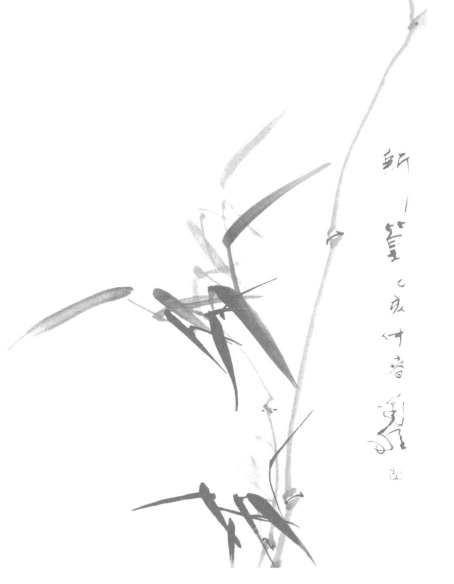

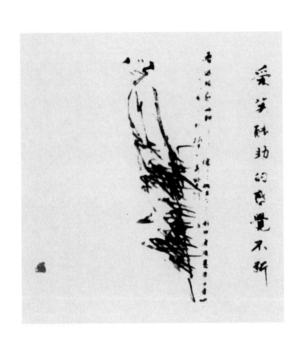

做祖国"母亲"的英明赤子直面人生者

　　他从1948年前父母双亡后做童工的生活中走来，伴着共和国诞生迈开了人文史发展的步伐历经五十多年，他终于走出了一条实现自我人生价值的成功之路！有很多家报刊杂志都以不同形式内容的文字报导过他的人生历史业绩，而且把他的成功现实载入到共和国史册中去了！因此，但凡社会上的有识之士都知道他的名字叫萧墅。

　　萧墅在自己闯走的这条人生成功之路上，历尽坎坷以柔情似水的性格表现发挥其内在的刚毅精神，以不断实现爱国主义人生作为的实际工作成就与生活历史相交融在一起用文字体现出来，如此日积月累的扩大着德才兼备的人文史发展影响，在国内外出版书籍画册以文化和艺术奠定了成功之路的发展基础，而且终于在这个基础上创造出了胜于雄辩的文化事实结果！因此，《文艺报》于2002年5月24日，以整版的摄影文学报导方式给以萧墅一个公允的评价，称他是"从孤儿到文化名人"的一位中华版图上的奇迹人物！就此可以准确的说：奇迹是从卓越精神脚步下产生出来的文化产物的公允现实！而这种卓越精神就是孕育天才建设者的沃壤。谁都可以不相信这种说法，但是却不得不承认现实的发生、发展、到与历史并存下去的结果！因为是大众公开允诺文化名人的荣誉名称，这样公允下的荣誉名称如烙印一样记在了国家出版权力所有的《当代世界名人传》书上啦，理所当然的人生无悔是不言而喻的！

　　现在的萧墅，已从当年的童工成长发展成为年近古稀的名流人物了！萧墅定居在这样一种历史席位上——他还能有何欲火不息地去想占有什么吗？

　　此时此刻踏过人生社会诋毁言词的萧墅老人，他的人生实践证明已做到了把笑声笑到最后的胜利局面上的结果，而今以宽恕心怀在迟到的一抹春意生活里，他驾驭的再也不是书案上用的纸笔墨砚了，而是灵魂的巨橡！他把

萧墅 著

云淡风轻

人间最美妙的诗都写在了天地之间，他那曾经创写发表出版面世的《华天诗吟生肖十二品》、《百米——古国神牛画卷》，还另有《戈壁归来人》史传性诗文书画汇编的文字书籍的问世作品，都早已深入到有识之士的人们心灵中去了！尤其是吟咏生肖的十二首五言诗，不但早已深入到全国每个人的心灵中去了，而且也是添补了诗文化的历史空白之作品！因为古今文人谁也不曾以十二生肖为吟咏对象创作出版过十二首五言生肖内容的组诗！

萧墅先生无愧是当代的奇才文人！他所曾经创作的百米《古国神牛画卷》，中国的艺术权威界也称之是古今首创之作！因为在牛皮上创写中国画而且是百米之长，的确是古今从无他人如此创写过的文化艺术产物先例！如此独占文化艺术领域一席灵魂地位者只能是这位诗天客萧墅老人……

人民大众看得见也摸得着的文化艺术作品之外，另有一种既抽象又具体的口头文学艺术理论语言最擅长者仍然是萧墅先生！他那种口头语言表述能力纯属天才源泉般的辞令！其言词表述结构与众不同十分富有新意升华，甚至随说随记写下来可立成大块文章！这样一位年近七十岁的老人，博闻强记的脑力智力不减当年，精神体力也决不弱于常人。甚至在毅力上说来若与众人相比较的说起来，这一切必与萧墅老人当年只身步行火海大漠戈壁滩的经历有关。正所谓读万卷书行万里路。萧墅老人皆尽全力做到了！难得！令人敬畏！就此书录萧墅老人当年写作在行进大漠中留到至今的一首诗：

《大漠行吟咏章》

天山雪顶下，万壑草不生。戈壁沙野阔，古道有行踪。

丝绸之路远，险境骇人听。旱海八千里，我曾一步行！

"八千里路云和月"这句话是民族英雄岳飞遗作《满江红》词中的用语，萧墅先生在自己写作的《大漠行吟咏章》的五言诗中引用了"八千里"三个字，可见他非常钦佩岳武穆这位古代爱国主义的大英雄！同时，另有喻意在其中，那就是"莫等闲白了少年头"！因此，萧墅先生当年被文革中的恶人迫害而遭难在戈壁荒旱的沙漠里，他能以文气、才气、胆气、英雄之气闯越出被喻为死亡之海的大沙漠！当1981年12月底重返回北京获得到平反后恢复为中国画理论教授职务的教育工作后，他真就是抓紧了中年以后的生命时间开始开创文化艺术事业！所以，萧墅先生生活到暮年果然没落到"空悲切"这三个字的词意上，这正是当年"竹本无心节外偏生枝叶"的一段险恶生活史，但他终于洗清了沉冤半生的冤案，这情况也恰似"藕虽有孔胸中不染尘埃"的内涵力量发展的可欲之结果！所以，萧墅先生把这两句话作为对联题出来铭刻在紫竹院亭柱上，他以此简明而深有内涵力量的上下两句话的对联向民族大众公开的表述了自己的前半生难情。同时也表述了最终走上了成功之路的结果！萧墅先生正是这样清白的步入到了事业果有所成的暮年。

这该是何等富有人格魅力的一段个人之人文史发展的现实啊！因此，身为抒怀的笔者之我，此时当然会有这样的感觉，也就是说："人格魅力的升华，必会令人忘掉世间宠物为了生存而向主人发出的吼叫。因为宠物没有人类的独立自主和自力更生的精神！"一种人类的真正人文史生活气息是决不会与低能宠物等齐的！所以，我对萧墅先生这样一位从孤儿到文化名人的历史发展情形是深刻钦佩的！他没有了父母家庭生活温暖，他曾为求生存在过去历史上当过童工而没有了人格该有的自由心情，他也没有靠山没有金钱而在彻底无助的生命历史上凭独立自主的奋斗发展成为世界文化名人！这在中国十几亿人里也是罕见的一个奇迹史实！相对这样的史实总在出现流言蜚语的诋毁显得十分虚弱！甚至虚弱的不如宠物也要生存下去而向主人发出的狂吠！然而，萧墅先生却是宽恕着相对他的一切诋毁者而大义凛然的走到了人生暮年并取得到了中精外成的奋斗胜利结果！这种充实的历史事实它比人被编入到那《当代世界名人传》书中，更具有第一实力发展的重要性和根本性！其个人只给《当代世界名人传》增辉而决不会为之抹灰！因此，诋毁人民国家权力出版物的歪理邪说的虚弱言词是站不住脚的！而永远没有胆量敢面对具有实力学术的人！这正是无产者意识的远见而决不自卑的自重和自尊！其真正性就在于光明磊落的决不采取抽象对立之举！而是直面相对惨淡的人生作不懈的文化事业工作以奉献给大地——祖国"母亲"……

今天，已是2002年7月30日星期二了，就此接续上述文字再写上些这位老文人的近况。

萧墅老人由于过去蹉跎生活所致而过早的损害了牙齿，为此不得不在出访新加坡南洋艺术学院之前先把牙病医好，因此在总装医院张家富政委及其朋友王斗斗的陪同下于本医院就医了，彭勤建大夫给以精心的医治下终于换好了一口新牙，这一切在友人们的相助下很令萧墅老人动衷，因此大家结下了友谊，然而，就在这友好发展过程中，也并非是一条没有弯拐的直线趋势！不过，这在旁观者看来却是激发文学素材产生的条件，也正是在这种一波未平一波又起的生活中，萧署老人又写作下了令人读来深感动衷的大量诗文，而且几经周密的编辑也都出版面世读者大众了。

萧署老人暮年写作的这些诗歌散文别开生面，颇多趣味的成为了添平代沟的作品，其中有很多篇作品在北京人民广播电台也广播过，如《人老亲情在》、《女儿酒》等篇作品的播出，受到很多听众的赞扬，北京人民广播电台的播音员卫东、明明、小莉、娜一等人，大家与萧署老人不但有信往，也有直面交谈对话的录音在电台播放，正逢2002年8月1日这天，卫东又到萧署老人家坐访了，另外还介绍了一位企业家杨子兴先生。他们在萧署老人的文苑坐听这位老人说古论今，海阔天空的把中国传统文化及现代文艺结合在一起说了开来，真可谓是"提笔诗江流"，"话语江天阔"。从文史哲谈到中国传统的音乐、戏曲，都令播音员卫东深感兴趣，因为卫东正是主持中国传统文化节目的一位播音工作者。

最后，当卫东等人离开萧署文苑时，老人还各赠人们一份报纸及一册在香港新再版的画集——《华天诗吟生肖十二品》。其中还插有《古国神牛画卷》局部出版作和获世界荣誉的证件等印页，大家都十分珍重萧署老人的暮年出版物，而且有人还建议老人把自己演奏的古曲也录制出版，萧署老人十分风趣的回答说："我这般年近古稀的人扎实的活了几十年从不登台搞吹、拉、弹、唱的行当！我平生追求的是认识自己面前这个世界。"

是的！萧署先生曾以他认识世界中人为的与自然的体会对我说："人格的魅力令我竟然忘了自家宠物向我要食物充饥的吼声了。"由此可见，萧署先生平生直到暮年也没有忘掉终生追求的德艺双馨之理念！然而，这位老人在获得到非凡的事业成就后的今天，却也时刻以每日记生活笔记的做法在坚持古人所说的"每日三省吾身"之名言的实践。

"每日三省吾身"是古人曾子自我检查而在道德以及学业上严格要求自己的条规，一省"为人谋而不忠乎"；二省"与友交而不信乎"；三省"传不习乎"。

萧署先生正是一位与别人共事过程中十分讲究忠诚老实的老文人，而且与朋友相交在一起特别守信义，而对待求知若渴的学习也真的做到了温故而知新的地步！所以，这位老人每天清晨都要一丝不苟地写作上几千字的文章，老人的文章涉猎广泛，在其笔下的一切都能写作的十分生动而富于哲理，譬如：老人看到麻雀在路边地上寻食，则就能写出麻雀并不怕人的故事，谁只要靠近麻雀而麻雀并不立刻起飞逃脱，而总是先蹦跳开人对它的逼近，当人真想捉住它的时候，这时麻雀才腾空而起地远走高飞了。可见麻雀最懂得与人保持距离——这个道理正是萧墅老人笔下揭示出来的。又譬如：萧墅先生写到自己在冬天的室内透过玻璃窗描写树梢上的喜鹊时在文字中说："我喜欢你，但是，我决不怕你飞去！因为在我的笔迹下早就在纸上留下了你的身姿。"可见老文人对自然界里的一只鸟儿爱的也是那么深刻，另外写到曾在香港居住的时候自己喂养的宠物VC，笔调那么令读者看来也是人心向善的感觉，当描写到VC轻轻咬了自己的手之后，老文人并没有去惩罚那条雄狮般模样的大狗，反而经过细心观察才发现宠物生病了，然后把宠物送进医院去治病，这段文字写的尤为感人至深，萧墅老人不仅以委婉的笔调描写宠物，写作鸟儿们的生活，也写作有关海潮、海啸的自然景象的文章，以及引经据典的以雪为主题的写作童年的故事，哪怕是秋风中飘零的一片香山红叶，而在萧墅老文人的笔下也能写出叶儿并不情愿被人夹在日记本中的人格化回归大自然的心态。总之，萧墅老人的文风内涵充满着善意的柔情和热爱生活的心理，真是令人酷爱静心读阅这位老人的文章。

老文人不仅文章写得好，而古体诗及新诗写作得更好！前文中引叙出了萧墅老人写作的《大漠行吟咏章》，所以这里便只就老人写作的新体白话诗为例浅谈，就中就可以从诗中看出老人不仅有柔情似水的性格，而且也颇有刚毅精神！看一看老人在白话诗句中是怎么写作的吧！

《绿色的思魂》

我咬断自己的舌头！
把想说的话暂收存在心窝。

我咬断自己的舌头！！
让疼痛令我忘掉孤独和寂寞。

我咬断自己的舌头！！！
喝着自己的血来使喉咙不再干涩。

我咬断自己的舌头！！！！
让这血写下的成就恢复为人间大地上的绿色……

萧墅先生有大量的文作都流失海外或出版在异国他乡了，在日本写作的

萧墅 著

云淡风轻

集子有《瑟缩樱花四月天》、《雁田山风光》、《文韵星光之旅》等等诗章散文与小说，在韩国写作的诗文书画作品就更多了，如《济州岛小住的日子里》、《带回祖国的一块火山熔岩石》、《为中国旅韩画家剪彩》、《我的随身翻译白明女小姐》，除大量文字之外还在韩国教育电视台面向世界国际社会演讲之后，还出版了大八开精装本的《萧墅画集》，总之，萧墅老人不仅是自学成才而且是触类旁通多才的诗人、文人、书家、画家还是也可称的上是善良的伊索式的哲人，当然有资格成为活着在世的阿凡提！

不过，这位萧墅老人决不与一切为争名利而连人格都丢落满地的人群相混杂在一起！虽具有独特实力却百般忍让于人，倘不是硬扼住喉咙便决人不反抗地承受下去！而遇上真不自量者也还是口念四字真经地说罢"您好再见"转身拂袖便去之乎也。

萧墅老人去哪里呀？就去自己的"时一笑书屋"！

时一笑书屋！是个颇多情趣的净地所在，这里既无豪华的装修和陈设，而却也决无媚俗的庸物堆积，则颇有点鲁迅故居的那种感觉，这位萧墅文人老爷子连他的下榻之处也给人一种难以测析的风范，然而，老人待客总是一视同仁礼貌周兑，令人嗜舌！

2002年7月30日星期二 萧墅自白

爱莫能助之思的由来

今年，我没有想到，刚好在中秋节前，我拟写《南少林寺禅缘古今叙语》并为之作序题诗二十余首的书，不但出版问世了，而且，我独立创写并画和作序的精装本《华天诗吟生肖十二品》一书也出版了，《文艺报》还以摄影文学报导形式用整版条件立题《萧墅：从孤儿到文化名人》进行报导，另外，我为青年书法家元童和青年油画家刘戈等小友们作品集写作的序言，也与读者大众见面啦！我还将为明年的书法作品的台历出版也写作出十二幅自己的格言作品，当然会在近期也将出版面世给社会大众以应用。其实也不只是这些问世作品，而是随笔写作的不少散文诗篇都在不断发表，总之，2002年8月20日以前到元月初的这几个月的日子里，我活得很充实！

现在已确定了将于九月初出访日本，十月中旬应邀到新加坡南洋艺术学院去授中国文化艺术理论课，并兼举办我与妻子女画家赵磊的中国书画联展，当然这中间还插有接受杭州与山东邀请出席的文事活动，说来很紧张，其实，我的生活日子过的既充实而又十分轻快！毫未觉出费过大的力气就成功地完成了其上一件连着一件的事情，我很高兴自己的如此生活表现，因为是属于活精神人权得到公允体现的结果！我想，人活在世界上，无论做什么样的事业都没有比体现活精神人权更重要！然而，我这个理念正好也就是这样从容实现开来的！我仅在2002年中的八个月时间里就顺利的做成功了这么不算少的人生美好事情，我怎能不深感自豪和为民族事业得到充实发展而自豪呢？在这个方面说来，必须以胜于雄辩的事实面对举国上下有识之士的人们，而用不着掺假或说大话及说空话——我不是"假大空"则再也用不着向人们作解释啦！

我就是我！我不是在作梦或说梦话！而是真真切切地在《从孤儿走向文化名人》的生活事业道路上，奇迹般地不断取得丰收的硕果！说它是天赐的也行，说它是"梅花香自苦寒来"的作个比喻也罢！总之，所有通过国家出版权问世的诗、文、书、画作品都连着我的笔名"萧墅"二字呢！这个方面是经受得住深远历史推敲的！如此，无论是什么人在面对我出版物的史实还要歪曲的指责我"狂"我"傲"，那真是无理取闹的不让人活下去了！我照直照实的把成功的事情做出来摆在每个人的面前——如此！我用不着面对每个人狂傲！

我的脸从来是平静的，我的衣着始终会是朴素而庄重的，我的饮食起居从来就是这样简单！一单丝一瓢饮足慰平生，而今，我越发的不愿意与无时不在说空话的人们去对话了，空喊着一切，甚至指骂诋毁像我这样的做实事的人，这样活着难道不耽误人们自己的实际发展吗？我想，每个人还是拿出点儿实事成就来给公众一睹为快才会有生活意义！除此之外的一切虚张声势又怎么可能产生实际作用意义呢？然而，各行各业虚张声势的现象，我已深感爱莫能助，我在深感劝善无效的长年时间里只好我行我素了！我独立奋斗改善生活事业苦心经营几十年之后发现，"梦想成真"的说法不无道理不无事实依据！我深深的记得，自己从幼年的时候开始，我就饱受自己家中的长者们讥笑、指责、否定，随之，我又重遭学校中的老师和同学们的讥讽、歧视、否定到开除的地步，接着又在社会上的各条战线上受到冷遇，然而，我梦想成功的一切奋斗目标之心不死！我就是在人们的咒骂声中登上了《当代世界名人传》这部书的灵魂殿堂上的！就此不必重复过去成功事业的话题了，而只就2002年八个月中的史实说来，我的文化艺术劳动成果，又有谁能从数量上尤其是在质量上相对照作个比较？我料定是不会有人在文思成就上有勇气站出来与我对话的！倘有出现者，我断定也必在实事求是中甘居下席——因为，我始终是无助而独立在难境中精神百倍坚持向恶运斗争的一个活灵魂孤儿成长起来的平凡生活地位上的强人！而相对我的一切人则都是温室中生长发展着的人！这个根本性上的不同造就了我！《无敌者自白》一诗就是这样写作成功和出版面世读者大众的！

《无敌者自白》是如下用文字向读者这样表述我六十年生命史实的：

太阳知道：我胸中熔岩有多么大的热量！
月亮知道：我有一双爱神雅典娜的手掌！
寂寞知道：我曾经毕业于千古无人的课堂！

饥饿知道：我有多么大一个粮仓！

干渴知道：我心底的泉水喷涌向五湖四海！

地狱知道：我的名字不在生死簿上……

"天伦情乐"——

这个名词对我说来毫无意义！因为，我是40年代的孤儿，我也是而今从被社会人们歧视为缺少灵魂卑贱线上自强站立起来的孤老头子！人们对我从说法上的关注始终没落实到我身上，我则却凭着自强把用智力和体力换回的血汗金钱物质捐给社会大众。因此，我只要听到有人在耳边说上几句温暖我心的话语也深感满足，然而，我听到的话语多数却还是诋毁或指咒我的言词！这种现实早已令我陷入心灰意冷的境地而又从中跳了出来，因为，我回首看一看大批衣冠楚楚的人们，尽是些头脑空的如轻气球似的纸老虎式的人——真是多如牛毛！随处可见。

虚张声势的吹呀、拉呀、弹呀、唱呀——放高调！若具体的请每个人拿出自己几十年的成绩时，那可就难了！即便如此而却还是嘴巴尖硬的如鸟儿进食的器物啄似的空泛的论说个不停！一切令我听来就无真实证据的空话大话而言简直假的没有边际！尽管如此像海啸似的外强内虚，我依然视以为同是人类给以同情！但是，如何使每个人改变世界观地走上真才实学之路！我则深感是束手无策了——我的爱莫能助之思便是从此而生的！

2002年8月25日周末 萧墅

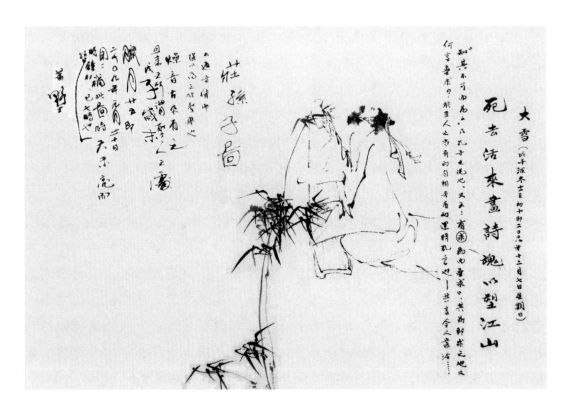

大雪（戊子深冬十二月初十 二〇〇八年十二月七日星期日）

苑去活來畫詩魂以塑江山

如其不可由為之，八孔子之況也，又...有□為四要求以其內部亦在之地又何言要求？能主人之有的句相矛盾的運轉乱言迴一其言今人感�...

牡孫子昌

蕭野

教师节场外的精神感受

我相信自己比相信任何一位别人都更有实际意义！有此自信又何必怀疑自身之外的人呢？无事实把握的怀疑别人是多余的自寻累心的烦恼！但是，也无须乎轻信一切弱智人的表白，可是决不必揭露别人的谎言，因为，我没有必要与人们建立爱憎关系！我在六十年中总处于孤立无助条件上和力求实现自我的文化事业发展，所以，我对别人倘施以言教或身教的资助完全是出于民族大义！我毕竟也是本民族的一员，所以取任何形式的某种资助别人的举措则与具体的爱憎情感无关！从本质上说来只能是这样一种民族主义观念！因此，我对别人的资助并不期望别人对我个人作出具体的报答！我渴望所有的人从大义民族精神意识出发关照自己身边的别人，当然是在保证自维的政治与经济两方面的基础上去助人为乐的一展大义善举！这是唯一的对爱或恨的理智思路，只有如此的施放自己对别人的爱或恨才永无自身的失落感！

归根结底的说开来，人在人世间存在的意义和根本性重点，主要是在表现人智能的学术上自立门户的实现自我全面相对大众的价值！除此以外一切其他的生活内容都是次要的！次要的生活内容都是像杂技——杂耍——相声——小品——演唱——说学一切真象内涵真理的小节目！而重要的是实现真理！为了实现真理的不枯燥而不乏引进小节目作为自我心理调节情绪的内容，但是，万不可被小节目占去了全部生命时光！不然就连演出小节目的人都不如了！不可轻看演小节目的人也有俘虏别人灵魂的鬼伎俩，但都是出于灵魂价值低廉的经济掠夺目的！

一个果真有灵魂实力的男子汉，不仅显赫在小范围的家庭中拥有受成员尊重的地位，而且在社会大众中也要树立起灵魂理论无敌的尊严——这个逻辑也适用于一个国家相对全世界应具备的本民族文化内涵力量的推论！

我言至于此又怎能不深感自己的六十年之孤独呢？从实质上说来，我在六十年中从没有找到相伴我在自己灵魂文位上的人！至于偶然有逢临场作戏的人也是表演杂耍系列的角色，在毫无灵魂发展意义上的杂耍重复的演艺过程中怎不令我深感乏味？总让我捕捉不到实际价值的在希望中活受煎熬的面对我演杂技的小节目，我再不愤然独自继往开来的迈动真理步伐自己便是白痴！不过，我什么时候在灵魂上总是有得而无所失，因为总在不失时机的涉取着人生灵魂文化资料，此外，我在经济上又总是一无所有的意识！我只要有人在魂就在的现实中就有纸和笔便再无须乎占有其他物质的奢望了，我人我魂与纸和笔打了整整六十年交道，我在六十年中每天晚间就是倦意十足而也未终断过动笔书写自己的灵魂思考内容，而不是为了全然发表在报刊杂志或书籍上，却是为了不断推进理论思考内容！我根本不受任何低劣栖居条件所困惑的对人生动思考而寻觅道理，所以，相对我的任何人用自己简单头脑所思考出的浅显理论来说服我，不可能已是不言而喻了！然而，我又从不反口以唇相击！而是吸收一切失败的理论进行剖析，最后以无声的行动回答一切败军之敌！我把数万次无声的胜利集中储藏在头脑内部的绝顶智慧的见解，用简明的几句话概述出来刊发在公允的报刊杂志或书籍中，以此体现我的人权！如此，我在衣装饮食住宿条件上再狼狈而在精神上则也是高大的和与历史并存到深远境界上的成功！相反，在一切优越经济物质条件下活着而不能体现人权的假象富有的经济面貌，自然与低等动物世界里的各种动物都将是没有区别的！然而，我是人而就要在人权体现上与一切低能者相区分开来！我在自己的人生道路上已充分的成功的也是基本的做到了这一点——实现了体现人权的理念目的了！

看吧！仅就2002年说来，我在一年中不满十个月的时间里就写作出版了十数种文字内容的文化艺术产品，2002年2月8日出版的《华天诗吟生肖十二品》，2002年5月24日版在《文艺报》上的《萧墅：从孤儿到文化名人》，2002年7月出版的《南少林寺禅缘古今叙语》，就中还再版了2001年8月28日《人民日报》对我发表的报导文章《异才出手，文冠大千》内容，也有为青年画家们出版物写作的序言不断问世，就此不列举下去，总之，都属于我获得到公允认可凭出版权发表自己写作的文化艺术作品来体现的人权……

我有此体现人权的出版物显示在由此深远下去的历史上，我便不必争抢此外的一切其他经济物质了！因为，我的出版物反映出了我有灵魂思考能力的头脑已不是低能儿或植物人了，更不是被看待成改变物质形态的一盘机器了！我人曾被当作"造粪机"的历史自灭了！我而今以富有文风人格魅力的现实存在大长了自信理念！而人格魅力几乎令我忘掉了自己爱养的宠物也需要生存下去的吼声了。我身为言教与身教的灵魂工程师荣誉下的平凡劳动者在"教师节"之际写下了这篇慷慨言词的文字，正是为了纪念2002年9月10日的教师节！此致——再无更大更多奢望的平凡劳动者向大家敬礼！祝愿所有的灵魂工程师荣誉的获有者们力行言教身教的取得人生辉煌成就！

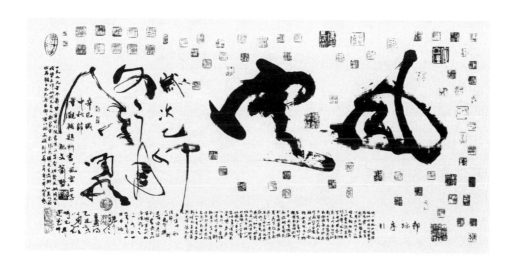

萧墅 著

云淡风轻

寄歡樂而富則秋心

一揮而就寫盡人生之

二千〇六年

撝煌也

荷野

五月九日隨筆

生 活 随 笔
东京冷漠的中国文人之归思随笔散记
2002年国庆节后的次日凌晨

　　昨天傍晚，我独坐文苑，看电视播映的电影故事片，关于郑成功收复台湾的历史，在此国庆节的暮色中又得以重温中华壮烈史实演义的故事。此前十日，也就是"九一八"抗战纪念日的那天，我还在日本东京靖国神社的那条大街上的巴斯车厢里，车中所有的人都逛街购物去了，唯有我独坐在车厢里静思默想着抗日战争的当年困难史，我边想边随笔写作下了《东京街巷冷漠的中国文客》这篇散文。其中复录有自己于1992年曾到日本的那次写作的一首题为《勿忘国耻》的藏头诗，我诗写道："勿将前史遗魂外，忘辱失节业何成，国体腾衰民作主，耻恨雪反还东京"！我说：中国人并非尽然都是神魂颠倒的力尽心衰者！

　　我独坐在车厢中写作文字时间长达四个小时，我饿着肚子等候逛街购物的人们回来带面包给我吃，大家回来时已是下午了，我从午饭前等到下午大家回到车厢里的另个原因，就是因为此次出国身上没带钱，当然，我在国内也是没有钱的穷文人，此次出国的经费尽由和众运输集团资助，我觉得自己几十年来做这种身无一钱的穷文人日子过得还蛮好！总是在借助社会大众的力量资助下活着，也能出国也能出版自己写作的书还在国内外出了大名！实事求是的说，我在国内也曾是长年无家可归的流浪文人，1982年在北京正式落上户口娶媳妇时也是个没钱的穷光棍，这一点不仅很多人们晓得，尤其是画家妻子赵磊最清楚。我活了几十年到而今都已是年过花甲了，自己没精心也没觉得很艰难，同时也没记得究竟在身无一钱的情况下是怎么活过来的，然而，我虽无钱却也没耽误人生一世理想中该做的一切事情！娶妻养子，著书立说，出国演说访问进行文化交流的国际活动，我深感该做的事情自己都

萧墅 著

云淡风轻

做过了。但是，我虽然是个没有钱的穷文人而却没有感到经济困难的压力！最近新加坡黄伟权大使又推荐南洋艺术学院邀请我出国举办教学活动，费用当然是由新加坡国家方面提供，我仍然是身无一钱做这件事！我仅有的唯一财富就是头脑中的文化！

几十年没钱的生活也过来了，事情也做了，写作的诗文书画作品也都出版了，而且于国内外都有我的出版物！2001年8月28日《人民日报》以《异才出手，文冠大千》为题对我作出文字报导，2002年5月24日《文艺报》索性对我报导的更彻底！以摄影文学报导的立题就说透了我的全部历史——《萧璗：从孤儿到文化名人》！

我这个获得到人们公允认可的文化名人，始至今日活得十分寒酸！在生活里从外表上谁能看的出我是个文化名人，那谁的眼力可算得上是太好了！我日常始终是这样一个貌不出众衣不夺目的平凡百姓中的小人物之生活习惯，直到近些年说来，我人也老了，处世习惯也得到人们习惯的谅解了，人们才认可地知道我是始终从文而求简存的一名社会老人。我始终活得很知足，也深感有滋味儿，还感到自己也活出了人生价值啦！我赞同古之先贤林则徐所说的那两句话："凡事只求过的去，此心还须放平来"。我也很欣赏当代书法家启功写下的那幅对联文句中所表述的心情，"莫明其妙从前事，聊剩于无现在身"，真的！已到无求的境界中了，我还能有什么可争竞的内容呢？没有了！所以，我为启功写下的联句又补上了两句话凑成了如下古风诗写道：

> 莫明其妙从前事，聊剩于无现在身。
> 回首岂顾花繁茂，屈指稍头看小虫！

国庆节这一天，我过得很快乐。家中妻子儿女及孙儿与我共进节日午餐，其间不断有人来电话问我节日快乐，晚间又有建设部的老作者骆中钊来探望我，骆老把自己最近出版的书送来给我，我也将自己今年出版的《华天诗吟生肖十二品》一书回敬给骆老，其实，我平日也是不断与社会人们交往的，前任国家旅游局领导人何若泉也是我的一位老文友，他出版的诗集上也有我的贺句，当然还有刘梦溪和陈祖芬夫妇也喜欢我写作的诗文作品，另外，我同九十多岁高龄的文怀沙先生以及北大校长季献林等文界人物都有过文会。尽管如此，我更多的时间还是独处在自家文苑中的，有一位专门经营观赏石的朋友姓杨，但是，我不知道其名字，这位杨先生深知我也爱奇岩怪石，而又深知我不是经济富有者，所以，杨先生竟然把一块名曰"沙漠玫瑰"的观赏石送给了我，然而，我虽深爱之，但是因为自己曾是从沙漠中归来的人，为此以之代表自己的性格把它当作玫瑰又转送给友人了。虽说是转送给友人了，而确实也是自己的心爱之物，所以，我每当独坐文苑陋室中也经常思念它——沙漠玫瑰！因此，我在本篇短文最后还是要提到它三言两语。

这块名称谓为"沙漠玫瑰"的观赏石，其体貌形态真的像玫瑰花，当然它没有植物生命，不过，我想它至少有在自然界里饱经日精月华的灵韵！它虽然通体冰冷，而给观赏者的感觉却还是有玫瑰花绽放之热烈感觉的。世道人情也似如此，感觉与本质是在对立统一规律中呈现着的！就以我来为例说吧，我在现象上的确是个穷文人，而在实际上把创造的文化财富都给与人间别人那里收存起来了！有很多友人说我做的事情总是苦大于乐的结果，是的！我也深感苦大于乐！自己无时不在创造大有经济价值的作品，可是一个钱也换不回来，总是白手奉赠给人家，而只赚回些基本的吃穿不愁的代价罢了，而且不是金钱只是食粮菜蔬衣物等等，但在说法上都是别人大大方方的敬重我，邀请我，送礼品给我，而实际上是占有我大有价值的文化作品创造物！我完全明白就中人们的精道，不过，我也只能为了活着和创造文化艺术作品而甘认受剥削，即使是这样也还把换回的微薄收入分享给亲朋好友们用了，我自己过的是一单丝一瓢饮的清苦生活！这情况一点也不夸张，然而，我又为什么乐意这样做呢，还有原因于下请听，我若真正用作品换回大把的金钱还必须去交税，弄不好落个刘晓庆逃税入狱的下场，我若真的过富裕了也有被恶人陷害的危险，再说钱多了就是受累的精神负担！与其如此不如把创作出有大价值的文化艺术品全部留在世界上大众的手里，谁喜欢用我的作品去发财与我无关！当然因此失足也与我无关！

俗话说："金钱如粪土"！那么人总在金钱上打算盘岂不是就成了粪土上的经济虫了吗？那些蠕动在生活中的蛆虫，而今也被会发财的人们当作宴会上的美餐了，而且说是很有营养价值！不管怎么说，我是吃素食而不吃肉的人，所以，我一想到那蠕动的虫儿就恶心！

算了吧！我依旧做我的穷文人就足慰平生了！我对那花天酒地的宴席不必去吃，只要想到就要呕吐，尤其是自己上了年岁不如在家喝粥吃些素菜更香甜，同时感到这样的生活方式既养心又养胃不易生病，我没想到无数富豪竟然问我："你身体这样好是怎么保养的？"随之又自我表白地说："我们大鱼大肉的吃着怎么会周身是病呢？"人们这种疑问我本可按着道理回答，然而又怎么能劝止人们的欲念呢，所以也就只能笑而不答了！也就是因为这种可笑而甚多的问题致使我为自己的陋室命名为"时一笑书屋"，就此白明于天下吧！

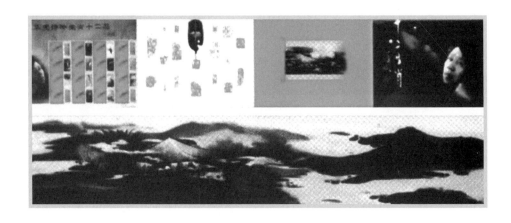

在山水之间以笔耕耘之思

我看在人的生活空间里，有爱养狗的人们，也有厌恶养狗的人——我就是厌恶狗也决不喂养狗的一个人！

因为，我少年时在上学校去读书求学的路上曾被狗咬伤过，我青年时代在边疆也曾受到牧羊狗的袭击扑咬而跌落到水渠中几乎丧命，我老年阶段在香港还曾遭到过友人李雪庐家养的狗咬伤过左手。为此，我在人的生活空间里决不做养狗的人。

然而，我从少年活到今天老年的生活阶段亲眼目睹人们养狗方式的变化和喂养狗方法的升级，就此表述于下：

（一）解放前的人们养狗方法特别随便，人们对抱养在自己家的小狗在稍有长大些后便不管也不喂食了，任其发展。

（二）解放后的人们养狗的方法与解放前各有不同，解放后而是为狗买下养狗牌套在狗脖子上，除此之外便与解放前人们养狗的方法就无大区别了。

（三）近年在北京人们养狗的做法上与过去比就大有不同之处了，而今养狗的人们要为自己养的狗消费上千元人民币买狗牌、买狗食、买防疫病的狗药，这还不算完事大吉，另外，狗主人还要给狗做一套花布狗衣裳及狗穿的小尖角鞋，这也不算完成养狗的全过程，其下是把狗请进人住的楼房里同居一个空间里，从把狗称为宠物再定个名之外还把狗称作是狗儿子或狗女儿，更是直面对狗说狗主人男方就是狗爸爸，女方就是狗妈妈——乱了！乱了！乱大发了！人的生活空间在养狗的问题上乱了套！

狗在人的生活空间里其命运在发展、在升级、在演化！狗也上了卧车！狗头狗脑的露在车窗玻璃外向大街面上神气的四处观望！这一切尽看在了我这个穷困了大半辈子的老百姓眼里，实话直说，实事求是，我决非凭空表述狗的发展史。

诚然，不是狗在变化，而是养狗的人们思想意识在变化！

我相对养狗的人们说来，自己是比养狗的人们在经济生活上穷困了许多，我买不起许多样东西，穿着也十分朴素，饮食尤其简单，更无条件购买小卧车，每天步行在生活空间里，仅有一辆旧自行车备出远道使用，余下的钱只能买些笔墨纸张用来记录生活消费帐目，今天占用时间和占用笔墨在纸上写了些关于对狗的发展史见闻内容，也深感有些不值得，我说这话决不怕人们笑我寒酸，总之，我改不了自己的穷耿直性格，我不论养狗的人们怎样看待我，我仍然是人而不是狗！我尽管是这样，而养狗的人们在街巷中总是笑嘻着与狗逗着玩而不看路人经过，就是与养狗的人们是老朋友也常被养狗的人们所忽视，人们眼里只有自己养的狗了，宠物被宠到不可一视的位置上去了！

我——反正决不养狗！也不改变自己的人格品味！我决不与狗争抢空间而是退让躲避！因为一旦挨了狗咬后还招养狗人的恨骂这不合算！我与养狗的人们没有道理可讲，只能把"您好"括在引号里再补充"再见"二字，至此赶快回到自家陋室关上房门修写自己开心解闷儿的散文，但是，我只能写山写水写草木花香的风景线内容，而不敢涉及写人物的文字，因为养狗的人们为狗定的名儿也和人名掺合在一起了，譬如，我听到过狗主人叫狗的名儿就有如下名称：贝贝、球球、胖胖、丽丽、莎莎、黑黑、小白、小丑等等。如此与人的乳名都分不清了，所以极易使读者弄错对象，读者把写人的文字当成是在写狗，把写狗又易当成是在写某个名叫"贝贝"或"丽丽"的人，这样就失去了文章意义了！因此，我改写山水文章或改写山水诗篇了。譬如：我这样用诗句写祖国大好山河的成为以下两句话：

云松黛黛知流水，回首山溪苍梧中。

如此——我转笔成为不写人物内容而写好山好水好心情的一名诗天客的老文人笔手了！

2002年10月3日　诗天客萧墅

走近祖先文化

秋夜深读《聊斋》有感随笔
诗话六十年史况

　　蒲松龄著写的《聊斋》中的女鬼画皮就是现实生活里充满诱惑的名利！操纵名利诱惑害人的"人"就是那披着画皮的女鬼！花言巧语装模作样的打扮成娇媚的"女人"诱惑弱智的人们大起贪婪占有欲的冒险心理，目的就是吃人！《聊斋》说破了名利的本质，因此，稍有思想头脑的人也会明智起来放弃占有欲而不让名利靠近自己！然而，稍有思想头脑的人也不是很多的！几乎都陷入在争名夺利之中在冒险的玩命！我帮助蒲松龄说破了嘴皮子也救不活大批冒险玩命的痴迷不悟的人们——爱莫能助之下只能独辟蹊径披星戴月地奔向明天那诗意的生活……

　　我就是这样披星戴月马不停蹄的从幼年走到了现在老年阶段才见到东方红色的一轮太阳！

　　我为走向光明长途跋涉把脚下的鞋走破而烂掉了，赤着足把脚上的血留在大地上！最终红太阳照着血染的红脚印竟然形成这一道亮丽的风景线！今天活着的我，当然倍感爽心悦目和自豪！因为一切鬼头鬼脑的幽灵远躲藏在我背后的身影下不敢再抖动装腔作势的娇媚，我面对着东方红色的太阳决无暇理睬暗藏的鬼魅！正可谓：风景这边独好！

　　　　诗天客——萧墅拟文于2002年10月4日凌晨三点种
　　　　芍药居《时一笑书屋》灯下案头岚烟缭绕的晨雾中

不畏浮云遮望眼

十力求真贬到

底而笑看在生

胜到天尽头……

（动静等观）

飞活等

观

萧野徵悟之

清东陵深秋之夜随笔
并忆大觉寺初夏观光记

名、利相对孤独六十余年的我化作虚雾般的抽象物渐而远去啦！然而，我在此前确然获得到了世界公允认可的人间最高荣誉了——我被排在《当代世界名人传》这部书的第463页文史传记上。我知足了！

我以此荣誉也写作出版了在数量上说来很可观的书籍画册，更是在才力的实践上口若悬河的理论并诗文落笔生辉文不加点之举已令见识者人们不为惊叹自愧望尘莫及！因此，我把自己写作的《无敌者自白》诗文多次出版面世读者大众之后，我便暗然远离开了人为竞争活动场面！我悄然的在深感自慰半生没白于人海苍茫的世上渡过几十载春秋的思想下，实现了《萧墅文苑》的创立目的和深居在"时一笑书屋"中，在颐养天年的心境上以生不离手的这柄二胡器乐工具奏响了《安适》之曲……

正是："莫明奇妙从前事，聊剩于无现在身"。

其下，我将就此说明对吹、拉、弹、唱已放弃了多年，不再从事，但也没有停止自娱。不过，因为古之文人陶渊明曾写道的两句话提醒了我，潜公云："既得琴中曲，何劳指上声"。此论调高可谓绝妙好辞！从而忆起壬午岁初夏曾伴友人至大觉寺观光，见二殿高悬大匾，其上书有："动静等观"四字的绝妙佛学家用语，我读罢觉悟立即增深，再往后殿步去又是巨匾高悬，殿宇门额上方写道"无夫来处"，我那时候才彻悟出了大觉寺前殿匾上书题"妙莲世界"的佛理真谛尽在《楞严经》中秘藏的玄机里。

我至深秋时节，再次东渡日本四岛、于奈良、神户诸多寺院观瞻，又增悟佛理不少，因而在归国后对南洋艺术学院之邀于心下便定了主张，为答新加坡大使黄伟权先生盛情邀往南洋的善意，我将于讲坛以匾题中十二字为题一论中国文化艺术。我思之足矣！就中不乏再以自己半生写作的诗文补充进去，我想必会促进两国交往关系得以之向深远人文史中发展下去！

　　眼看出国时日已近，我必须及时从遵化抽身赶回北京，伴同行者操整行囊，今天已是2002年10月5日了，我将于10月17日搭乘班机飞抵新加坡，于南洋艺术学院小住7天，于10月24日飞回北京自家文苑。

　　此次遵化之行多得晚贤春子驾车相助，其后又有赵崇海兄弟等人的支持，我深感两地友人结下友情交往关系甚为有益，我从中力展"媒介"作用，保荐何金芳先生与北京灯具城达成深厚情谊！我走遍天下也是力行以和平养无限天机的这一理念海走天涯！竭尽善举以图辉煌翰学文化历史。

　　10月7日傍晚，我应邀出席了航天火箭运载事业开展45周年的庆祝活动，并欣赏了为庆祝活动而演奏铜管乐曲的澳大利亚乐团的演出，闭幕时还与乐团指挥白切尔及团员们在舞台上进行谢幕合影，这也是又一次由我再促进翰学文化事业发展具有现实意义的活动，当然，我要感谢航天部众友人们对我的感情邀请！

2002年10月8日　诗人萧墅

岁寒杂感随笔

我从十多岁的时候开始，跟着1949年建立的新中国发展自己所酷爱和所追求的文化艺术事业，满怀着走向成功的希望。然而，我也就是在那个青少年时代便无辜的招来了冒牌进步人们的诽难，加害以至到文化大革命开始，几乎送了我这个从解放前孤儿中长大的人这条平凡的生命！直到1982年初才在党和政府执行真埋的政策下逐渐好起来，从而日益发展起了自己平生几十年所追求的文化艺术事业。我不断应国外友人们的邀请进一步扩大发展起来诗、文、书、画这种文化艺术行业。我先于国外出了名而后再翻回头来在国内发展，就这样在独立发展中逐渐取得到了公允认可的文化事业成就！现在，我早在九十年代就于公允认可自己文化艺术成就的前提下被列入到《当代世界名人传》辞条的史书上去了。

然而，我经历过长达几十年的被颠倒苦刑生活之后，自己的生活思想心态起了极大变化。青少年时代的那种充满希望的纯情心变得谨小慎微了，决不敢轻易交友和接触社会生活里的人们，我当然深感孤寂，可是宁愿孤独的活下去而也要防犯冒牌激进人物们对自己的险恶加害！那种受害之下的被颠倒的苦刑死不了而活受整治罪过再也无法承受得住了，但是，我每次跨出国门与海外人们交往便可暂放松些紧张情绪，因为与海外朋友相处由于时间暂短可以尽量保持和谐，另外无论怎么让步而或多或少都能产生些文化艺术事业效应，其实，我的需要口胃并不大，有点效应就知足，所以肯于较大牺牲自己的诗、文、书、画作品所能创收的价值，而从中略得些微薄的收入，自己节衣缩食把收入积存起来逐渐改变生活工作条件，就这样渐而好转起来了，真的！我决不敢违背真意说这番心里话，我别无他法只能力求在这种方式上独立发展生活事业，而决不敢放心大胆的深入自己国家社会中的群体与人们联合进行事业发展！因为，我测不透人心变幻无常的交际关系。我只能与人们若即若离的小心在意的退让地生活在一个国度里，所以，我根本无望参加社会团体组织把自己的事业发展的更快更好，我宁肯不发展而也决不冒险与人们加强联系，这便是我活了六十余年的真实生活心态的表述——我为死而活着进入孤独境界地创业、开拓、发展民族文化艺术实出于不得已而为之……

我们中华民族的总精神是善意和美好的，但也是复杂的生活圈子！我曾在被迫害的十数年流浪生活中深有体会到这种辩证存在的民族特点，所以，我充分信仰党的独立自主自力更生的方针政策，因此决不发展依赖精神！力求独立为本民族做贡献，而决不贪占自己民族大家庭的公有财富，保持温不增华、寒不减叶的做人原则，面对民族大业鞠躬尽瘁死而后已，无怨无悔以苦行终！

今年，我自认为自己发展的十分良好！好就好在既无大的经济消费而也没有过大的经济收入，我在平衡生活水平上却也做成了十数件相对自己说来的大事情！（一）第三次赴日借助观光期间搜集生活素材充实了写作诗、文、书、画作品的内容。（二）开拓了新加坡南洋艺术学院进行文化艺术活动的交往关系，并受到了中国驻新加坡全权大使张九桓领导人并何家良院长的称赞，从而把我写作出版的书籍画册留赠给了新加坡多方同行同仁！而且也与新加坡驻中国大使黄伟权先生阁下达成了互有了解的关系。（三）在一年的十个月当中出版了《南少林寺禅缘古今叙语》一书，也出版了《华天诗吟生肖十二品》的精装画册。（四）不但得到国内《文艺报》以《萧墅：从孤儿到文化名人》的整版报导，而且也得了国外澳大利亚报纸全版的报导。（五）还应邀出席了中国运载火箭工程建院45周年的纪念会。（六）至本年度四季度还出版了年历、台历所发表的我的书法作品和诗文化作品。（七）在东陵、西陵、十三陵等各地都开拓了自己文化艺术作品的发展影响和出路了。（八）自己从节约的经济力量上又一次资助了青年学生。（九）开拓地于北京和福建又发展了《萧墅文苑》的创立工程。（十）发表了若干篇散文并受到读者好评。（十一）为社会企业界无偿题写匾额和设计园林巨石篆刻。总之，我深感2002年的生活工作十分充实。

其下，这一年还剩下两个月的时间了，我还应该做些什么事情呢？

我想，唯有深入强化自己的文史哲修养是最为重要的一件长期要做的大事情！因此，我决定利用充分时间边写作诗文边进行文法研究，同时读些史学和哲学书并作学习心得笔记，以此强化自己的学识修养！当然抽空儿还要学习电脑或外语，自己虽然已年逾花甲，但是尚感有所余力！古人屈原说得好："望崦嵫而勿迫，吾将上下而求所"。

即此，我不妨试写"温不增华，寒不减叶"八个字作为座右铭的古风格藏头诗于下，以之经常警醒自己！

温文而雅至，不须称豪侠。增识长心智，华天绽奇霞。
寒曙勿惊魂，不期世人夸。减瘦当重学，叶落翰墨家。

我言至于此，即以今年两度海外生活为内容基础试写散章，并拟题为《海外诗天难忘的回忆》，见文于下：

海外诗天难忘的回忆

我在十月下旬即将离开南洋回国之前，何家良院长突然陪同一位广西口音说话语声的客人来看我，那位客人中等身材，四方脸堂，浓眉下一双慧眼，鼻直口方一团正气，但是又十分平易近人，说起话来非常稳重，身着一套灰色西服，颈系一条棕红色领带，举步轻健，我本人不认识这位客人，而一碰面就预感其并非寻常来客，果然经南洋艺术学院何院长给我一引荐才知道来客是中国驻新加坡的特命全权大使，这位大使首先把自己的名片拿出来递给了我，我不敢急慢急忙也把自己的名片奉与大使，我随之从大使的名片上看清楚地知道，这位特命全权大使原来是张九桓先生，其实，我虽未见过大使本人而却在刚到新加坡时就听说了大使的名字，因此经何院长介绍之后立刻便与大使本人熟悉到一起了。

大使坐下来平和的问我几时来到新加坡，在这热带地区生活习惯不习惯，观光的感受如何，最后便谈到了我在诗、文、书、画方面他自己的观感和平日也有爱好。我看大使非常和蔼可亲，自然也就放松了谈话情感，我对大使说有些不适应新加坡的热天气，但就观光说来却是非常喜欢这里的热带雨林，尤其是晚间在暗绿色的深林里散步，就会感到空气清新和晚风的爽意，看着夜色中的圣淘沙岛内外的万点灯光中显现的雄伟楼群，思想起来深感美丽壮观，我谈到自己是见景生情酷爱吟咏诗的人时，大使精神一振，要我读一读自己写作的诗篇，我便把自己写作过的新体诗和古风诗各读了几篇给大使听，大使及何院长和在场的人们听了我读的自己写作的诗篇，大家无不称快的说确然无愧是中国的诗文书画全才的艺术家！其实，我也是带着几分谨慎选读的自己曾写作发表过的诗篇，当然只恐怕有失中国文风。结果还是在读后感动了大家。然而自己却又觉得在国外见到了自己国家的大使而空手无所奉献也有几分难为情，于是，我便对大使表示说即席题书《海外诗天》四个字并以之为题拟写诗句赠给大使，大家听了都很高兴，因为谁都想见我临场挥动椽笔写诗作画，我便在大家鼓励的情况下即席即兴地写道出了如下的一首古风格小诗奉赠给张九桓大使了。

海外诗天有感一咏
岁在壬午深秋拟句

张目千里外，九天玉宇澄。
桓衡狮岛客，正坦陌上行。

我在大幅整张宣纸上先以行草法书"海外诗天"四个大字落笔，而后笔到诗成写作出古风格句势，诗文已罢再用洗墨画竹布局于宣纸上，最后加盖朱红印章便在瞬间完成了这幅诗书画一体的作品，大家亲眼目睹我这件神速完成的作品，都给以了吃惊的赞语连称"奇才"二字！其实，我在国外挥毫若无中华文化在自己魂思中给撑住那股勇气，我料自己也未必能产生这幅成功作品！为此，我进一步感到了中华民族古老历史的文化艺术之伟大！这将更促进我不断深化研究中华文化在诗文化中潜存的规律，以便有把握地实现超越古人七步成诗的达到落笔诗成的创造奇迹，从而著写中华新文化史篇！

张九桓大使在与我临告别的时候，我又把自己在香港出版的《华天诗吟生肖十二品》画集，还有由中国美术家协会主编的《萧璧国画精品选》画册一并赠奉给他带回了使馆。我和大使在新加坡的这次会晤，也算是此次新加坡之行达到了文访南洋的高潮阶段，我在与大使告别后，也决定搭乘CZ356航班飞机归国。

2002年10月21日晚间，何家良院长并奥斯卡女士亲自驾驶着豪华型客车送我登机，我乘机飞上天空的那一时刻便算是与新加坡诸方友人真正地告别了。然而，我在飞机飞行的几个小时里，虽说是在深夜的空中却合不上眼，因为想到在新加坡的日子里那一切往事，许多友人便浮现在脑海中，尤其是那位蔡淑卿女士给我留下的印象最深，蔡女士是位五十多岁的人，但看上去却还很年轻，满头棕红色的头发，细白的面孔，总戴着一幅浅黑色的墨镜，口上涂着红润的唇膏，不但能说一口流利的英语，而且华语说的也很好，为人爽朗好客，我记得她陪同我去野生动物园的那天晚上，由于是深夜才赶回南洋艺术学院而没能回到学院的住宿处，我便被蔡女士接回她家去住了一夜，那一夜惊动了她全家人，她的儿子把房间让出来给我住，她照顾我非常周到，我心里却是十分不安，不过因为白天过于劳累，所以那一夜在蔡家却睡得非常香甜，次日早晨，我醒后发现蔡女士早已起床在备早餐，我想自己都累的够劲儿了，蔡女士又怎能比我更轻松呢，可是她起得那么早，我为之深受感动，因此，我坐在她家客厅边吃早餐边与蔡女士交谈，这时蔡女士把自己先生也唤醒起床来陪我聊天，还让她家的厨师为我们照合影照片。真是热情备至待客人极真诚又细心。

蔡女士家住在距南洋艺术学院很远的大庆花苑一带，那里的居住条件安静而有欧式建筑的典雅，家家的楼房都包容在浓绿的高大树冠下，每家的别墅楼前都有个小花园，蔡女士家的花园更特殊些，因为成巨型的长方花园后边连通了两层小楼的后院了，后院也很宽敞，在透花的铁艺围墙内摆设的是各式各样的盆景，除此之外便是蔡女士的老公谢先生占用的工作间，这里摆设有种种工具，其中有一个带有几十个小抽屉的工具箱，抽匣中装有不同型号的钉子和螺丝还有其他铁件，蔡女士带着我把整个楼的内内外外都参观了一遍，她家的楼房建筑结构既方便又别致，从楼内到花园拐弯抹角都连通着，就是通往花园的小楼梯修建的也很有曲径通幽之感，我在蔡女士带领下参观了好一会儿都把自己转糊涂了，不知道怎么一转就到了她家的客厅去了，这里的客厅很大，正面墙上挂定一幅中国画，那幅画是中国名画家黄永玉的作品，而且是早年画就的一幅很精细的荷花图，据蔡女士说，这幅作品是黄永玉画赠给钱钟书的，又由钱钟书转送给蔡女士本人了，我从这幅画的来历中才了解到蔡女士原是新加坡的一位女作家，她的笔名称作为"青青草"，我在离开蔡女士家的时候，她便把自己写作出版的书送给我一册，另外还送给我一本别人写作的题为《巨匠陈瑞献》的书，就在离开蔡家的那天早晨，蔡家的谢先生亲自驾驶着他们家的奔驰车送我回南艺学院，路上蔡女士向我介绍巨匠陈瑞献的文化艺术发展史，蔡女士还说一定要让我和陈瑞献巨匠见面交成朋友，我听了十分高兴。就这样一路经过印度街到达了南洋艺术学院。

萧墅 著

云淡风轻

　　我回到南洋艺术学院的住宿处，蔡女士把一个纸包递到我手中，她说我一定喜欢包在里面的东西，我打开看时才知道是一个一个不同造型的小瓷瓶，是的，我的确很喜欢这些东西，我不论去到哪个国家都会买些这类的小东西，因为既不占空间又很古雅有特色的瓷器摆在自家书柜里别有纪念意义，然而，蔡女士怎么会知道我的心思呢？后来蔡女士告诉我说，她看见我在她家那片铺满小沙粒的楼梯旁木槽里总看个没完，所以便猜想到我喜欢那里横躺竖卧摆放的小瓷器了，因此她包了几个给我带回了南洋艺术学院。我想，蔡女士这个人真是太细心了，真不愧是新加坡的一位善于观察生活事物的女作家。

　　我回到南洋艺术学院后也没得再休息，接连由蔡女士陪同我换乘林凡心女士卧车开往了古楼画家村去拜访巨匠陈瑞献，结果没见到这位巨匠，但是一转便闯到另一位大画家陈建坡家中去了，我和陈建坡一见面就认出来了，因为陈建坡前日见到过我，就在这第二次于他家中见了面的时候，我没想到陈建坡这位大画家竟然提前把送给我的画集题写上了我的名字。这位画家还说他很喜欢我的诗文书画作品，我因没带任何礼品回敬这位诚厚情感的大画家，所以当下分别为大家作了四幅小品画留下了，一幅青竹图送给了画家本人，另三幅小品分别给林凡心和蔡女士及陈大画家的女儿了，大家都很高兴。突然又有客人去探望陈建坡画家，所以，我在蔡女士陪同下便与陈建坡先生告辞了。归途中商议说下午去乘大型游览轮船到海上观光，结果绕道接上我的夫人中国画画家赵磊，大家一起乘船到海上观光去了。

　　在观光船上多一半旅客是欧洲人，但是通过蔡女士作翻译互相都能通解彼此的心意，于是便和一位美国女性的全家人凑在了一起，大家谈笑风生还在一起照了合影像，这一天的访客和观光生活都很开心。同时也见识了新加坡这个岛国的整个外观，在观光归去的途中，蔡女士说明天请另一位陈素蓉女士陪我们再到圣淘沙景区去看一看，因为她还有另外事忙碌而没有时间再陪同我们了，就在临下船时乘坐在大巴车上，蔡女士又把那位美国籍的女性全家人邀请到了我们夫妇的联展作品的展室去了，看来，蔡女士真是想在新加坡尽力宣传我们的中国文化艺术，她为我们中国画家做出了很多很大也很关键的工作帮助。我们真的是无法找到更好的形容词表述这位新加坡的女作家了。

2002年10月25日周五　萧墅

以写诗文自悟平生两梦

　　梦想成真的事情，还有心想事成的结果以及酣梦难醒惊魂遗误发智到天明终觉苦涩难除的心情。我都无法推掉地承接到自身上了。幸运中的不幸和不幸中的幸运都不是主观意识所能决定的！俗话说：死不了活受！然而，我想一切都会过去的！人就在睡梦中醒来而后倦了又睡入梦乡地最后耗尽生命力。那么，我现在究竟是在醒后写梦还是在梦中写这种独有自知的诗文呢？我是弄不清楚的！

　　是梦也罢，是醒知的诗文也无妨。我只管就此用文字不停笔的表述下去。反正会把喜欢参读我诗文的友人梦来或对我诗文不屑一顾的人也会把其梦走远去。而在执笔者我，反正也不会再干别的事情了。我就这样在似梦非梦的生活，叽哩咕噜的把想说的话写成了文字。而且即便是在写梦境却也有梦境的具体人物和具体时间及具体地点。

　　我像作梦一样而且清楚的是在2002年10月16日晚间乘CZ355航班飞机途经六个小时降落到南洋新加坡了，那里的机场门口有一位我不认识而她却认识我的小姐，她把我和我的妻子女画家赵磊在天未亮时就接往南洋艺术学院住了下来。后来，我听那里的何家良院长说接我们的那位小姐名叫奥斯卡，我觉得这个外国名儿既耳熟又奇怪，我想了好久才回忆起来，世界上仿佛有个奥斯卡金像奖项的说法，那么为什么她的名字叫奥斯卡呢？我直到又从南洋飞回到北京来却也没弄清楚那位小姐名字的来龙去脉，可是送我们从南洋登机回国到北京的人还是奥斯卡小姐。我深感是一场永远也弄不明白的梦！

　　我和妻子画家赵磊在新加坡的日子里，何家良院长还把自己的一位好朋友请到学院中来看望我们，何院长的那位朋友是位中等身材，看上去就极富有智慧的英明人物。其身着一身浅灰色的西装，雪白的衬衣胸前佩戴在颈下有一条棕红色领带，那位先生前额很宽，是四方脸堂，两目炯而有神，鼻

萧墅 著

云淡风轻

直口方却能说一口广西话。人很和气，他一见到我们夫妇就首先把名片拿出来给我们了，我一看名片不由得大吃一惊，那时始知他原是中国驻新加坡的全权大使张九桓领导人，我们夫妇不过是一芥草民，而在国外竟有全权大使亲临学院看望我们！这能不像是白日做梦吗？然而大使清清楚楚字迹的名片至今还保存在我们夫妇手里呢，这既真实又似梦的现实也都留念在我们与大使的合影照片上了，我们夫妇在新加坡的书法中国画联展就这样开幕了。无疑，我们夫妇这次在南洋的诗、文、书、画作品开展的气氛是非常热烈而成功的，那巨幅《驼铃声碎天山雪》作品制成的展览会海报，真是太理想了！何院长说那海报就是奥斯卡设计并自指挥加工制作的，而且把我书写的"君子无逸"四个字登上了新加坡报纸，就这样引起了新加坡各界人士的关注，几乎在新加坡的大部分名人画家都到场了，其中有享誉《巨匠陈瑞献》之称的这册书的主人公陈瑞献也出面了，而且陈瑞献提出要把我在展厅上的全部书籍画册出版物一并收买在手，我既先允诺留与南洋艺术学院了又怎能转卖给他人呢？所以，我不得不把自己写作出版在香港的那册题为《戈壁归来人》的书赠送给了这位南洋巨匠陈瑞献先生。还另有一位陈建坡先生也是南洋出众的大画家也出席了我们夫妇的作品展览会，而且，我再次决定回访这两位南洋名士，结果在蔡淑卿女作家及林凡心华语广播工作者女士的陪同下，去古楼画家村没见到陈瑞献先生，于是便在陈建坡画室坐谈起来了。

陈建坡先生把一部事先题写上我们夫妇笔名的大画集送给了我们，这位南洋画界的大名家还表述说很喜欢我这次在南洋展出的诗、文、书、画作品意境和风格。于是，我们就此展开了话题交谈起来。而且，我们通过交谈建立起了友谊。

我这次在南洋结识的画家朋友，他原是中国福建人，从十三岁移居到新加坡，始终从事书画事业，到五十多岁便在新加坡国家很有声誉了，因此，新加坡政府给他在古楼画家村分了一套十分有气派的大住宅。我们就在他的大住宅里交谈了几个小时之后便分手了，他亲自下楼送我们上卧车，直到我们卧车开动起来的时候还恭敬地站在楼前频频向我们招手呢，这位新加坡的名画家留给我十分纯朴的一种印象，我归国后也总在梦里能见到他，甚至觉得在梦中见到他比在新加坡见到他本人时我们交谈的更充实！因此我想，梦何以不真？真实的场合又何以不似梦一样在仓促的会晤中日渐虚远呢！所以，我必要在归国的陋室中以文字追忆我见到的一切人和这位画家朋友。为的是让这梦想成真的事情永不忘怀！是的，我曾经在很早以前就梦想去新加坡一展身手。

　　画家村与南洋艺术学院相距甚远，我坐在林凡心女士驾驶的卧车上，在自己毫不熟悉的新加坡马路上行驶，拐弯抹角穿来穿去跑了很长时间的路，虽说是十月的天气，而坐在新加坡的卧车里却不会感到凉爽，然而，林凡心女士驾驶着卧车并无一点情绪，她用很柔和的华语和我及蔡淑卿女士边开车边交谈，我和林女士交谈的最多，而且听她那柔声细语的谈话和尊贵的装束给我的观感，觉得颇似《红楼梦》中演员演的林黛玉，而且林女士正好也姓林，我们谈的投机时便称她是林妹妹，蔡淑卿女士听我们交谈的很热闹，可是却不解我的用心，我是担心这么长占林女士的时间和白乘人家的卧车生怕引起人家的不快心情，所以尽量放松车内的人们精神情绪，尤其是在去画家村路上东跑西奔的情况下，我看出林女士已有些又热又累的不耐烦了，可是回来的路上与她东拉西扯却激发出了她的热情，结果回到学院共进晚餐之后，林女士又拉着我和妻子赵磊一起到野生动物园里参观，距离大多数动物很近，狮子老虎猛兽漫山遍野到处可见，说来也怪，它们并不向游客这个方面上靠近，而是自己蹦跳游戏，我们在热带雨林的深夜爽风中游玩到深夜11：30分钟才回到南洋艺术学院，学院的大门反锁着，我们进不去了。这时蔡淑卿女士毫不犹豫的提出来邀我们夫妇去她家住，我们夫妇虽在心中难为情而实际上又深感盛情难却，又在林妹妹的劝说下便驾车奔向了大庆花园的蔡家。

　　深夜，我们来到了蔡淑卿家的大门外，隔着铁艺大门就看到了蔡家养的那条大狗了。可是那狗见了我们并没有嗓叫，蔡女士说它平日见了人是会叫的，今天见了你们它还很乖，它决不会咬你们，果然那狗闻一闻我们便爬着到墙角卧下不再出声了。我们在蔡家又吃了一顿夜宵便准备卧床睡下了。我们夫妇就住在蔡家长子的那套新房里，一切都很舒适，又加上累了一整天，所以倒身便睡入梦乡了，我睡的又香又甜一觉天光大亮。我醒来时看到蔡女士早就起床在厨房与佣人忙上早餐了，这时蔡女士的老公也起床出来同我们打招呼，这一家人十分热情真诚好客。

　　其实，我们夫妇在到新加坡去之前，和这里所有的人们都没见过面也不曾有信往关系。但是却受到了新加坡人极其热情真诚的接待，这也是在梦中都不会想到和遇到的事情。

我们在离开蔡家住所之前，蔡女士陪同我把整个住所环境内外上下都看了，我深感她家的住所特别玲珑通便趣味幽深，从大门口处的长方形花园绕过住所楼到后院都是植有绿色植物，就在后院楼下有个沿着楼拐角搭建起来的三角形工作室，那工作室里整齐的摆放着各种各样的工具，在工作台上还有一个足有数十个抽屉的柜厨，那抽屉里放有不同型号的螺丝或铁钉，蔡女士向我介绍说她老公原是建筑工程学院的教授，所以退休在家也闲不住，自己搭建这样一个工作室，总是不停的在工作室里忙个不休，这工作室两头都有门，左边的门直通客厅，右边的门口上楼梯便可到一层楼的饭厅，从饭厅转过去又能通到地下室的大客厅，但也可从通往客厅口再上楼梯便是全家人的卧室，我们夫妇就睡在这层楼蔡女士长子的房间里，蔡女士家很有特点，一是有个工作室，二是到处有盆景花卉，三是在各间房间里都挂有一幅中国画，而且都是中国画名家的作品，其中有黄永玉和王子午两位中国画名家的作品，蔡女士说大厅正面墙上那幅作品，原是黄永玉画赠给钱钟书的，后来钱老便把这幅作品转赠给她了，我和蔡女士交谈到这里时才知道她原来也是新加坡的一位女作家，笔名叫"青青草"，而且蔡女士当即把自己写作出版的书赠送给我们夫妇了，另外，她还把一册题为《巨匠陈瑞献》的书也一并送给了我们，更有意思的是蔡女士还另送给我一个纸包，她说我回去一看便会特别喜欢，我禁不住好奇便当即把纸包打开了，啊！原是一些精致的小瓷瓶，各式各样的造型，这些东西本是放在楼梯口的那个铺满细砂粒的木匣中，我曾仔细的看过这些东西，因此引起了蔡女士的注意，结果她把这些小东西包起来送给我了，难怪她是位女作家，太善于观察人的心里活动和生活事物了！我对这一家人着实感到亲切，这才是一见如故呢，蔡女士的老公同样待人宽厚热忱，那天早餐后就是蔡女士的老公亲自驾驶家中灰色的奔驰卧车送我们回南洋艺术学院的，临行前大家在蔡家门厅处照了合影像，其后便从大庆花园住所坐上卧车飞驰向南洋艺术学院而去。

　　从大庆花园驶往南洋艺术学院的路上，经过蔡女士的孩子们曾就读的大学，还要穿过印度一条街，卧车行驶足有半个多小时，我们终于抵达了南洋艺术学院与蔡女士的老公便告别了。

　　当我们从唐人街向回南洋艺术学院路上去的时候，另一位叫陈素蓉的女士拉住我说，你看那家食品店门前广告上写的那个"香"字，那是我家先生留下的遗墨，我听了灵机一动便为陈女士同那个"香"字在一起拍了一张照片，陈女士用颤抖的声音对我说："谢谢！"我想，其实这种人之常情又何必言谢呢？可见，陈女士与自家先生那段姻缘确然可以传为佳话了。她与那个"香"字留影也恰如其分，因此，我在离开新加坡回国之前就以《香》字为题为陈素蓉写下了一篇追忆文字，我也着实敬重人间夫妻之间在艺术基础上建立起的不朽真情！我把这篇文字交给蔡淑卿女士请她转送给陈素蓉。我觉得这样做在情感上比直面交给陈女士更好些，结果在我们欲将离开新加坡的那天晚间，陈素蓉女士拉着蔡女士一定要亲自送我们登机，当时，何院长如不出面表示也要亲自送我们登机，只恐是推辞不下陈素蓉女士心中这番友谊美意的，我们夫妇就是在这种和大家的深情友好气氛中告别的。

我们夫妇于2002年10月16日乘坐CZ355航班飞机从北京到新加坡，经过短暂几天的时间又乘CZ356航班飞机飞回了北京。这段时间虽不长，但是，我们同新加坡友人们却建立起了无限深情的友好关系，我们夫妇颇受新加坡国家人民那种高度精神文明生活情感的感动，我们深怀着美好的愿望期盼着自己国家更加美好地展现在未来……

我们夫妇在近些年来，远近去过一些国家，在数次文化艺术出访各种的活动中留在脑海里有许多美好的精神感受，走遍了香港、韩国、日本、泰国、新加坡等地区和国家，都像作梦似的轮回在生活里，所以说如梦如醉般的心情，因为我们尽管是在思想灵魂能力上不自危，而在实际社会生活现象上却是很平庸的百姓身世的人，既无金钱势力后台支柱，也没有显贵亲友帮忙。甚至是从极困苦的历史条件中挣扎活过来的人，怎么敢想出国、出名、出版书籍画册的问题呢？倘说我们是由于才干所至，我想也不尽然，因为在举国上下大有才干的人多如牛毛，他们却如原地踏步一样而发挥不出其才能，我们夫妇却蒸蒸日上地把不曾梦想过的事情都顺理成章的实现了！我们当然会感到一切都犹如是在梦中似的活到了这把年纪。

我们夫妇各自的苦难历程，都不是凭夸口能掩盖得住的。首先说享有终身教授荣誉的女画家赵磊，她不过是南方常州市武进县陈家头的村姑，因为父母亡故被领到上海抚养后，自己考入中国美术学院附中，在学校是品学兼优的好学生，毕业后分配工作调到北京，后又在北京教育学院美术系上了本科。她和北京工作的同学婚后生下一子，不久便陷入婚姻挫折中离了婚，到1983年她同从新疆兵团调回北京的我结了婚，我虽没有做过父亲，但是学作父亲的样子硬是耐心帮助赵磊把她的儿子抚养大了，赵磊之子赵骋大学毕业后结婚建立了家庭，夫妇二人生下一女，一家三口人也住进了两居室的楼房，赵骋凭着勤奋持家小日子不谈富足而在温饱上总没有什么太大的难题，此时的赵磊一家三代人都有了稳定的生活条件了。我才开始自己独立的创建文化艺术生活事业并创建起以自己的名字命名的"萧墅文苑"。

萧墅文苑相对中国现代文学馆，而设立在京畿芍药居的育慧路这条宽大的马路东侧之后，那徐徐的翰氲日益浸润了这世界东方大地的北国风光，看吧！可以在这里做一做深呼吸，谁都必会有一种全新的思想感觉。

外国电影故事片《鸟》的观后感随笔

　　电视电影频道在2002年10月26日周六零点以前播放外国电影《鸟》的故事片！我强睁着朦胧欲睡的眼睛把全片由始至终地看完了。

　　整个电影故事片情节，描写的是无计其数的飞鸟遮天蔽日的飞旋在天空中，它们见到人就向人扑飞过来，把人抓伤，用鸟嘴哆伤以至重伤死掉！其中大批的鸟儿是乌鸦，电影故事片中汽车里的收音机广播了这件新闻而说没发现鸟类伤害人的原因，故事片中有一家人都被鸟儿哆伤了身体但没有死，这一家人被吓的弃家乘卧车沿着海边公路逃往别处。电影故事演到这里就结束啦。

　　这部影片令观者我深感恐怖！太可怕了！明知是电影故事而也目不忍睹影片中人被鸟儿伤害的情景了——该咀咒的黑帮乌鸦群干出了对人伤害十恶不赦的罪孽祸事！人却不理解它们为什么仇视加害于人？人被迫逃离开了黑帮乌鸦强占了人的那份生活空间！人惨遭其害却哭告无门只得远逃离开自己美好的家园，向何处去？不知道！

　　我看了这部电影故事片之后整夜没能安睡而联想到自己多半生的历史遭遇——自己遭遇的情形正与电影故事中所描写的人遭到黑帮乌鸦群无故伤害的经过和结果完全相同！自己也曾被吓的东奔西跑，躲起来而也还能听到室外屋顶上群落的乌鸦嘶哑的声响，最后跑出屋子落荒而逃！不过，我与电影故事中遭鸟伤害的情况有所区别。我遭到的是"四人帮"黑暗阴谋的迫害……

　　现在说来，我虽然从1982年初在党的真理政策保护下躲开了"四人帮"及其以前轻微的"阵乱危害"。然而，我躲在自己的书房里却也还能听到"四人帮"残渣余孽不死心的咕弄嘴巴的声音！似乎那咕弄的声音是在针对我说："咬死你，不能让你日子好过！你别冒出有才的头脑来，冒出来就咬你等等等可怕的声音"。所以，我宁愿保守在陋室文案上节衣缩食的活着

萧墅 著

云淡风轻

而再也没有勇气出世了。现在的我，就是这样！我就是偶然冲出自家的房门也是向远离祸事的地方去休闲观光的调解平日紧张的心情，我在前段时间里，具体的说是在2002年9月13日至19日曾去日本观光，10月16日至22日又飞往南洋新加坡举办了几天诗、文、书、画展！这中间的10月7日和澳大利亚铜管乐团来华演出的指挥白切尔先生相聚在一起会晤留影交谈却也开心。我还听说澳大利亚报纸将报导我的历史业绩，这消息是澳大利亚归国华侨邱林先生亲口对我告知的！其实，我不希望过大的声张，因为担心会出现如电影故事中描写的鸟群攻击人的情景！太可怕了！我若大年岁不愿招惹是非，宁愿颐养天年的过几天安宁的日子。另外，2002年5月24日《文艺报》已在国内用大型黑体字头《萧墅：从孤儿到文化名人》的标题对我作出过全面报导，而且在报导中也提到了2001年8月28日《人民日报》对我的评论——这一切针对我说来已足够了！去年《人民日报》的报导标题该是多么的响亮——《异才出手，文冠大千》，这标题说的我已经面红耳赤。我还是收守点好！我时刻会这样提醒自己，因为人再高大却也承受不住乱鸟嘴哆的攻击！然而，我也想通快了，自己若大年纪死就死吧！我心中信仰党的真理政策也就无所畏惧了。

我今年真的活到现在已经感到很不错了！2002年一开春儿香港就出版了我创作的诗文书画全集《华天诗吟生肖十二品》，随之，中国民族文化出版社又出版了我题写书名的《南少林寺禅缘古今叙语》。在接近年底的11月份又以我的书法作品并诗句出版了挂历和台历，此外，我最感欣慰的是自己节衣缩食挤攒下的钱还资助了亲朋好友们上进求学的事宜！我如此在个人生活上再苦些自己也心甘情愿！因为，中华民族需要培养大量的建设人才！我深感自己回报党的真理政策应该负有这点天职良心责任！我毕竟是诗天中华大地上的赤子！我爱我们的伟大神圣领土的古韵悠远的国家！

我就此表述对看电影故事片《鸟》儿的观后感联想起一年中这么多的事情，而此刻心潮澎湃的停不下笔来，可是也不能冗言不休的表述个没结没完，而也不能不了了之的停笔，那么就请允许我唱颂自己和自己大哥合拍写作的《中华松韵》长诗来赞美我们的中华人民共和国吧！

中华松韵有感咏怀

形焉云，仪焉神；风寒暖，质墩墩。国之标，民之本。

气浩浩，理常润。渺苍苍，势凛凛，雄赳赳，体拔寻。

济世以长春，雪月爽其馨。怀此贞秀姿卓……

我们国家和民族大众多么像这雄伟高大的松树的品质和仪姿呀！我们不能不面对青松示以最诚挚的敬意；祝愿我们国家和民族永葆灿辉！

2002年10月27日凌晨

诗天客 萧墅

别人与我六十余年来的杂感

　　我深知自己总处在别人对我明里暗里发着讥笑中活着，也就是处在别人对我持以否定观点中活着。不过，我活得很好！好就好在活得越来越超拔了，超拔的令讥笑我的人都羡慕不已的自愧了，自愧不如我在生存现象上所起到的本质上的升华变化得高不可攀比了。也就是说曾经讥笑我的人向往发展的目的还未能实现的情况下，我却先别人一步地实现了！然而，我把实现了的优越内容又当成粪上给扔掉，这扔掉的做法又被别人所讥笑。就是这样——我总在别人讥笑我的气氛中活着！

　　如此活了六十多年的我，像是总不如别人机灵似的，别人也总以为自己最会抓实惠的活的比我聪明多了。而决不做我所干的那一件又一件的傻事，然而，我却始终在犯傻的活着，当然不可避免的就要受到别人讥笑。我与别人相比之下不同的表现之处多如牛毛，几乎全然不一样！可是又都在同一个生活空间里，这样对比之下的例证太多了！就此先举一个例证来说一说发生过的史实故事，我与我的亲胞兄之间就是这样对立着发展过来的。无疑，我比他年岁小，我还是孩童时他已是青年人了，我从小就不被自己的亲胞兄看得上眼，他对我一路打骂轻蔑甚至把我驱赶出家门永不想再见到我，这中间十数年，我受尽了苦刑，以致在亲胞兄作用下受到了公安局关押，随之又被流放到边疆，其后又从边疆自发的跑向社会过流浪生活，我最终又从流浪生活中奋拔出来闯入了社会名流人物行列出版书籍画册和屡次在国际社会上讲演或举办个人诗文书画展览会，反回头来还帮助自己的亲胞兄大哥发展生活事业。我对过去的一切无怨无悔！而从生活现象总的方面来看，我比我的亲胞兄大哥活的好多了！我在名利双丰收的情况上日子无忧无虑。我的亲胞兄大哥对我如此，邻居们也和我亲胞兄大哥一样看待我否定我，我的所有老师和同学照样和我的亲胞兄大哥对我一样歧视，总之，我就是在别人讥笑之中生活了六十多年到现在的。

　　现在人们就不讥笑我了吗？不！我现在做的每件事情还是照常遭别人讥笑，不过不敢表现在口头上否认了，因为，我毕竟在报刊杂志上发表过许多诗文书画作品，而且出版书籍画册也不少，而别人在这方面明显的不如我富有，当然也就没理由把讥笑或否定的敌意公开表现出来了。尽管如此，别人照样在暗中讥笑我的那种心态还是被我不断发现着！譬如，我总在不停笔的和极为认真的在雪片似的大批白纸上写作诗文，我这一表现就常被别人讥笑是个傻家伙！然而，别人没说出口来，而只是拿起我写作的诗文看上两眼便转话题说另外的事情了，显然对我写作的文字不屑仔细一顾，我何尝不明白别人这种心态——别人在内心里认为我写作的文字决没有金钱物质实惠有用！这难道不是变相的讥笑吗？甚至别人也有明确对我说出以下这样的话意内容：1、你写作的文字我看不懂；2、你写这些琐碎生活小事情没用；3、你写作的文字都发表了吗？4、你总是这么写文字不如去做生意经商挣钱过好日子；5、你写作的文字句式读不通读不懂读起来不顺口也不顺耳。总之，别人说什么话的都有，然而，我无可回答而依旧默然做自己笔耕生活天地的事情……

　　但是，别人又经常求我帮助，别人求我帮助时对我说：1、你给我的商业拟个名吧；2、你给我的孩子拟个名吧；3、你给我写幅字吧；4、你给我画幅画吧；5、你给介绍个解决问题的管事的人吧；6、你给我推荐个事由找个工作做吧。你在各方面都有本事！可是别人却没有想到我的本事正是从写作中产生出来的，只有用心写作文字的人才能从中悟出无数非凡高明的见解与胜利实践法则，别人总是在平日里给以讥笑的忽视或轻蔑以至否定至死！我在少年时由于酷爱写作，而我的亲胞兄大哥就从旁讥笑地说："你整天写作浪费纸又浪费电，想当作家画家没那么容易，咱家出不了那样的才人，家中也没有富余的钱给你买纸糟践着玩儿。"甚至把电源给我节断，然而，我捡来别人扔的破旧纸还是照样的写个不停。我在学校读书的时候也是同样受别人的气，别人看我手拿木板托着纸写文字就讥笑着对所有同学说："他想当诗人，他想当鲁迅大作家了！"其实，我当时连衣服都穿不整齐，我用的钢笔水都是从学校旁边的邮局预备的公用墨水中取回的一点，我手中的笔不过是一根小木棍绑上个笔尖罢了，然而，我在多年后发表的诗篇，谁也没想到就是当年上学时拟下的稿件，可是在当时却只能受别人讥笑地默然地活着。这还算不了什么能伤筋动骨的险恶祸事，真正险恶的生活风浪是风起云涌的文化大革命时代，别人疑心大的把好话都当成反话去分析认识给以否定打倒！我那时没等别人对我做到这一步，我便从别人的疏忽下抬腿走开了，之后闯入沙漠或深山老林里去生活。在沙漠、在深山老林，依旧是深刻的文思伴着我活着，虽是孤独一人渺无别人的野境生活，我活的却也十分宁静潇洒，把随身带的一个小铝盆当锅用，架在三块石头上，捡些干柴点燃，把山泉水煮沸可饮用，把捡来的各种可吃的东西煮过便吃下充饥，那时再也无可向往了——"野人"！生活自由简单，有时出得山林也被别人抓住关进收容所里多日，我经常借助被派出收容所做工机会便又远离开了那里，我就是这样过自己孤独的日子一晃就是十多年时间过去了，我听社会上别人的动静，不再乱来了，我才一步一步试着从无人的深山老林回到了农村，又从农村渐而回到自己出生地北京，我在北京有一段时间住在"公馆"里（即水泥管子里），白天开始上访！经过二年时间与政府交涉才落户在北京生活下来，我由于长年简单生活习惯使目中无物的恢复了写作文字的习惯，我虽是生活在城市里了而吃也简单、穿也不讲究，样样东西也无须多少，有纸笔墨水就觉得活得很充实，所以，我不耐心排队购物，我认为一切物质有无两可，而精神世界的丰富性知识不可少，我甚至在社交事情上也是如此，我决无耐性等别人忙个够再来与我接触，如是这样时间一久，我就会把别人也当作是没耐心排队所购的物放弃掉！不过，我却也像是长了一个能伸缩的弹性很强的鼻子似的，即能任别人拉长，而也还能收缩恢复成原状，然而，我又决不允许别人轻易牵住我的鼻子在前面领着我走！我一旦把被别人牵过去的鼻子收缩回来时，别人再想见到我就决非易事了。也可能见得到我这个人，但是，再想与我这个人的思想灵魂脚步并行是决不可能做到的事情！然而，我这个人将在自己灵魂的驱动下决不与别人为一切表面事情发生纠缠和更不会进行硬性冲突！而采取相视一笑即避开的生死一别——再相见时还是如此！Bye-bye！

我之所以这样，一是因为我对别人深感爱莫能助，二是尊重别人的想法和做法，三是因为人的生命时间有限而为安度时光则没挤出与别人纠缠生活琐事的时间！我只好如此……

我的生活工作时间太紧迫了，11月5日赴东陵归后尚未回复李蔷、刘阳提出需要帮助的问题，从澳洲归国回来的邱林先生又邀我去与前国家主席李先念之女小林女士会晤，我不得不拟写《会晤补遗篇》文字。就此打印于下：

会 晤 补 遗 篇

　　我是决不强求别人对我相信或对我承认的大才文人！但是，谁欲对我自称"大才文人"之说心里感到不平气而提出质问时可别忘了……谁就也要摊开自己的历史业绩来暗自和我的历史业绩首先作个比较！我想，我首先也就此来个亮相的说，请看一看我写作发表于1992年以中华民族人的性格精神斥历史日本军国主义者的那首自心声吼啸出口的诗篇《无敌者自白》，其后，再读一读我编辑出版的《戈壁归来人》一书，而后再来以质问内容的语言与我对话！最好是即对话席面上用文字表述对立内容的语言，那时将呈现的局面会是怎样的呢？我于此预言：谁就会感到自己像是梦见了季米特诺夫重现在你的白日梦中似的！你将不再不平气和对我也自觉的以无可厚非作出表态的安静下来——我虽无读过万卷书而却是曾经独步万里大漠沙荒的一个普通中国人！

　　身姿普通的我，历经险恶生活风浪锤炼了六十余年后到现在说来，我思想灵活的丰富性在广有见闻的充实情况上，除了人的生存基本需要条件之外，我是决不会贪占物质累赘自身的再生多余的奢望了！我所储备下的丰厚精神食粮除自用之外足可任人饱食！因为，我毕竟是中华民族众多父老兄弟姊妹中的一员！然而在这一点上说来，我也广有国际主义精神，倘有外国人想饱食中华文化精神食粮，我把个人储备分给其吃些也足以使之不会再因缺乏人文思想而饿坏了躯体！1994年初夏，我曾与法国政府文化部的一位女性艺术评论家玛莉澳蒂尔有过会晤和长谈，那次是在韩国正一品大酒店和东亚日报报社及汉城教育电视台三个环境条件下进行会晤的，我的韩国友人洪正吉先生也在场。我的夫人中国画女画家赵磊也在场，而且还把我在韩国出版的诗文书画全集留给了这位法国艺术评论家。玛莉澳蒂尔女士——她对我表示有必要深化认识中国文化。另外，我于1986年6月2日应国务院及应谷牧副总理个人同一邀请出席中美会议开幕式时在会后的晚宴上，在副总理的引荐下与美国前国务卿万斯等一行代表会晤在一起，谷牧领导人并把我创作的巨幅中国画《塞上清音图》作为国礼赠送给美国政府代表了，言至于此，我无须乎把自己每页历史都翻阅开来的表述，言至于此足够阐述清晰的表明我的生活阅历了！谁的生活阅历也不可能尽然与我皆同，史实阅历不同便不可进行对立对话了，是否如此？想必当然！

我人在六十余年生活里的史况，《文艺报》于2002年5月24日以摄影文学报导的方式对我进行专题报导中所拟用的标题概括的很明朗，那标题对我的史实概而言之的写道：《萧墅：从孤儿到文化名人》。我正是这样生活成长在自学中发展到今天的！也正是这样如《人民日报》于2001年8月28日对我进行报导的文章所说的那样早于90年代就被载入到史册《当代世界名人传》书籍上了。

　　今天，我在这入冬的季节里为什么又重述自己走过的历史呢？这是因为澳大利亚的归国华侨邱林和胡扬两位先生邀我出面与前国家主席李先念之女小林女士进行会晤，这位首次与我相见面的女士不可能对我有所知或尽然皆知，我则一方面带着林佳楣夫人曾写赠给我留念的《李先念》革命生平影集给李小林女士读阅，另方面说来，我不能在会晤中无所历史内容表述，所以，我写下这篇文字来代表我的表述内容，并把这份表述内容的亲笔文字送给李小林女士带回去过目，我认为这样做一是对历史表示正视负责任的拿出真理精神！二是对李小林女士首次与我相见表示自己的认真精神！三是为了自己对自己语言表述内容负责任的精神！这三则缺一不可！而且这样理裁事情节约会晤时间，并且起到了对话内容清晰、准确、深刻、全面和也有备忘作用。

　　时间太紧迫了，我每天都要作文字记录史实的工作，如此坚持了60余年了！

　　今天，我依然是这样自以为是严谨待人又写下了这篇不足三千字的短文，但无暇修改，因此有不慎失误之处请加指正！

　　此致

　　文局大礼！

诗天客　萧墅

2002年11月8日周五于文苑

萧墅　著

云淡风轻

偏向書齋盡坊故如驀然窠覺視蘭洛玅歌揭
將等桑完紙搖得瑣周為蘭甚之妻深姓蘭野故
卯公元九九九白年十月十五日沙...

相见有感忆故情

李桃芳苑承粹学，小雅经书重礼约。
林中秀木喻魂影，鉴湖梳妆映玉节。

　　我从南洋归京后，心情很好而深感疲惫，即便如此却也不得休闲下来。尤其是邱林先生提出的几件相关联在一起的事情，我都要亲自出面和大家谈。就中与澳洲方面胡扬总裁相约和中国对外友协李小林女士会晤的事情，我已提前答应下来就不能毁约，更是因为在十多年以前与李主席还有周总理秘书长顾明和国务委员谷牧等老人们都有过交往，而且李主席夫人林佳楣女士还亲笔签字在《李先念》革命传记摄影集上赠给我留念。这些事情都令我难忘，所以这次相约去对外友协与李小林女士会晤，我深感高兴！为此，我让王海泰通知邱林安排时间决定到中国对外友协去会见在那里担任工作多年的李小林女士。

　　2002年11月8日周五的上午十点半钟，我们的车停在了友协门口，不多时胡扬总裁从友协大院中出门来接我们的车开进了院内，我在胡扬总裁的陪同下终于见到了李小林女士。我见到她之后仔细端详了好一会儿觉得她的面貌太像当年的李先念国家主席了！就是一举一动给我的感觉也像是和她很熟悉似的，我对她说见过她紫阳姐姐，今天又见到她心里感到十分高兴。她爽快的问我有什么事情要她帮忙去做，我笑了起来的回答她说，只是专程看一看她而没有什么要办的事情，于是大家坐下来便谈了些往事，大家各自都别有一番感慨，不多时转谈起我当年在中南海作诗和挥毫泼墨的历史，李小林女士灵机一动的对我说，那就请到友谊馆看一看这里的藏画吧！我听了也很感兴趣，当下便一同向友谊馆走去，我们边走边交谈，我用我写作的古体诗和她说自己的过去历史，李小林女士带着几分惊讶的神情边听边侧目看着我的说，回想过去真不容易闯过来到今天还有这么大成就，其实，我并没觉得在过去历史中自己有什么承受不住的艰难，而且，我始终深感幸运，自己几

萧墅 著

云淡风轻

乎总在受着党和国家许多老一代革命前辈们的关心和爱护，我感到当年老一代革命家们很深通中国文化艺术和爱护培养人才，我正是在那种情况中不断发展起来自己所酷爱的中国文化艺术事业的！很多老人们当年就表扬我的说过，萧墅先生不但诗思敏捷，画也画得传神，书法更是别具风采，相貌还颇似徐悲鸿画家。我在过去历史上正是在大家的赞扬鼓励声中为国家奉献了自己写作的诗、文、书画作品的。今天回想起来总还是深感幸运！不过李小林女士当即提出来说她这里还没有我的作品呢，希望我在中国对外友协再给国家作一幅大画，我想了一想自己近年来写诗作画也有些力不从心之感，毕竟自己不是处在年轻的时候，自己也活到当年老一代人们那般年岁了，然而，我没有拒绝李小林女士对我提出的要求，就按她的意思决定下来在近期于中国对外友协为国家再次挥椽笔留下一件中国画作品。我刚承诺到此邱林也暗自要求我要为中国运载火箭事业有关方面也画一幅好作品留下，我听了之后其实大有盛情难却的心情，因此也就只好答应下来。这时已接近中午的时间，我感到在中国对外友协占时间有些过长了，于是给李小林女士留下些自己写作出版的书籍画册便告辞了。

我在回家的路途中，大家在卧车里互相谈论着说，李小林女士不像很大年岁的人，其实也接近五十岁了，可是显得十分精明强干，胡扬总裁又向大家介绍了些自己与李小林女士的工作关系，就这样大家把我送回了自己的文苑家中。我虽然感到有些疲倦但是心情很畅快，自己躺下来合上眼休息着回想上午的会晤情形，于是渐而睡入了梦乡……

傍晚醒后，自己觉得方才在梦中还在与李小林女士交谈着什么似的，她那中等身材的体姿，一张很像李主席当年面容的脸儿，重眉大眼，说起话来直接爽快，接待我们是那么真诚而热情，她给我留下了很好的印象！尤其是她说："我把友协作为就是自己的家，我把属于自己的作品也全捐给友协，国家收藏比我个人收藏更好，财富是中华民族的。"她这些话说得人从心眼儿里痛快！我回想同她交谈的时候摄影师给我们拍照合影的那一瞬间，李小林女士十分通情达理的对服务人员说："来！我们大家一起再拍一张照片留念。"我从她当场说的这些话回味起来，我认为李小林女士是一位很有大家风范的清廉国家干部！她，太像我当年见到的李先念主席了！

2002年11月9日周六萧墅随笔

萧墅 著

云淡风轻

精神生活的广壤

　　我讲的故事人们无不喜欢，甚至听完会被故事中的幽默情节引得人们捧腹大笑，以至笑得人们把手中的茶水都洒在了自己身上啦，然而，人们却还会在听完故事之后照样做着和故事里的人一样的蠢事儿！所以，我发现人们只懂得讥笑别人蠢，而却不知道自己正在做着蠢事，这正是像是乌鸦落在猪身上讥笑猪长的黑而却不知道自己也是黑透了全身一样！深深的陷入在不自觉中不能从故事的启发教育中去纠正自己身上的毛病，这情况令我感到爱莫能助，所以，我一段讲故事的做法转为独坐孤灯下写作诗文书画来寄情于平庸的生活中了。但是，我这样生活时间一长熟悉我善讲故事的人们却忍不住想听我讲故事的兴趣又涌上来了。于是打电话邀我聚会再求我讲故事给他们听，我则向大家提出要求，我要求大家听完我讲的故事必须用文字把我讲的故事内容记录下来给我看，但是几乎没有人能做到这一点，做不到的原因也不是因为不服从我的要求，而却是因为人们没有写作文字的功力！不但写不成文甚至连字迹写的都很难看，可是人们穿着打扮的却像个十足的知识分子，而且手持着很高的学历证件工作在文化职务岗位上，生活里可笑的事情就正是这样在发生着！何止可笑？甚至可惨可悲！我说的这情况谁若不信就去试验，在生活里能找到善动笔写文章的人太难了，知识分子连这么点本事都没有还谈得上是有文化吗？我尽管是这么说而深知文笔工作不是容易从事的，人不善于表达就不善于写作文字，而善于表达也不一定就能把口头语言转化成文字写出来，没有科学语言表达能力便谈不上精神文明，这也就是说人们应用好语言文字是推进社会精神文明发展的重要一环的基础！

　　社会精神文明的实现决非简单易事，决不是学会几句口号式的文明语句能写个便条就是文明起来的本质！而必须达到善写论文和把口语充实起来地应用社会主义深层次的科学理论语言！还要不断摈弃遗留在家庭中旧时代的语言表达内容之影响，而一旦写出文字内容来还要有深邃的辩证唯物主义分析思想水平！这样才能真正推进社会精神文明发展！然而，我发现正是在这一点上做不到的人们多如牛毛！只凭在经济方面说来吃的好，穿的像有文化的人似的而腹内空空头脑简单的没有学识，这样是文明不起来的，也就是说不在于形式，而在于内容！由此分析起来再深入生活细加品味便知文盲多如穴蚁！

且不说一般生活现象，就以号称是搞文化艺术专业的群体来说吧！人们说出的话和对事情的认识思想深度也是令人遗憾的，就此不可空谈这个问题，必须以实际范例说明，譬如，人们总在提出"代沟"问题，若从本质上说来用"代沟"这个词语说出来是个在思想上的错误导向！因为"文化"二字之下是没有"代沟"的！但凡有文化内容的表述是不分男女老少的有着普遍启发教育作用！如不是这样为什么电台播音大人小孩都爱听呀？可见"代沟"是不存在的！关键在于播音工作者讲出的话意生动而有文化内涵，更是采取深入浅出易于听懂的语言表述方式"代沟"就填平了！我在生活里给人们讲故事也好，走上讲坛演说也罢，这都是形式区别，事实上听我表述理论的人们大人小孩都有，都对我的讲述内容深感兴趣和深加赞同！2001年6月1日曾给金华市少年儿童讲话，而座位上也有市委书记郭懋阳听演讲，事后还在《金华日报》上发表了我写作的诗文，但是从金华归京后在北京大学百周年纪念堂又给来京的世界华人艺术家们作演讲，我依然和众多艺术家们交了朋友，当然，我也给国外留学生讲过话，也在韩国汉城教育电视台面向世界宏扬中国文化艺术作讲演，总之，我以实践经验作个证明结论地说："真正的文化是不分国籍的"！

范例多的很，举不胜举，最好不相信的人们自己去动分析头脑的在生活中发现范例吧！我就此一个一个的举例表述出来谁还肯动思考？所以，我暂且只举出其上一个范例就足够说明问题了，我始终在默默的发现着所有幼稚可笑的那些事情，看的出来明显做着蠢事情的人还在自以为是聪明，还在得意，极不能自觉出来自己的浅显无知的说法和做法！就此而言，理论是深刻的有思考逻辑的语言和文字表述内容，不是唱在口中的简单口号词句！也用不着佯装笑面或瞪大眼珠子喊出来给人听，尤其是用文字表述深刻理论决不会出现人的面部情感色彩！但是，优秀文字内容既有严肃也有从理性出发的活泼微笑声音的意识体现！因此，高境界的文章无须乎讥讽词句！而是深含哲理性内涵的告之于人们进步表现到底是什么样的现实！我正是这样轻松思考问题写作诗文迈动灵魂的双脚走出每一步前进之路的！我曾对一位年过九旬很有文韵影响的老人说过以下这样四句话：

朝盼曦相晗，拱手论笃诚。
诗情忌讽语，言衷共太平！

这四句话是我当着老人面即兴写作而成的五言古风诗，至今记得自己与那老人见面对话的场面，我仅用了二十个字便促成扭转僵化局面的和谐共处对话的场合了！所以，我说中国文化不是叫嚷也不是几句口号而是深有内涵的语言表述体现！一切哗众取宠的俏皮话引众一笑的口头语都不可论之为中国文化，否则就降低了中国文化的品味了！更低级的取笑于别人的语言就更无评论价值啦！我主张表述具有高深理论内涵而又深入浅出的社会主义新语言来充实我们全国家的精神生活广壤！

113

略谈"时一笑"书屋及其主人之轶史

　　我此时此刻深有自慰的感到高兴！因为继八次出版不同版本的我所创写的《诗吟生肖十二品》中国画系列性作品，又将以邮票形式出版面世了！这第九次出版给国家、民族、历史、大众赏析的作品，实现了终生的夙愿！我以此史实不动声色的回敬给了所有否定过我的人们——我在封定否认的生存线下终于经过自强不息的奋斗成为了以史实证明出来的艺术家了。为此，我当然为国家高兴！为民族高兴！为历史高兴！为我获取到的史实成就而高兴！我没有被否认的语言摧倒而终于以艺术家的魂思姿态挺直腰杆于地站立起来了！倘使是在人们鼓励、帮助、支持下发展起来的，我便不会这么超乎寻常的高兴，我正是因为在受否定、受打击、受扼杀下取得无产阶级公允认可的成就上发展到暮年这一抹诗意地步上来的！所以，我深有自慰的感到高兴！我高兴的心情有三方面原因：（一）我从40年代成为孤儿后就受否认、打击、扼杀却没被治死而深感高兴！（二）我在根本没有条件的经济贫困中而能写作出大量诗、文、书、画作品出版面世当然深感高兴！（三）我的大量作品为我证明自己在事实上已成为无可厚非的艺术家了当然就会高兴！我想，人生最大的快乐莫过于此！我活到年近古稀的这把岁数上看重的只有这一点而不看重一切物质性内容！因为生未带来而死后也带不去！我图的是在事业上成功的做人！我高兴的是全凭自强、自重、自维的活过来不相扰一切方面的走向成功——求的就是达到难能可贵这一点！

　　所以，我说：

　　　　我咬断自己的舌头！
　　　　想把要说的话存放在心窝。

　　　　我咬断自己的舌头！！
　　　　让疼痛使我忘掉饱受孤立的寂寞。

我咬断自己的舌头！！！

用血液润得自己喉咙不再干涩。

我咬断自己的舌头！！！！

把血写作的诗文书画作品化为大地的绿色。

我咬断自己的舌头！！！！！

冲破人性束缚自己的一切枷锁……

面对"母亲"祖国放声高唱《国际歌》

——因为，您的儿子是真正的无产者！

孤独年过花甲的无产者老诗人萧墅写作于2002年11月27日夜

　　我之所以创写《诗吟生肖十二品》系列作品，是为了以艺术面向全国人民实际做到为人民服务的具体事儿！因为每个人都有象征自己的属性！那么，就等于我为每个人画了一幅象征自己属性的作品和写作了一首五言诗！因为，我发现由古至今还没有别位诗人或画家完整的以系列创作来完成这件事儿者，尤其是十二首系列的五言诗没有别位诗人系列地写出过作品，所以，我补一补这项空白！我在这个问题上也为了表明自己一不计前嫌，二不树任何私敌！我只是一个小无产者老年人而已。自己几乎终生没条件走上工作岗位，所以也就不得不以写诗作画来做点为人民服务的小事由了！决没想到有暮年这么令我深感高兴的成功！当然喜出望外的要用文字记下了自己这种心情。

　　身为一名小无产者的国家公民老年人之我！从1986年6月2日应国务院谷牧领导人之邀出席中美会议开幕式政治活动以来，接连不断为中国出席日内瓦会议、世界知识产权会议，对台对藏的联谊庆祝活动会议致词和写作诗文书画作品，在应邀出席的《四库全书》研讨会议上发言等活动至今，又再次应中国对外友协之邀将于2002年11月22日出席中澳建交纪念活动，这一切令我深感幸运！因为，我在新中国几十年整风运动中从来没有机会在任何工作岗位上有条件为国家做些什么，而偏是在若干次巨大影响的会议中才得一展文才的做了些事情，当然是深感幸运！从2001年8月28日《人民日报》以《异

萧墅 著

云淡风轻

才出手，文冠大千》文章对我进行报导，到2002年5月24日《文艺报》以《萧墅：从孤儿到文化名人》整版摄影文学报导。我对自己生命进入暮年得以阅世倍感都是梦想成真的现实！从2002年春天开始说来，我自出版《华天诗吟生肖十二品》及《南少林寺禅缘古今叙语》书籍画册以来，又是喜讯不断的出访日本、新加坡等国家进行弘扬中华文化活动，2002年10月7日还特邀我出席了中国运载火箭研究院建院45周年庆祝活动，并与澳大利亚国家白切尔先生同台谢幕合影留念，这一年从春天直到年底美好的活动接连不断！我自己虽然深感年老体乏力不从心而都兴奋地出席了一切活动！我认为这一切都属于自己生命活到暮年终于迎来的一抹珍贵春意时光！我在历次重大活动中能为国家和民族大众做些小事情，一是感到弥补了过去在历史上虚度时光，二是感到这种发生在自己身上的平庸见奇的走上了社会活动的至高点才是新奇的幸事！所以，我在近20年里于国际国内鼓足老体最后这把下劲开拓的创下了相对个人说来的辉煌史实！尤其是自己在国内外的大量出版物它们就是自己的"儿女"一样给以我孤独了几十年的心有了安慰！

我这一切趋于晚年的成功，我找不到发起的原因！熟知我的人们说我的成功在于我有才能，其实，我并无才干！我是生活中几乎是接近弱智的一个平凡人之下的苦人儿，我在几十年里不得不回避躲闪开自己决无力抗衡的过去历史中的各种运动之下，自己学了些人们喜欢而不愿意下苦功夫学的马列主义包罗下的政治、经济、科学、文化、艺术知识，所以在人们安宁后派上了用场！我完全不可能想到自己在本无求显赫之中，而自己却不得不接受社会各层面的向我请求帮助中借助大家之力发展起来了！因此，我在史实上形成到今天这一步现实是完全出乎所料的！纯属如守株待兔似的活了下来又发展到人文史的至高点上成为了《95－中国新闻人物》！所以，我对这种自己经历过如梦如幻似是而非正该有所得的史实成就也深有几分漠然感受——人生不过如此罢了！

命运之说固然偏于唯心论，然而，许多又有条件又有才智的人们停滞在虚张声势之中也未见有何功效啊！我不能理解的正是自己的命运发展问题！自己不过是从小时候起就挨打受气于别人拳脚加嗤之以鼻下的孤儿到孤老头儿的弱者，从无奢望非分之想而却被选录到了《当代世界名人传》书中记载下来了！人间生活莫测的情况发展变化怎能不令我暗然失声的笑起来呢？所以，我为自己简陋生活起居的书房取名称之为"时一笑书屋"。

我在自己暮年生活美好起来之前，发生在自己身上的可笑的事情太多太多了！

2002年11月30日星期六　萧墅

萧墅 著

云淡风轻

松风友谊贺咏图

友谊颂咏

实有诚笃论，华翰谊情琛。

金蘭咏古语，相知君子心。

独立倡自主，虚怀映天云。

丹青抒魂于，真理鉴史痕。

远大示明节，近境绽芳氲。

海内存知己，天涯若彼邻。

承中华人民共和国前任国家主席李先念尊长之女小林女士之邀代中国对外友协作此画卷致中澳建交三十周年纪念庆典会以示致贺

诗人书画家萧璟

中澳建交三十周年庆典活动，即将于人民大会堂以国家政治面貌主持活动召开纪念会。中国政府领导人出席并主持大会致演讲词。在此前提下，中国对外友协李小林副会长以本友协名义邀请我在出席大会的同时，为这次具有政治意义的纪念会创作《松风友谊贺咏图》一件巨幅作品。我想，自己在历史上曾多次为国家做过这项工作，而今却因年事已高恐力不从心，所以提前把这幅别有意义的中国画作品在自家画室先行创作出来，随之于会上奉献出来。

我创作此件中国画作品的立意，当然是以两国建交为核心，但也只能依据中华民族艺术传统惯用的借喻方法画出松、石、竹、蘭，以石谐韵阐述中国人的礼仪及深情，以竹蘭喻两国友谊感情及原则气节！最终还必须引用古人早已定论下的名言结论此作品的说："海内存知己，天涯若彼邻。"——这便是中华民族人文史发展的文化根基！

身为中华文化艺术传承人之我，学尽诗、文、书、画却也难以脱离开古韵和祖训！因此，我深感唯以诗文相谐画面始奏效于主题。所以拟句五言六十字题于画面之上，以补画外之深意。但望邀我之作的中国对外友协以诗文释画彻解《松风友谊贺咏图》作品的内涵。此致言阕。无须赘加冗述！中国诗人书画家萧墅老人致诚。

2002年12月1日周末呈文于芍药居萧墅文苑

萧墅 著

云淡风轻

● 史实的无敌亮相便不必对牛弹琴啦！——

2002 年 12 月 3 日周二重温 《95 · 中国新闻人物》 一书

有感随笔答诸友人们善解人意之说

● 以"Bye－bye"为题写一篇开心日记

● 复录整理1976年哲学笔记

● 孤傲之思的由来

● 难忘的三则真理之理由

史实的无敌亮相便不必对牛弹琴啦！

2002年12月3日周二重温《95·中国新闻人物》一书 有感随笔答诸友人们善解人意之说

　　人们在对话时经常引用"事实胜于雄辩"这六个字作为有力的表述给对立面上的人们！然而，说罢这么有力量的结论之后却还要补充乏味的语言，本不该再对牛弹琴的争论令我暗笑不已！其实把事实摆放在大家面前就足够了。我认为《95·中国新闻人物》一书的出版就是事实，书中文字表白的内容则是更有深远说服力的史实，这种由国家出版权所代表全民共识意愿出版的文字史实表白内容，就是无可厚非的真理——"事实胜于雄辩"之说。再不必争论了，亲眼目睹出版物上的文字去吧！拒绝看书便是野蛮！何以英明尽全叙述在书上的文字中——文明而策略之举就在于以文字自白地通过国家出版权以公允姿态向世界发表出真理的心声……

　　我读阅过很多书，但是，我都不曾在读阅书后产生过心理上不平静的变化！然而，我读过《95·中国新闻人物》这部书上的第445页到448页的文字之后，我不禁深有感慨，这篇题为《现代中国文人萧墅》的文字写的极好！但是，该书竟然把这么好的文字在出版中不进行仔细校对，造成多处有错别字的现象，为此，我把纠正过来错别字的原文就此重新请打字员复录于下：

现代中国文人萧墅

　　萧墅是40年代日寇铁蹄下的孤儿！是90年代载入《当代世界名人传》的奇才文人。萧墅的原名为韩铭魁。自80年代始以科学、文化、艺术为国家作奉献而参与社会活动如下：

1986年6月2日应邀出席中美会议开幕式。1989年3月26日为国庆40周年写作《中华松韵》献词致人民大会堂。1989年5月9日于中南海为世界知识产权会议召开创作中国画。1989年11月8日发表数学新体系论文。1990年元月9日以价值两千万元的诗书画精品捐给社会。1992年4月6日吴学谦副总理接见。1992年4月19日赴日访问。1992年5月11日出席并主持中国UFO研究会的召开。1993年5月15日出席《四库全书》研讨会。1994年7月4日与法政府艺术评论家交谈东西方艺术理论。1995年8月16日代表文化艺术界并讲话致贺西藏自治区成立三十周年大会在京召开。

萧墅的命运！像是操在魔术师手里一样有趣——瞬间戏剧性的变化颇有新闻色彩：十年前是孤儿流浪者的历史，而十年后他却成了世界名人！

十年前后截然不同的史实，都不容自己和别人为其抹杀与扩大其本质面目，如不实事求是便不是人而是人间的"活鬼"——死灵魂……

无疑，孤儿流浪者的历史是重遭摧折的痛苦人生大劫难过程！大丈夫无足以久挂在心上。而登上《当代世界名人传》的现时情况也无须深感得意！真君子温不增华，寒不减叶。萧墅就是这样看待人生是非曲直的一名现代中国文人！俗语说诗言志！萧墅以自己所作的诗为证：

> 直入单刀语惊人！
> 面世思魂主义真。
> 苍然诗意情思切，
> 缁光灵镜冷萧森。
> 向往大同筹文治！
> 天灭霸道净乾坤！
> 说破玄机贼胆怯，
> 华光普照雪昆仑，
> 夏令情知风寒暖，
> 荣荫冠顶仰众尊。
> 辱我神州尽成鬼，
> 我为中华铲孽根，
> 有酬壮志苦面壁，
> 责己严明宽待人。

沉勇行路何求报？

蜉游无悔一日身！

堪称透别则勿燥。

笑质愚盲不修文，

生不逢时空道苦，

平庸见奇索功深！

曲折人生贯常咽，

翰果苦尽始芳芬！

墨沥江山雄文著！

天赐诗涵知者钦！

涯巅劲松风涛骤，

大魄随咏梁甫吟。

风驰电掣抒椽笔，

歌罢天地热泪淋。

　　萧墅除以诗、文、书、画被世人喻为四绝的大笔手之外，兼有善论口才和善书之文笔，出口成章，落笔诗成。即席口占若干首诗、笔若行云流水而不改一字即成佳句，以之面世，为众人亲眼目睹所证实。令人叹为观止。萧墅另兼中国UFO研究会名誉会长。为促进社会科研工作发展，他个人向该飞碟研究会捐助资金，并又以一万元人民币资助给科研工作者个人。还继而以2000万人民币价值的诗书画作品捐向全国多家社会公众场所。另有应邀出席在人民大会堂中美会议开幕式上之巨作《塞上清音图》，由国家领导人作为国礼转赠给美国政府代表人卡特、万斯、斯特劳斯、纳塞泽等人代表美国政府收藏。随之，萧墅再次应邀赴中南海，为日内瓦世界知识产权会议召开，做出文化艺术工作奉献！国务院法制局领导人顾明和孙琬钟代表国家和政府，亲笔书函致萧墅，表示赞扬和感谢萧墅为中美会议两次召开所作出的文物贡献！并以国务院名义颁发给萧墅证件。在此事情之后，萧墅不断出席在人民大会堂和国宾馆召开的会议活动，如由国家领导人王光英、雷洁琼、胡绳等主持召开的《四库全书》问题研讨会、《长城万里图》历史巨著研讨会等等活动，萧墅每次出席活动都以诗代为发言留下了作品。譬如以"长城万里图"五字之题所作的藏头诗如下写道："长空腾紫气、城郭溢豪情，万民怀壮史、里程碑尽功，图卷八千里、问天呼大成，世态助公道，颂词致翰雄"。同时为人民大会堂创建四十周年也写作了长篇贺词《中华松韵》书法巨作，国家颁以收藏证件。总之，萧墅在众多国家的领导人邀请出席的活动中，都留下了这位中华文化奇人的风采。萧墅的诗章遍及全国上下，为中华名人名胜都留下了诗章佳句，发表在刊物上，如为张闻天、张国基、梅兰芳、白石老人等前辈，都创写过以诗代文的佳作。

萧墅近十年在国内国外、日本、韩国出版的大量作品有：《翰墨清品贺年图》、《诗吟生肖十二品》、《画韵贺春》、《十二生肖》、《贺新春》、《萧墅诗集》、《萧墅画集》、《萧墅书法集》等等，遍布世界各地都有其作品，并有韩国教育电视台与萧墅合作拍摄的专题片《现代中国文人》！于1995年7月4日以40分钟之久的时间，向国际社会播放。因此，萧墅饮誉国内外的科学文化艺术成就之影响，以充实史实的载入《中国当代名人大典》和《当代世界名人传》。成为毫不虚夸的世界一代文化名人，所以，中国文联陈祖芬女作家，以数万字《画外音》文章写道奇史新闻发展的萧墅。

然而，萧墅给一切世人的感觉，是极平庸无奇的一种朴直宽厚为人之风态。萧墅在回答所有采访的作家和记者们时都是这样说："我不奇也不怪！凡感觉我是奇人怪才的人们，都是相对我孤儿身世有家庭温暖的宠儿们长大后的感觉！因为他们没有经历过大劫难生活的千锤百炼！所以不懂孤儿为求生存被迫滋长出来的聪明智慧和通身求生的善良本事。但是，我从不带着攀比意识去和别人对照，我就是我！我是不要求别人相信和承认自己是富于宏大思考的活灵魂头脑的平凡文人！别人在过去历史中无人关注过我，我则也无力关注他人，自己只能成为时间的一名过客！然而，我知道人生最可宝贵的意识是"觉悟"二字，而悟性就在每个人的脚下，能悟出道理，就能走出自己如愿的一条新生之路！成为一棵新的生命！这棵新的生命会奋然自发的向前飞奔！把一切惰性的死灵魂抛在向前飞奔的尘埃之后，使之望尘莫及！但对有觉悟者说来，凡把自身历史业绩揉进人类事业血浆里的人们，就会活得比金钢沙粒还坚硬！将无力以摧毁之！因此，一切事业成就，都是最科学而又复杂的公认性无敌逻辑结论！是创造者摆脱本能生活习惯的痛苦神思下的结果，是千丝万缕灵魂思考射线交织成的，而不是孤立的史实中不幸遭遇的复写！则是每位人生历史胜利者向世界发出的真实福音！也就是创造出的人间新闻奇迹！然而，奇迹，是从人的卓越精神脚步下产生出来的！这精神便是孕育天才者的沃壤！谁都可以不信之，但是，却不可不由发生——发展——到与人类历史共存"。

魂魄惊天地，才华泣鬼神！
大漠精血铸，一个"外星"人。

这首诗是一位报刊知名记者在采访萧墅后所发自内心的感受之作。其实，萧墅确然也有过只身儿次步行横穿塔里木盆地沙漠的经历，那是在十年浩劫的文革期间，为回避盲目残酷阶段斗争误认的加害，先赴新疆后又从沙漠中步行回到内地流亡！如此步行近十万里路！受尽了生活折磨却也以自然生活知识丰富了自己。回忆起来令人啼笑皆非。总之，为后来的诗词文学书画艺术创作而充实了头脑和见识！萧墅在《三驼图》画面上题句写道："不驮名利不驮情，抛却妄思戈壁行。万古飞沙酬天地，冷雪醒魂索真经"。萧墅历经50年劫难的洗礼！又以索真经的求学气质读遍了马列主义学说的书，凡精彩论段几乎都能背读出来，这一超常记忆能力惊住了不少人！萧墅没有在艰难的流亡生活中倒下，反而大长了弘扬中国文化的爱国之志！所以，萧墅在90年代以后，于国外的任教讲学，充满了爱国激情，1992年在日本，萧墅在诗中以痛恨日本军国主义的民族激愤面对日本太阳旗写道："太阳知道：我胸中的熔岩有多么大的热量！"又对日本人民友好地写道："月亮知道：我有一双雅典娜的手掌"。若把其下四句诗连起来读，便是一首代表了中华民族性格的真理诗章——

《无敌者自白》

太阳知道：
我胸中的熔岩有多么大的热量！
月亮知道：
我有一双雅典娜的手掌！
寂寞知道：
我曾毕业于千古无人的课堂！
饥饿知道：
我有多么大一个粮仓！
干渴知道：

我心底的泉喷涌向五湖四海！

地狱知道：

我的名字不在生死簿上……

1994年7月初，萧墅同法国政府文化部艺术评论家玛莉奥蒂尔会见时，以全新的观点谈论出中国文化艺术与数学与《周易》学术相关联的内涵！他的新观点令西方艺术评论家折服！

萧墅说："包括一切造型艺术在内的天体里的万物，在人摹画的表面形式上看来，都没能脱离开数学几何中点、直线、曲线的组合运动规律，因此，多么复杂的画面，也是由点和直线及曲线三个基础材料组合成的！从点的弧形运动到点的重叠，就是个圆，圆边就是弧形曲线，若从圆切面看去，就是直线，若从相当距离看这个圆便就是点！由此可见，绘画作品就是平面几何形态的堆积组合，而中国在这个数学观点的理论中，就尤为表现的更突出更典型了，也就说中国画的抽象意义更为明显化了；中国《周易》学的太极图形和八卦图形，又怎能不与数学有缜密的关系呢？就是由点、直线和曲线构成的中国汉字，也大与《周易》学的图形有关，譬如"水"字的古写之形态，恰是八卦的卦符；而"母"字又多么近似太极图形中的阴阳盂。因此，中国文化——是包罗科学文化艺术的总称，那么这个总称之魂，就如太宇中万盏长明不灭的灯，又似地上闪烁着奇智而成偶数堆的群星，还像是宇宙中无法记录下来的数字，却尽若被概括在数列中的那个最大的零！神秘莫测"……。

萧墅极富诗意的论述语言，文字决难阐述出来，只能从萧墅的诗中看到其理论概述的轮廓，于此，就以其《咏魂》二十八字结束此篇之冗记！其诗如下写道：

太极玄理激出泪，八卦紫圭漱泉凉。

《周易》天轨锤翰墨，苍宇星罗布诗章。

以"Bye－bye"为题写一篇开心日记

　　我想，我爱清洁和讲卫生及住在朴素整齐的居室里写作诗文，这是我的天性习惯！然而别人正与我的习惯相反！我的妻子赵磊就是这样对立着我的习惯过日常生活的！

　　因此，我们之间经常为习惯不同发生矛盾冲突！尽管如此，我在与赵磊婚后20多年后，虽然冲突越来越大，我却也无力改变过来赵磊的生活习惯！我一次又一次的把生活环境整理的清洁卫生整齐，而赵磊一次又一次的把环境弄得很乱！锅碗不洗，全摆满在桌子上，吃完东西的去弃物不收拾而抬腿就走了。我在20多年中怎么劝说也改不掉她的这种不良生活习惯！然而，我终于想通了！她不改，我改！我改变决不再为她不改变不良习惯而动怒了！从此结束这种爱莫能助的劝导！我不说不劝不动怒了！但是，我必须远离她的不良习惯！不接近她所在的生活环境！眼不见心不烦！只有这样做——转移到我的工作室去独立生活。眼不见心不烦的情况下必能制怒于己心！

　　习惯势力顽固的决无法攻克！这是我活了六十多年从实际生活上感受到的！攻克不了只能从自身做起走向独立！顽固的习惯势力对立着我而出现在自己原始家庭和自己与赵磊结婚所建立的家庭中，而且，顽固的习惯势力在学校、在社会单位、在整个社会中随时随地出现，也不仅是不爱清洁卫生整齐环境的顽固习惯势力，还有各种各样令我接受不了的顽固习惯势力对立着我出现了六十多年！我都无力劝善改变！深感束手无策！每次都是把我逼跑了——走向不得已的独立自主道路！因为，我无权批评指责别人！

　　所以，我想自己相对一切顽固习惯势力在整个生活环境中的出现而自己是弱者！我唯一强大的表现就是走向独立自主！从生活形式表面到内心世界都一并与顽固习惯势力划分开来！我行我素——我走我的人生之路！我无法把别人当友人看待而也不能视为敌人！

我正是在极大愤怒中想通了这个问题的！我也正是这样排解自己心中的愤怒忍耐下来活到今天取得极大事业成就的！我在这方面的确成为了退让一切抵抗不了顽固习惯势力的弱者，但是，我在退让的独立中冷静的发展文化事业并取得成就，却表现出了自己独立之后的强者性——人们带着不良习惯势力在我事业成就面前不得不败下阵去做了弱者！

　　独立自主——唯有独立自主才有心情通畅的事业取得成就的生活！

　　为此，我甘当一切不良习惯势力面前的弱者——退让！息怒！转移思想追求事业！争做学术上的强者！唯有独立自主才能实现学术事业目的而成为强者！不然，双方陷在没完没了的矛盾冲突中把时间全耽误的什么事也干不成了！人们不懂我为人们好的规劝！我又何必对牛弹琴呢？我现在深感自己对一切人们的不良习惯真的是爱莫能助！然而，人们在自以为是中决认识不到自己的错误！我决不可在一个人一个人的死点上费力气改变大家！只能视而不见，听而不闻的专心做自己文化工作！我必须认识到这一点！一定要创造自己的独立自主的生活学习工作条件环境！目的——就是为了不受任何阻碍的发展自己所爱的文化事业——弘扬中华文化……

　　史实证明：我已经走了六十多年独立自主的文化生活道路了！史实证据就是我写作的全部出版物！包括《世界名人传》等等社会出版物对我公允的赞扬文字！都是为我作证的证据！我若不选择独立自主这条道路在忍耐中承受着种种精神压力求得一线生存条件而努力于文化事业，我就活不到今天了！整也给我整死，气也给我气死！哪还有闲空求学问长知识练文化本事呀！我活到今天60多岁深知自己选择路线选对了！自己现在老了更经受不住生气发怒的家庭和社会上的事情了，所以，我更应该独立自主的彻底才好！孤闷是不可避免了！即使孤闷却也决不可与任何人建立对立关系的发生无谓的争论与冲突矛盾！我的法宝就是面对一切人说一声"您好"！随之尽快再道一声"再见"！Bye－bye！

　　总之，我为自己创立的生活学习工作环境决不允许任何人前去干扰！因为那是我暮年生活唯一仅存的自我开心的乐园，我称谓自己的乐园为"时一笑书屋"。

　　我独在自家的"时一笑书屋"习惯了闭目常思己过，也避免的做到了古训贤人所说的那句话——"闲谈莫论人非"。我与古代出家当和尚的高僧表里一样！我面对人海苍生的人们一是施善心不与一切人相争功名利禄，二是施以简言笑面垂眸退避三舍的求相安无事的各行方便。做到这两条自然就是相对人们成为了"和气"、"高尚"的心态！缩写出来便是"和尚"二字。这两个字相对于我——我已悟出了几十年时间之久啦。

现在，我力求相对一切人更深地做到和气高尚的独立自主的活下去！反正于此前自己在人间所取得到的公允文化成就已载入史册磨灭不掉了！因为史实谁也变更不了！所以，我便不再去与人们大谈特谈的念念不忘了，只当是自己前世的功名陈列在历史馆中任凭人们去说去论去评述吧！与我自此的后世无关了！如此便是走入佛门的"归一"之说的实践！我两世为人都总是在做事情而不是在口头上说做不到的事情，但凡该做的事情我都做到了！而且前世的善事也做完了！现在属于我的后世，我在后世之中当然要出尘入静的活下去在佛门的香烟里坐化成真人。

此时此刻，我感到自己的成功决不在于前半生取得了事业成就和登上了世界名人席位，而是在于其后的开悟人生之思的产生！我的前世（即前半生）的一切可以说是党给的和人民大众给我的惩罚与荣誉！甚至可以说是一切给我精神压抑的人逼我走上成功之路和取得成就荣誉的！我得到这一切的现在又全然抛除在脑外了，就此辩证的看自己周围的人们还是在用不讲道理的言行逼我进一步升级——则就是远离开人们的进入孤独状态，然而，我感谢人们逼我走上这一步境地，从此可以善意的不接触不理睬人们了！也就是不再深入是非之争的人们中间去了！我笑对人生在自家的"时一笑书屋"里至少无妨害于大众生活之举，我想，这正好吻合了"佛者觉也"四个字之说的妙理了。

我悟透了这一点！人发展到相当高的思想境界时非出家不可，不过，可以采取在家出家的形式——在这形式下实现视而不见听而不闻，但又不等于不明察秋毫的去发现生活中的问题，目的是从我做起的自加修身养性而决不去批评别人或责难别人！也就是说必须做到"满怀心腹事尽在不言中"这一点！进一步说来，无论是什么样的人在我面前耍什么花招也都瞒不过我眼！但是，我装作不懂或没看明白甚至是没看见！这样让人们在自作聪明中败下真正做人的大阵下去……下……去……坠入聪明反被聪明误的深渊！我无论如何是救不了人们的！爱莫能助之说即源于此也！

所以，我现在面对一切人们虽不作答话表态，但是，人们说的话和干出的无理无德之事瞒不过我的耳目领会，我把人们的言行记在思想里留在深夜

萧野 著

云淡风轻

静思默想的加以分析！一直把人们的一言一行分析的连人们自己也没想到的失误之处去！但是，我不可表白给人们，因为人们不但不接受我的善意表白提出的见解，甚至会仇视我的与我瞪眼吵骂起来，为此，我只能心明眼亮的躲闪开人们的失误言行！这正是古人兵法策略所说的"三十六招走为上策"之说罢了！乌呼！我无须乎再与人们多说废话了，正是：

始觉一笑语更妙，不须唇枪舌剑功。

还是与人们Bye－bye吧！

2002年12月4日子夜动笔达旦
诗天客——萧墅

萧墅 著

云淡风轻

复录整理1976年哲学笔记

　　我经过认真分析而明显的意识到在社会中，在很多与己无关的人和无关的事情，然而，却偏有人总面对我拉扯那些本与我无关系的人事活动！甚至动员我去参与那些本与我无关的社会人事活动，我当然会以严词拒绝！甚至把面对我拉扯这一切人事活动的人也划在与我无关的人事之列，我不再理睬之！所以，我越活越孤独！然而，我甘愿这样孤独的活着而却决不与那些无关的人事活动拉扯在一起！就此直白的说吧，我从根本上看不起大片与我无关的社会人事活动，因为大批人们连句完整意思的话都说不明白更不会应用文字作出表述，所以，我无法与人们进行思想交流而只能分开！我走的是文化生活道路，我没有闲空儿与大片虚张声势的人们混在一起总纠缠说不明道不白的事情！只能与人们Bye—bye！如此之下，人们也会深感OK！尤其是在中国版图上掀起的文化大革命期间，几乎人人自称革命派而除了打人骂人毁坏文物之外却什么也不懂，可是这种盲目势力很大谁也劝止不住！当时在任的周恩来总理都劝止不动，谁还能有什么妙法扭转局面？那时，我也是束手无策的只好躲进了塔克拉玛干沙漠中去生活了！当然困苦极大！但在沙漠中活的很安宁，因为勇猛的红卫兵也不敢闯入到沙漠中去贴大字报或高喊"造反有理"的口号，因为沙漠里没有水，没有更多吃的食物可充饥，更没有防冷避热的房屋，沙丘洞穴里只有蝎子，四脚蛇等小动物。当时，我不怕沙漠死亡之海！而却是害怕红卫兵盲目的蛮干伤害着我，所以，我闯入到大沙漠中硬是生硬的活了下来，我在那段历史时期对大漠的美好人生感受太美好也太深了！因为大沙漠救了我，是大沙漠把我和当时社会上盲目胡说乱打害人入狱陷入冤案的大批人们给割开了拉扯关系。我与人们不在一起还能有什么危险呢？没有危险了！但是，大沙漠除去救我一命之外也不曾厚待给我以足够的饮食，然而，我自身的耐力、毅力、意志和智慧使我以苦行终地活了下来，而且也才有了在文化大革命后的事业有成的发展！但是，我深知当年文化大革命人们那种盲目颠倒性并没有根除，只不过换了另外的表现形式还是东拉西扯的胡说一气的混日子，人们总保持自以为是的样子并不一定认为自己真有理或真懂什么学术，但不自以为是便恐怕被真理驳倒了！为了活着便只好自以为是的从外表把自己打扮成理性的面貌，其实还照样蛮干着违背党性真理的各种恶事——吃、喝、玩、乐、贪污腐化还自认为是"做人"的道理！呸！不害羞！纯属混蛋逻辑！然而，我怎能劝止的住大大小小成堆成片如蚂蚁般蠕动的人们呢？我还是必须从形式上内容上避开人们的盲动性而走向独立自主！我甘愿孤独坐守在自家陋室的冷板凳上——我行我素重温古训的背咏"君子食无求饱，居无求安，敏于事而慎于言，就有道而正焉"的圣明之说的名言……

人们即便懂得文字才能体现出思考道理的价值，而懒惰的却也不动笔用文字表述真理，而就是一味的在口头上说呀！说呀！说不完的车轮话！有什么用呢？都浪费的记载不到历史上！所以，我决不与人们在胡扯八道上掺和在一起浪费时间感情！尤其是不与人们混在一起大吃大喝充当酒囊饭袋！明知自己喝醉了不好受却还是强喝，只喝的烂醉如泥胡骂连篇——丢了人格！我对这极不良的生活风气既不气也不恼，而只觉得是充满愚昧的理智失衡无益于自身与社会！更是酒后驾驶机动车的人纯属连自己带他人的安全而不顾！是的！人们如此凑在一起于酒后凭关系和假义气也能有所经济膨胀！但是有损于身心健康而太不值得了——苦大于乐之中的人们把这样的生活夸说是"好了起来"——"富了起来"，就中的深邃理智思考内容是什么呢？人们却是无力用文字表述出来的写透真理！我则不然，我有与生俱来的善于深思问题的头脑和自信、毅力、耐力及彻底性的韧劲儿！我凭此每天写作深有思考的文字，现在拿出于几十年前写的哲学笔记照样令大批文人们震惊！今天（即2002年12月6日），我就将自己1976年在农村油灯下用强人们的语录组写成我在哲学上的思考之笔记给打字员小关同志，请她按原文复制出来，一是为了自己整理文件，二是为了给喜闻乐见的读者一观，待打印已毕之后，我再于文字最后补记见闻和理论思考内容。复录整理打印1976年笔记于下：

1993年2月17日星期三夜间重温此册笔记，深有所感认为：马列主义理论的灵魂框架下的内容，将随时都是四海皆准的真理……不论你承认与否，都只能存在于其理论下的实践过程中，因而反对马列主义理论的一切人必是十足的蠢才！

萧墅记 时居于北京朝阳区太阳宫芍药居交通部宿舍1－2－202室

1976年复录手稿

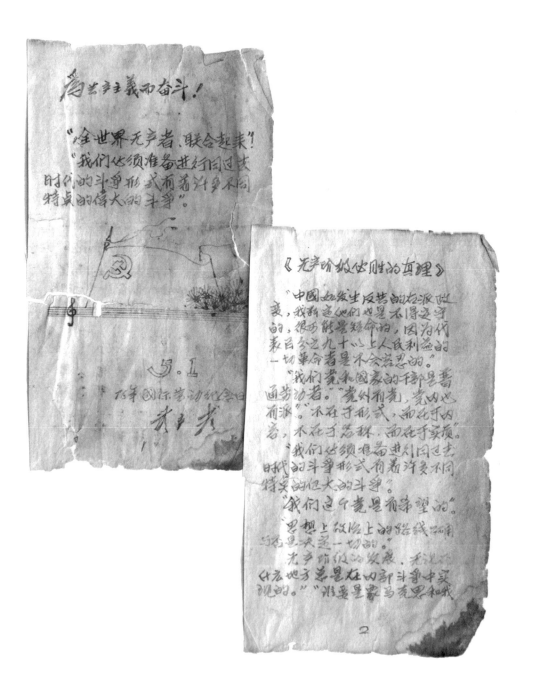

萧墅 著

云淡风轻

那样，一生中对冒牌社会主义者私人的斗争比对其他任何人所作的斗争都更（因为我们把资产阶级总看作一个阶级来看待，几乎从来没有专和资产者个人交锋），那他对爆发不可避免的斗争也就不会感到十分烦恼了。"

"在人面前呈现象之钢，本分的人，即野蛮的人没有把自己同自然界区分开来，且觉的人则区分开来了。"

"骂人是没有道理的人的道理"，"诉诸谩骂往往掩盖着谩骂者的意思思想则，束手无策软弱无力。""极力想用自己的成见压倒别人，不让人们听到真理，用谩骂和喊叫的洪流淹没一切，阻碍着别人作任何变为清明。"

手段的更新又恰恰说明了目的的更新。"从不合理的形成到

3

人为的联系中找出正确的和天才的东西""寻找什么他造这件衣的材料的那种些渗漏和拼凑和牵强附会之处，这纯粹是小学生做作业。"

《本质论》：揭示了表象的对立，总是把握不住目标的，人们困从想把住一个方面，也就忘了其他的另一个方面，如此等。"你随时看过一些具体的例子弄清这一点。譬如，你们为未婚夫，合在自己相好的未婚妻身上看到同一差异的不矛盾的鲜明倒退，根本无法判明：她爱的好娘，是来自差异的同一呢，还是来自同一的差异呢？在这里，如果抛开差异（这里指的是性别）或同一（两者都有是人类），那里还剩下什坛呢？我记得也是这种同一和差异的对立不可分离最初引起林技展成

4

的，尽管我们每前进一步都不能不碰到这个问题。"

（《恩格斯致康·施米特》一函）

"非本质的东西，假的东西，表面的东西常"消失"，不象"本质"那样"扎实"，那样"稳固"…"

"人的本质并不是单个人所固有的抽象物。在其现实性上，它是一切社会关系的总和。"

"若社会主义不是一种单纯为工人阶级委派的生学说，而是一种最终目的在于把包括同资本家在内的整个社会人现代关系的狭小范围中解放出来理论。这在抽象的意义上是不行的，多而在实践中在大部分情况下不仅是无益的，甚至还是更不，既然无产阶级不但

5

不

自己感到有任何阶级的需要，而且全力反对工人阶级的自我解放所以工人阶级就要单独地准备和实现社会革命。1789年的法国资产者也曾宣称资产阶级的解放就是全人类的解放；但是贵族和僧侣不肯同意，这一次断——马克思当时还把剩余价值来说是一个尚未辩驳的抽象的历史真理——很快就变成一种纯粹是自由精神的空话而在革命斗争的火焰中烟消云散。现在也还有这样一些人，他们从不偏不倚的"高尚的观点向工人鼓吹一种凌驾于一切阶级对立和阶级斗争之上的社会主义，这些人如果不是还需要多多受教的生手，就是工人最凶恶的敌人披

6

萧墅 著

云淡风轻

137

着其次以为豺狼。"

（《马克思·恩格斯选集》4卷 276—277页）

"无论从哪方面学习都不如从自然犯错误的后果中学来得快。"（《全集》385页）

"对逻辑以及其他一切哲学上的怪说的最令人信服的驳斥是实践。""假如我们自己能创造出某一自然过程，使它按照它的条件产生出来，并使它为我们的目的服务，从而证明我们对这一过程的理解是真正的，那末康德那不可捉摸的'自在之物'就完结了。"

"马克思主义最本质的东西，马克思主义的活灵魂，就在于具体地分析具体的情况。"

《终结》中指出："唯物辩证法：承认认识和社会的发

一个阶段对自己的时间和条件来说都有存在的理由。""辩证法是一门"关于外部世界和人类思维的运动的一般规律的科学。""在它面前不存在任何最终的、绝对的、神圣的东西；它指出一切事物的暂时性；在它面前，除了发生和消灭，无止境地由低级到高级的不断过程，什么都不存在，它本身也不过是这一过程在思维着的头脑中的反映而已。""真理是包含在认识过程本身中，包含在科学的长期的历史发展中，而科学从认识的较低级阶段上升到高级阶段，愈升愈高，但是永远不能通过所谓绝对真理的发现而达到这一点，在这一点上，它再也不能前进一步，除了不由手一番操诸……强着它无事可做了。

萧墅 著

云淡风轻

这不仅在哲学的认识领域中是如此，就是在任何其他的认识领域中以及在实践行动的领域中也是如此"

"在社会历史领域内的世界运动的，全是相竞活的，经过思维或是激情行动的，追求某种目的的人；任何事情的发生都不是没有自觉的意图，没有预期的目的。但是，不管这个差别对历史研究，尤其是对个别时代和个别事变的历史研究如何重要，它却丝毫不能改变这样一个事实：历史的进程是受内在的一般规律支配的。"

"否认认识世界的可能性，或者至少是否认彻底认识世界的可能性"这种哲学特别适用于机会主义者同末赏藏和恐惧先见的政治需要。

9

"搬运夫和哲学家之间的差别要比家犬和猎犬之间的差别小，得多，他们之间的鸿沟是分工挖成的。"

"机会主义者害怕无产阶级的胜利，型坏无产阶级，使他们不敢去争取胜利，预言胜利将引起不幸！"朝夕直接争取同生利的口号。

"机会主义恰巧在最主要之点不承认有阶级斗争，即不承认在资本主义向共产主义过渡的时期在推翻资产阶级甚至完全消灭阶级的时期有阶级斗争。"

"机会主义以用各种堂皇的术语，也包括马克思主义的术语来表达。""马克思主义的词句在我们这个时代已经成为完全资产阶级主义利润的挡箭牌"。

"在过个时期，不仅会使劳动

10

资产阶级法权，甚至还会保留
没有资产阶级的资产阶级国
家"……"只要有利益矛盾相
互对立，相互冲突和社会地位
不同的阶级存在，阶级之间的
战争就不会停止。"

其它能阻碍这一趋向别发展
的唯一东西，就是由于它逐步
而造成的一坚固的宗派……
是不可避免的。"在某种程度上
事实，"最大的宗派主义者争说
牺牲者和逃往，在一定的时类
机会比一切人都更大声地叫喊
团结"。"不要让团结的叫喊把
你弄糊涂了，那些口头上叫喊
这口号喊得最多的人，恰恰是煽
动分裂的罪魁"

在团结上放弃原则，那就象
列宁所说的，"意味着无产阶级

同本资产阶级的统一，意味着国
际无产阶级的分裂，意味着这种
的统一和革命者的分裂。"

"掠夺是一切资产阶级的
生存原则。"〈马克思语录〉
"战败者最终在经济上，政治上
和道义上赢得的东西，往往比胜
利者更多。（选集四卷183页）
"共有过一天"画晚第1帝破产
而成脱无产阶级而落入绝境的阶
级，继钓在革命运动提供最大批
战士！……"（全上 289页）

"如果政治权力在经济上是无
能为力的，那我们为什么要为无
产阶级的政治专政而斗争呢？
暴力（即国家权力）也是一种经济
力量。"（全上 136页）
国家权力，"加以阻碍经济发展

11

12

沿着某些方向者，而排斥无数其余一
样方向者。"　　（全集四卷083页）

"但是决不能停止，在它的形式
对于无产阶级是无利可言的，需要某些
无政府主义者的教训的可替。更
广泛、更自由、更公开的阶级斗争形式
和斗争的立形式，将约大大地促
进无产阶级为一切剥削制度
的而进行的斗争。（《国家与革命》71页）

"对一些人是好的，对另外一些
人必然是坏的，一个阶级的任何解
放的解放，必然是对另一阶级的统治
和的压迫。"

"一定的文化（当作观念形态
的文化）是一定社会的政治和
经济的反映，又给予伟大的影
响和作用于一定社会的政治
和经济。"

"政治，不论是革命的和反革
命的，都是阶级对阶级的斗争，
不是少数人的行为。"

13

"世界到了全人类都自觉地改造
自己和改造世界的时候，那就是
世界的共产主义时代"　　（毛泽东语录）

…………致这种财富对人民说
来变成了一种无生控制的力量，人
类的始终在自己的创造物面前
受到迷惘得一周不知所措，然而，
总有一天，人类的理智一定会多巩
固地控制财富……社会
的利益绝对地高于个人利益，必
将使这两者高处于一种公而私
谐的统一中，只要世界还将是
精神的观点……由精神占
代的民族自由，平等和博爱为交
流，但是将在更高级形式上的
交流。（摩尔根《古代社会》552页）

"人民的觉悟不是轻易的，要去
掉人民脑子中的错误思想，要一番
艰苦的做教育工作……"的过程。

14

对于中国人民固[有]...中的1套东
西，我们要去扫除，就要[像]固科
[扫]不扫[庭]除一样，从来没有不[是]
[经]打扫[就]能自动去掉的灰尘。"
〈真理凌录〉

"世间一切事物中，人是第一可
宝贵的。" "人是可以改变的。"
"贵有自知之明。" "不要总以为
自己对，好像真理都在他们手里。
不要总是认为自[己]行，[别]
人什么都不行，好像世界上没有
自己，地球就不转了。自然界和
人类社会都是按照自己的规律[前]
进的，无需[妙]治的大人物，[说]马克思
[恩格斯]、列宁、斯大林不早就[死]了吗？
世界革命还是[照样进]行。

"真理只有一个，而究竟谁发现
了真理，不依靠主观的夸张，而依
靠客观的实践，只有千百万人的革
命实践，才是检验真理的尺度。"

15

通过实践而发现真理，又通过实践
而证实真理和发展真理。从感性
认识而能动地发展到理性认
识，又从理性认识而能动地指
导革命实践，改造主观世界和客
观世界。实践、认识、再实践、再
认识，这种形式，循环往复以
至无穷，而实践和认识之每一循
环的内容，都比较地进到了高一
级的程度。这就是辩证唯物论
的全部认识论，这就是唯物
论的知行统一观。"

"贵有知识[者]是无穷循环
往复地进行的，而每一次的循环
（只要是严格地按照科学的方法）
都可使人类的认识提高一步，使
人类认识不断深化。我们的教条
主义者在这个问题上的错误，就
是，一方面，不懂得必须研究事
物的特殊性，认识各个事物的
特殊本质，才有可能充分地认

16

识矛盾的普遍性，完全办议认清这种事物的共同本质；另一方面，不懂得在我们认识了事物的共同本质以后，还必须继续研究那些尚未研究或深入地研究过的具体的事物。我们的教条主义者是懒汉，他们拒绝对任何事物做任何艰苦的研究工作，他们把一般真理看成是凭空出现的东西，把它变成为人们所捉摸不到、纯粹抽象的公式，完全否认了并且颠倒了这个人类认识的正常秩序，他们也不懂得从人类认识的两个过程的互相联结——由特殊到一般，又由一般到特殊。他们完全不懂得马克思主义的认识论。

"不但是研究每一个大系统的物质运动形式的特殊的矛盾性及其对其对其本质，而且要研

17

究每一个物质运动形式在其发展长途中的每一个过程的特殊的矛盾及其本质。一切运动形式的每一个实在的非臆造的发展过程内，都是不同质的，我们的研究工作必须着重这一点，而且必须从这一点开始。"

"不同质的矛盾，只有用不同质的方法才能解决。"无产阶级和资产阶级的矛盾，用社会主义革命的方法去解决；"

"过程变化，旧过程和旧矛盾消灭，新过程和新矛盾发生，解决矛盾的方法也因之而不同。"

"用不同的方法去解决不同的矛盾，这是马克思列宁主义者必须严格遵守的一个原则。教条主义者不尊重这个原则，他们不了解诸种革命情况的区别，因而也不了解应用不同的方法去解决不同的矛盾，而是千篇一律地使用

18

一种自以为不可改变的公式到处硬套，这么做使革命遭受挫折，或者把本来做得好的事情弄得很坏。"

"为要暴露事物发展过程中的矛盾在其总体上、在其相互联结上的特殊性，就是说暴露事物发展过程的本质，就必须揭露过程中诸矛盾各方面的特殊性，否则暴露过程的本质成为不可能。"

"即矛盾的相互联结上，了解其特殊性，而且只有从矛盾的各方面着手研究，才有可能了解其总体。所谓了解矛盾的各方面，就是了解它们每一方面各占何等特定的地位，各用何种具体形式和对方互相依存又互相矛盾的关系。在各相互依存又各相矛盾中，以及依存破

19

裂后，又是用何种具体的方法和对方作斗争。""马克思主义的活灵魂，就在于具体地分析具体的情况。……我们的教条主义者违背列宁的指示，从来不用脑筋具体地分析任何事物。"

"兼听则明，偏听则暗"

"要真正地认识对象，就必须把握和研究它的一切方面，一切联系和又中介"，我们决不会完全地作到这一点，可是要求全面性，将使我们防止错误，防止僵化。"

"中国的教条主义和经验主义的同志们所以犯错误，就是因为他们看事物的方法是主观的、片面的和表面的。"

20

"不但各物发展的全过程中的矛盾运动，在其相互联结上、在其各方面，我们必须注意其特点，而且在过程发展的各个阶段中，也有其特点，也必须注意。"

各物发展过程的根本矛盾及为此根本矛盾所规定的过程的本质，非到过程完结之日，是不会消灭的；但是各物发展的长过程中的各个阶段的情况往往互相区别。这是因为各物发展过程的根本矛盾的性质和过程的本质虽然没有变化，但是根本矛盾在长过程中的各个发展阶段上采取了逐渐激化的形式。并且，被根本矛盾所规定或影响的许多大小矛盾中，有些激化了，有些暂时地局部地解决了，或者缓和了，又有些发生了。因此，过程就显出阶段来。

21

如果人们不去注意各物发展过程中的阶段性，人们就不能适当地处理各物的矛盾。"

由此看来，在研究各种矛盾的特性——各个物质运动形式的矛盾，各个运动形式在各个发展过程中的矛盾，各个发展过程的矛盾的各方面，各个发展过程在其各个发展阶段上的矛盾以及各个发展阶段上的矛盾的各方面，研究所有这些矛盾的特性，都不能带主观随意性，必须对它们加以具体的分析。离开具体的分析，就不能认识任何矛盾的特性。"

22

"许多理论的真理性也是不完全的，经过实践的检验而纠正了它们的不完全性。"（毛主席）

"劳动不是一切财富的源泉。"

"劳动者在经济上受劳动资料即生活源泉的垄断者的支配），是一切形式的奴役即一切社会贫困、精神屈辱和政治依附的基础。"

"只有一个人事先就以所有者的身份来对待自然界""把作为他所有的东西来处置，他的劳动才成为使用价值的源泉，因而也成为财富的源泉。"（马克思）

"劳动和自然界一起才是一切财富的源泉，自然界为劳动提供材料，劳动把材料变为财富。"（恩格斯）

"劳动只有作为社会的劳动"，才能成为财富和文化的源泉。

"孤立的劳动（假定它的物质条件是具备的）虽然也能创造使用价值，但它既不能创造财富，也不能创造……

23

"财富的最初的自然发生的形式是剩余或过剩的形式，是这种并非作为使用价值而直接需要的那一部分产品，或者是对那些其使用价值不属于必需需要的范围的产品的占有。"（全集）13卷116—117）

"雇用劳动的形成是奴隶制度，而且随着劳动生产力的发展，这种奴隶制度就会缓和，不会工人得到的报酬好或差。"

"消灭劳动和社会主义仿佛文资产阶级经济学家（一部分无政府派仿佛就是资本主义）把分配看成并解释成一种不依赖于生产方式的东西，从而把社会主义描写为主要是围绕分配转的问题。"

"社会主义的社会就可以……在迫使他们……从而缩小劳动和非劳动的对立……
……

24

壬辰岁初冬于冰天雪地自白也
中精外成者当代哲理诗文书画老人萧墅

我于七十多年的蹉跎岁月生活中百转千折，死去活来研习马列主义哲学始获我暮年生活与事业工作上的长足进步和发展。我随时在以其真理文字表述出的教益约束自己的生活工作言行！因此，哲学真理随时墩促着我从感性跨入到理性境界，所以不断强化自己在"认识论"和"语言学"该两方面严格遵循着真理逻辑轨道上发展生活与工作，因而始能摆脱来自全方面的困扰我发展人文事业的问题！我相对无数违反真理哲学主张的人们陷入的自然现象之网当中皆不能自拔的原因认为之，尽在远离和偏离真理原文指南这个问题上！因此缺乏"认识论"和"语言学"。更加是以主观狭隘见解下武断处理本就复杂的社会人们之间的矛盾问题，结果酿成人与人之间貌和神离状态，然而，马列主义学说恰在这一点上起着重要又关键的化腐朽为神奇的作用！令人们从这个误区警醒过来而不再自以为是聪明，甚至能沉静下来走向哲学探索道路上来，以至迅速的改变生活和改变了生活态度，从悲观转为乐观心态大半了向上奋斗的生活信心和工作干劲！我每当亲眼目睹到人们在宇宙观，世界观和人生观之观念上的改变到正确方面来的情形，我在发自内心喜悦为进步的人们祝福的同时，我也更加信仰马列主义哲学真理了！我在七十多年的平凡生活里正是如此迈动着灵魂的步伐，我就此可以十分自信地说："只有充实在头脑里的马列主义学说真知的人，灵魂步伐始令人有发展迅速的新生命！新生命向前飞奔而把一切惰惰思想者抛在了新生命之后几万里之遥，令腐朽者必会深感望尘莫及"。我还可为新生命而以"奇迹"二字断言！正是："奇迹是从人的精神脚步下产生出来的，这精神就是孕育天才者的沃壤。尽可不信而不可不由之发生，发展到与历史并存"。我言至于此，查阅手机显示的年月日和写此短文的时间是2012年11月14日周三凌晨两点五十三分钟整。

我之所以要写这篇短文，原因在于这天上午将有帕菲克设计工作室来人给我送《云淡风轻》一书的清样来，这位编辑正是在校对我文稿过程中接受了马列主义真理，而且有所改观的投入到真理文字中去了，我想进一步使之获得到更开阔的学术思想发展，所以，我不惜笔耕于宁静的夜空下作此笔陈之短文。说来《云淡风轻》一书是继我前之出版物《走近祖先文化》的第二册诗文散章集。这两部书皆写作编辑在香河县境内中信国安第一城里。我在第一城定居近四年之久了，城内的四合院区域有我设立的《萧墅文苑》，距文苑不远处还设立有我本人诗文书画作品的陈列馆——即《文卫翰史陈列馆》。我想，我年逾古稀的人文事业成就大抵就在于此了……

　　　　正是：

灰飞烟灭时，
曾经拥有之。
猛智行天下，
开尊面崦嵫。

孤傲之思的由来

　　自己沿着生命线走过的足迹就是变更不了的历史！我从幼年便选定了走一条创立文化事业而在人间留下自己业绩和名声的路！不论这条路多么难走下去，我都必须为了取得最后的成功而要排除万难险阻的达到目的！就此暂不谈自己遇到过哪些阻难，而先说自己在六十岁后竟然从零起步把自幼年选择的这条人生之路走成功了！我凭着勤于笔耕的耐力和毅力实现意志而达到事业成功的目的，这中间在人海苍茫的社会上无所依靠！只能独步文林！如此当然不会是易如反掌的，想必当然只能以智力胜过大于自己力倍力量的险恶阻难走向成功的达到理想目的！我就此朦胧的说自己终在老年生活阶段把个人终生目的化为了提前成功的现实了！在1995年就于《中国新闻人物》这部书上把自己几十年的业绩作出了公开报导！我提前完成了人生欲达的理想志向目的中要实现的一切工作内容，几乎像是在睡意中似的尽然梦想成真了，此时此刻，我才敢说这样一句话——人生旅程太好玩了……我的人生……

　　人生旅程好玩之说可以喻为像走悬于空中的钢丝绳似的，只要不失足的踏了过去抵达安全岛就会得到观众的喝彩！自己的生命价值就在无数不敢走钢丝绳的人们面前体现出来了！从比喻中便不难想到，人在人生过程中实现自我亮明价值的这件事情，就与走钢丝绳一样既好玩又不好玩——危险性很大！然而，若选择在钢丝绳下走平路不是不可以，但是，就无谈人生的精彩了！我这大半辈子就是选择了通过走钢丝绳而最后到达安全平地上的一段人生成功之路！如果人人都能在钢丝上似履平地，那么走钢丝绳也就没有精彩人生之路的价值了！所谓人生旅程好玩尽在于胜利过渡后的自知！而绝对不是被摔死后所不能感到的史情。

　　走人生之路的"钢丝绳"而决不同杂技演员所走的那种看得见摸得着的钢丝绳，人生之路所走的"钢丝绳"是要用灵魂的脚踏过去的！也就是说要

萧堃 著

云淡风轻

在耐力和毅力之中必须有思想眼光的智力，才能迈开灵魂的脚步完成这段特殊人生路线的进程！

我的史情，正是来自其上喻意的历史实践过程，虽然并不被人们广有详知，也不像电视屏幕上经常出现的演员、歌星等等人们那么明显，然而，我对人生所遭遇的惊险苦难所付出的忍耐力和毅力及智力则是与众不同的！我在历史中决不是凭唱几首歌或说几句俏皮话的台词就能过关的！而是要拿出坚不可摧的理论和在生活大舞台上各种角色的演技实践的活在几十年里，如此才有今天取得人生事业成就的结果！所以包括政治家在内的社会上的各行各业熟悉我历史的人们说到我的经历皆不寒而栗！甚至惊叹不已的对我说："你所走过的人生历史道路别人是走不通的！"是的，其实我也本不能自己走过来这段人生之路，然而，我却是毕竟走过来了！就以自己曾经三次步行孤身闯越塔克拉玛干大漠回京上访的那段历史来说吧，我也是出于不得已而为之的创下的人生奇迹！我第一次闯入大漠时就没想到能活着走出火海活着回到北京，当给我遣送回新疆后，我第二次和第三次再闯走沙漠就有了活命的经验了，我在那种历史背景下身负冤案，而不自主闯越大漠回京提出平反问题，谁又能为我说句公道话呢？史实难情逼的我不冒死那样渡过人生难关就没有做真正正义人的出路了，所以只能背水一战三次独步大漠回京提出的历史冤案问题！经过复查获释便也就成为了历史奇迹——一个普通中国人在百无依靠情况忍饥挨饿煎熬在干渴中三次闯越死亡之海这是世界人类中的奇迹！比当年的红军长征更艰难！红军是一支队伍，我则是一个人！红军受人民关心支持，我则在行进路上到处受盘查追问关押收容，我还必须不断从中解脱出来，而一路上还要凭打工及教唱歌曲器乐和说评书以至写画宣传的做艺术工作，都是为了活命和以活精神向中央提出平反冤案问题！我就是这样得到了人为的和自然的降难于我的洗礼，从而大长了实践学问，对自然界有了得其灵性的体会，因此造就了我与众不同的文思艺术精神，我这样大难不死的经历不必说诸位扬名天下的演员文化艺界人们所不及，就是任何一位坐在工作岗位上的人也经受不住！至于一般生活大众人们就更只能听了我的经历被吓的魂飞魄散了！所以，谁在于我面前说大话、放空炮、吹牛皮已没有作用了，至于在文艺领域出了点名放些轻狂又算得了什么？我根本无暇关顾！因为，我从孤儿难史过来必须把追求光明正义人生永远放在首位要事去做！所以，我没有多余的时间去搞自己本也喜欢的吹、拉、弹、唱的消遣活动。

2002年12月8日星期日凌晨 萧墅

难忘的三则真理之理由

我——最最最最难忘的日子是1981年12月25日！

这一天，是经历四十多年被摧残陷害坠入冤案，而最终揭露出阴谋获得在政治上死而复生的我难忘的纪念日！

这一天的上午十点钟，北京东城区东华门派出所高亚征民警，满面春风地走进了他所管的地片骑河楼福禄巷4号院，他高兴的叫着我的名字迈步进了这院的北屋房门一眼便看见了我和我的大哥正在交谈。我请求自己大哥韩勤魁在报户口的关键事情上给个最后谅解的帮助。因为我是单身汉，重新在京落户必须把户口落在直系亲人家的户口簿上，就在这个问题上，我的大哥韩勤魁阴沉着脸死不肯答应帮这个理所应当的忙！我无可奈何的与大哥讲道理，心中着急而为解决这个最后关键问题却不敢发燥，只是耐心的对大哥请求着说："我的户口是从这个家中起出去的，现在案情解决了只能把户口迁回这个家来，我是单身汉，派出所也是这样要求解决有关我报户口问题。"我尽管耐心对大哥这样请求着说理，但是，我无论怎么说怎么求而这位当大哥的却怒容满面的对我说："我这户口本上不要你！"其他什么道理也不讲。这时高亚征民警看着这个僵局便对我说："你跟我走，我给你特批单报一个户口簿。"我的单身户口簿就这样得到了解决！

因此，1981年12月25日这一天成为了我终生难忘的日子！

我难忘的理念有三条：（一）难忘亲骨肉大哥意狠心毒在报户口的关键事情上的彻底绝情！政府都同情我而我的亲大哥却顶抗政府死不肯服从国家户籍政策规定！这是我难忘的第一点！（二）我难忘高亚征民警代表政府对我法外开恩给以批报单人户口地解决了最后一个难题！（三）我难忘自己的户口失而复得来之不易的从阴谋陷害下历经四十年斗争的胜利历史……

谁把我从六口人之家的户口本上给清除出去的呢？无疑，不是政府而是我这个大哥一手施用唆使我继母诬告造成冤案形成的！所以，我在向政府提出复查冤案问题得解之后，我这个大哥在阴谋即将彻底失败的情况下杀出了最后一"刀"！这一"刀"就是不同意把我的户口重报在原始家庭的户口本上，妄图以此最后一招还让我沉在困境下得不到问题彻底解决！这个毒恶用心只恐连小孩子也能觉察出来，但是，我这大哥却没想到不但没有激怒了我，而且也没能阻抗住政府和政府干警的法外开恩给我把报户口问题解决！我更是从此暂避开这位亲骨肉大哥独自去开创生活事业，在取得成就后，我反而以经济资助这位大哥地不计前嫌。我这一做法使这位不通情理的大哥不但接受了我的资助，而且亲笔用文字表示给我关于他对我的转变看法。然而，我深知纯属虚情假意的一套言词，可是我必须把他写给我的文字保存在手，因为，我不能忘记他狠毒治我于死地四十多年的无情陷害——更恶毒的是在继母背后出谋划策的陷害我的历史问题！

　　这个出在亲兄弟手足之间不易发现觉察出的阴谋陷害我的问题，它使我从当初的迷雾中经过事实教训和不断深思才越看越清楚这个阴谋问题的本质！我的这个亲骨肉大哥——他是个以阴谋手段出现在我背后的凶狠杀手！其手段的毒恶性在于令我终生难以肃清的背后阴谋舆论的散布，以舆论的潜存在人们意识里让人们永远颠倒的看待我人的人格！从而致使我在社会任何场合都没有立足之地！我就是于1981年12月25日解决了户口和工作问题之后，也还是陷在周围人们颠倒认识中令我无法受社会重视的得到发展，我只能凭与众不同的特大才智显示赢得在孤立之中的一线生机，而却还是处在被咀咒中人们又无可厚非的现实里！我为此总在撕心裂肺地孤守于陋室中活着！这个残酷性正是我这个亲骨肉大哥从我幼年给我造成的！我深知不怨党和政府及社会机关人们还有生活中的大众对我永无信重的历史至今的意识情况！而根源就在我这个亲骨肉大哥对我从幼年所施阴谋管教的毒恶性问题上！他对一个从幼年生活在一起的小弟弟的阴谋陷害终生的手段太残酷了！我必须把这个问题的来龙去脉用文字写清楚写透明，就是没有读者大众看我写出的这段真实悲惨历史文字，我则也落个死的明白！为此，我费尽口舌也要把这段惨绝人寰的悲惨历史文字表述出来！不能让血统论蒙蔽住世人的思想眼睛！要看清这个悲惨问题的阴谋性、毒恶的潜存深刻影响性，以及掩盖在"亲骨肉"这个字眼下的兄弟相残的对立性和不同阶级思想观点的斗争之长期性，我亲身遭遇到的这场自己被害的斗争历史不是人生罕见的，这种亲骨肉兄弟之间的相残事情历史上就有先例——后汉三国时期的曹丕逼害曹植七步成诗，还有孙庞斗智的历史故事等等，外国的《王子复仇记》中的丹麦王被其弟弟所害的历史也同样能说明这个问题！只不过这样的事情发生在兄弟手足之间不易令生活大众相信罢了！复杂性正是在这里！这便是《血统论》观点蒙蔽住了人们思想眼睛的缘故！然而，斗争历史总能说明白！因为受害人不会甘心被害历史的永远颠倒下去！

2002年12月12日深夜　萧墅

萧墅 著

云淡风轻

華天尊文梅氏興翰

之感 淑志隨筆致書

《异才出手　文冠大千》

　　年近古稀的萧老先生，最近在北京古玩城举办了巨幅中国画展，其展示效果产生了良好的社会影响。结合随展巨作之外的书籍画册，使人们同声称谓萧老先生是中国当代具有全才表现和对国家做出过多方面学术贡献的一位老人！

　　萧老笔名萧墅，他历经多半生坎坷生活，把自己磨炼成为社会上有实力有艺术才华的人。在经济上、科学上、文化艺术上的创收皆无私地奉献给了全社会，萧老个人却依然过着向十年习惯下来的清苦的生活。萧老风趣而含有真情地说："多半生的艰难生活已把自己磨炼成只善求学，而似乎不习惯吃好的穿好的生活方式了"。萧老给人们朴实的感觉，但是若听萧老谈起各方面学术理论的时候就不同了，这位老人口若悬河，出口诗成，引经据典，海阔天空的辩才令人折服。

　　萧老在基层奋斗了几十年，他与世无争，在生活上摈弃虚张声势的名气，但在实务上具多方面惊人的才智表现。萧老在政治、经济、科学、文化、艺术五个方面对国家所做出的成就，已记录在建国五十周年时出版的《当代世界名人传》一书中了。《当代世界名人传》（中国卷）一书是为纪念建国五十周年而出版的，第一页是从江泽民主席历史功业开篇的，共选入了八百名精英人物的历史精绩记录在册，萧墅先生是其中的一位，其史传与已故作家谢冰心老人排在该书的第463页的同一页。

（周一闻）

　　当代中国精神—具体体现在诗人书画家萧墅先生言行中的气质！有史证在表述……

　　（此页报纸剪才《人民日报》2001年8月28日星期二苐八版即海外版见版的文章报导）

文拓八荒之雄的当代万里独行侠思

  我写文字，不怕没有读者！因为，我更重要的是为了自己活得明白，如果不肯反复思考和也不肯反复写出所思考的文字内容，懒！会把自己害死！甚至弄不明白自己被害的死因！所以，我不敢懒散的活着，我必须勤动思索和勤于用文字记录下自己思索到的问题！从而强化理性防止受别人暗算！我这个想法的起因，正是由于我深受别人暗害的缘故！我自被别人暗害之后，已经觉察到终身都翻不过身来了！因此，我在翻不过身来的情况下，自己再不肯多动思考问题的谨慎地活下去，就难免再遭别人暗害！于是，我为了自己不再受别人的暗害，我便养成了习惯的孤独下来回避别人打扰的生活习惯！还养成了在孤独中反复思考的习惯！以及养成了认真用文字表述自己思考问题的习惯！我所养成的这三点生活习惯，当然不是为了充当文学家或充当作家，而侧重点是为了从高度警觉意识做法上来保护自己以不再受别人暗害！

  我自从在受害中拼着一死逃脱出来之后，深为能活下来而倍加珍惜自己能活下来的生命！为了珍惜生命而作出决定，（一）彻底从思想上远离暗害过自己的人，而在表面上要让步曾暗害过自己的人。我必须用回避和让步两种做法杜绝暗害过我的人再次进一步阴谋加害我！我在这里所指的暗害过我的这个别人——他！就是我的一奶同胞大哥韩勤魁！他究竟怎样意狠心毒的暗害了我，这个问题复杂而深刻，一言难尽！我暂不深加理论，当然势必要用文字表述明白！这是以后的文字工作，于此回笔再表述我为了珍惜生命而作出的第二条决定，（二）我必须深入孤独的生活方式，如此在社会中求生的确既困难又痛苦而没有欢乐！但是没有其他保护自己的办法！只能与一切人用若即若离的接触方法勉强活着，因为担心自己与一切人接触多了再次躲不及暗害自己的别人！所以，我不得不怀疑一切人们！但是，我决不会去危害别人！因为，我自己就是受害者！甚至终生难逃脱曾经受害导致的阴影

云淡风轻

潜在作用力的杀伤！我始终在谨慎的躲避着阴影对我的杀伤力！一旦出现，我并不理睬而是无言以对的迅速躲闪开，以让对方冷却下去！这是我珍惜自己生命的唯一办法。（三）我必须声明，我虽然受暗害在自己亲骨肉大哥韩勤魁阴谋手段之下几十年了，我则认为他暗害我的过程中虽然是继母出面对我进行诬告诉讼，而与继母本质无关！我对继母无怨无悔！另外，在我受害过程中虽然有1965年北京东城区公安分局民警刘中华出面对我错施了公安法，我认为与其本质也是无关的！我以此推理的认为，除了暗害我的韩勤魁之外，一切曾在我受害于韩勤魁阴谋之下出现的社会各方面对我发生过的干涉与指责及惩治都是次要的，也是无头脑的盲目言行！我不与重视！我认为是自己可理解的和应该进行团结和作解释工作的对象——即共和国政府权力包括的一切方面……但是，几十年阴谋酿成的1965年的旧案复杂性的潜存影响，这个阴影作用令我仅作简单陈述是说不清楚的！虽然于1981年12月25日获得平反，而本案却是没有从理论上加以深入剖析原案的潜存阴谋暗害我的人物内容！我当时迫于在得到基本平反中力求生存发展事业为主要目的，所以不能当即提出深入旧案背后的阴谋问题，所以，我背着含糊的结论到今天说来，自己虽然经过20年努力以成就实力步上了《当代世界名人传》这部书上的席位了，但是，我每次回想到旧案问题，我都为整个社会人们在《血统论》迷惑下产生的盲目颠倒看待害人者与被害者的事情上而深感遗憾！

诚然，我受害于自己的亲骨肉大哥韩勤魁之手的案情已有几十年时间过去了！我并不在于从法律上惩处我的大哥！而是深感在教育事业问题上线条过于粗！粗线条的教育工作又怎能不颠倒是非呢？颠倒了是非又谈何精神文明呢？社会没有实质精神文明便体现不出来党的英明实质！马列主义毛泽东思想和邓小平理论及江泽民的三个代表理论都是高明而伟大的政治思想学说！但是怎样在具体问题上体现出来呢？如果不把盲目观点去除，也不把颠倒的是非一个一个的彻底解决到正确方面来，如果总是含糊其辞的甘心忍受在颠倒中贪生怕死的苟延残喘的活下去——这样是无法从实质上推进社会精神文明发展的！

我是一名已经从深遭旧案阴谋颠倒下站立起的共和国公民，我以站立起来后的《当代世界名人传》书中文席姿态就此表白，我爱我们的政党、我爱我们的社会主义社会、我爱祖国和人民，我爱这一切的方式就是弘扬中华民族文化艺术事业！而在这事业中最根本的一条就是以文思驱除盲目颠倒意识，从而实现推进人文史的实质精神文明发展！所以，我尽管写出这篇文字没有读者来关心阅读！我却是不能不写出自己思想的透明性来！我活着要活个明白，我死也要死个明白！而唯一证明自己是明白的人恰是这里用文字表述心中所想的文章！

打官司告状不是我要干的事情！因为，我比法官们活的不见得不清醒！尤其是我没有经济利益之争和也没有名誉地位之争及更没有为一切得失过虑的思想——不但不怕吃一切亏而且连生命都置之度外了，我还需要与一切人拉扯着去上法庭吗？我把真理吞下自己的肚子里不亏心的活着就足够了！人生不过如此，应该重视的是民族气节的大局。所以，我宁愿孤独地活在平凡生活的日子里深思那耐人寻味的大事小事中的微妙真理，我在思考的胜利中时而一笑，就此期待着明天……明天总会来临，我一点也不紧张也不着急！因为，我已经冲破了自己原始家庭阴谋迫害的封锁，也冲破了家庭阴谋在社会上所设下暗害我的网围困扰，我迂回地抵达到了在人间做人的胜利彼岸了！

萧墅 著

云淡风轻

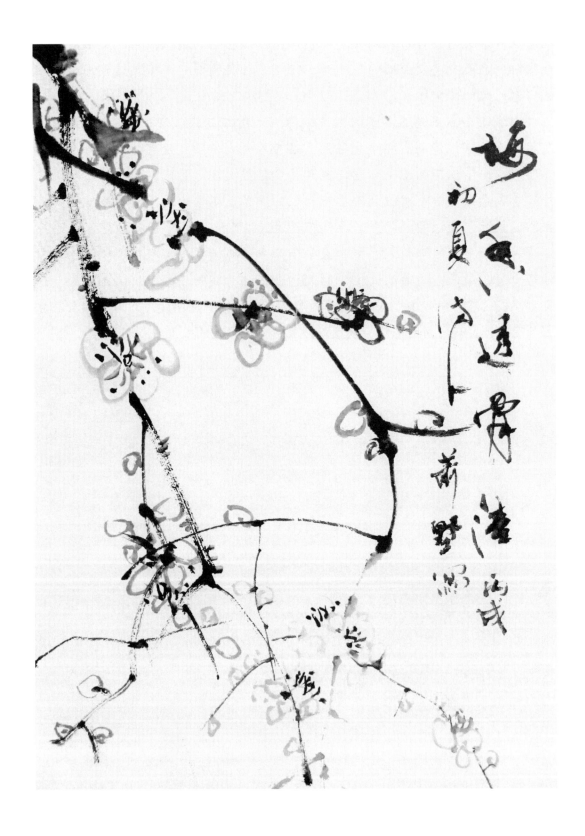

壬午岁深冬第一场雪赏析下的感怀

　　我眼前，既白而冷的雪，给我留下满目空白的印象。此时此刻还在漫天飞舞的雪，在瞬间把我六十多年的生活历史记忆也带到雪野中去了！

　　不！天底下这样空白着怎么得了？于是，我在一片一片的雪叶上写下了中华民族的文字，那些带着我文字的雪片向世界各地远远的飘去！落在了全世界很多国家的各家报纸上，先看一看最近的《人民日报》2001年8月28日发行的《异才出手》的文章，还有2002年5月24日《文艺报》发表的《萧墅．从孤儿到文化名人》的摄影文学报导，再有一有2002年12月6日澳大利业国家的《澳洲日报》华文版，都有我写作的诗、文、书、画以及科研论文的概意笔迹！

　　谈到科研论文概意的文字问题，请见1988年8月8日的《中国人才报》和1990年3月24日的《辽宁经济报》第四版的半版文字——一个数学新体系——《泛协素谱系》殊意地被完整发现于北京。"《泛协素谱系》的科学意义在于，是作者自1973年至1988年15年来对素数内涵机理做本原性探索所获其运行机制的信息基础上，以揭列积分形式制成DZ亮标图谱，确定它的咨敏特性并推出素数第二定义！"

　　这篇占有半版文字的科研论文的副标题是《兼与挚友杨乐倾谈数理成败》。另外，尤其是在诗、文、书、画国粹文化艺术领域写作的作品见于相当多家报刊上的笔迹就更普遍了，就此也具体指出几家报纸，1993年12月28日《烟台晚报》第四版文章《"奇人怪才"谈萧墅》，1998年9月、10月《东方收藏家》报纸上发表的《古国神牛画卷》创作纪实，2000年6月2日的《金华日报》发表的《艾青故乡行》诗篇，还有英文版的《中国日报》、《中国物资报》等等等等国内报纸及香港的《明报》、《信报》，日本、韩国、新加坡国家的报纸上，尽都留下了我的笔迹。我尤以十二首生肖为题创写下的组诗文字，是古今中外所有诗人都没有写过的组诗，我则以添补诗文化空白的新意把这十二首组诗以古风格调的诗句写作发表出来十余年了！最近，又将以邮票出版形式把十二幅配十二首诗的组画出版面世给世人以充实人文史生活内容！

　　然而，我所有得到公允认可的成就，又有谁能想到是从一无所有零点起步获得到辉煌成果的呢？我料人们不会想到！其实，我不过是生存在平凡人们生活线以下的一个父母过早双失的孤儿，在饱受四十年险恶生活风浪锤打下于1981年12月25日才脱险起步发展事业，就这样！我不惧任何冷嘲热讽的讥笑阻难打击的冷漠或险阻，乘风破浪终于迂回地绕开暗礁抵达到了成功做人的彼岸！

　　因而，我对"雪"颇有敏感的见解！也无数次以"雪"为题写作出过别有赏雪见解的文字，如：我写作并编辑出版在《戈壁归来人》一书中的《路》这首小诗里，我就是如以下赏雪观感写出的那段文字，今逢2002年12月15日星期日天又降下今冬首场大雪，我不妨把过去发表的旧作复录于下——

　　　　往事！
　　　　如雪花向我飘来，既白而冷！前途要自己去开辟……
　　　　在我面前，有许多条路。然而都是死人生前走过的路。
　　　　我问自己能不能找到一条没有亡魂的路？
　　　　呵！
　　　　这里有一条萧墅殊属独绝之路——
　　　　那是一条超然语言铺就的通途！

　　　　　　　　　　　　2002年12月16日星期一诗人萧墅拟文

我坐在自己大量出版物上的人生体会
——自醒篇——

　　又沉又重——书！尤其是精装版本的书籍画册抱在手里走不出多远的路，人就被累的喘不上气儿来，谁若不信可以试一试！我的感觉是这样！然而，我不但爱看书而且也爱写作出版书籍画册，尽管它经常累得我搬运之下感到沉重的喘不过气儿来，我也还是没改变酷爱写作出版书籍画册的初衷！我另外还能体会到，除了书籍画册沉重的搬运起来累人之外，它对无能为力写作出版书籍画册的人说来精神压力更重！我为了消除精神压力而顾不得搬运时给自己带来的沉重却也要写作书籍画册出版问世！我这种奋斗的目的在国内外都不断实现着。我在1997年于韩国出版了自己中国画作品的精装大八开本的套装画集，在归国的时候仅带回两包二十多册《萧墅画集》，结果在下飞机后扛在肩上把我给累坏了！我走几步歇一会儿，歇下来坐在两包画册上喘着粗气，但是，我心里非常高兴！我高兴的心情是为自己在国外却也不花费金钱的能出版很多书籍画册！我凭的是自己受国内外人们喜闻乐见的才智，因而能实现以精神换物质的又出国又出书的理想目的！我这样想着坐在自己的出版物上从衣袋里掏出一包中华牌香烟，取出一枝烟点燃后抽着并喷吐着烟气散在空间里，这时候便看见在我喷吐的烟气中出现了许多人影，虽然人影模糊却也能辨清都是哪些自己熟悉的人！其中头一个人就是看不起我并打骂我和在文革中栽赃凶器向政府诬陷揭发我的一奶同胞的大哥！第二个人就是在我大哥唆使下出面向公安局诉讼酿成冤案的我的继母。这两个人就是以封建家长气焰对我从幼年时候就给以无情责骂或棍棒加打及用诬陷阴谋害我坠入冤案四十年不得翻身的矛盾主流人物！其下便是大堆成片的人物虚影。然而，这两个人中的继母已死而还活着的我的大哥在聪明自负的现实老年阶段则少有大成！我想，他害我不成反而看着我发展起来又出国又出书心头上的压力已经不轻了，所以，我远躲开他自己建立了一个新的婚姻家庭，为的是让他在忘掉我的晚年生活历史中日子过得开心些，尽量给他些经济帮助也就无愧兄弟一场的骨肉之情了。我自从在和大哥于一起的原始家庭受难四十年后脱离出来，又经历过20年后独立创业实现了理想的文化生活目的，我始终在以这样的同情心绪暗自关慰着这位待我如暴君似的大哥，但是，在事业成就上说来，我对这位大哥已经是爱莫能助了！我想，他如果把粗暴待我的那种害人邪念换成著书立说生活方式于今也必会有所大成。我感到他比我聪明且有学识，可惜的是他的心思尽用在攻杀我的这个方面了，如此冲淡了求索学识的头脑怎能于晚年不落到失意境地上去呢？我对这一层历史深有所悟而却对大哥的邪念横生毫无劝止的回天之力！我只能逃脱躲避开他凶险的意狠心毒治我于死地的言行举措！然而，我却是怎么躲而也不可能彻底躲闪干净！因为他在以他的封建主义意识逼害我的四十年里，已从舆论上以正确树己而以否定灭我的邪说宣泄给我所在的学校、单位、社会各个方面的人群意识中去了！他这种颠倒宣传形成阴影跟踪着我，所以，我在若大国家的各层人群里无力纠正人们对我颠倒看法的潜存意识！这是我不幸命运中最大不幸之处，我无可奈何！因此，我尽管事业大有所成而却始终没能得到过国家各个方面的信重任用，可是由于自己做人的本质并非如大哥所云，所以社会人们对我虽不给以信重任用却也无可厚非！这便是我的命运，然而，我背负着自己这种命运却也走过了六十多年历史了，而今老了也就无所谓了！

不过，我就是老啦而无所谓了，我则也要活个明白地把史实的来龙去脉用文字表述清楚！我的文字没有读者也无关紧要，重要的是我要活得明白！我明白自己这辈子的主要矛盾对立面就是自己原始家庭中的封建主义思想言行的继母和大哥！而由这两位人物引起社会、学校、单位人们对我的颠倒看待则属于次要矛盾对立面！我对这两种对立面他们之间的潜在意识联系成一体的颠倒无力解析对抗，我只有回避躲闪、忍让躲闪到今天自己已经变成六十多岁的社会老人了，而每有成就都会联想起这辈子不愉快的人生历史过程！我这辈子个人的一切方面都无足轻重，而国家的各个方面人事工作在我大哥的颠倒阴影作用下无法重用我人的才能，这个损失何以估量？

我不必夸言自己是反封建主义的英雄，实际点儿说自己不过是深明事理的小老百姓中更无力反封建主义的平凡人，而封建主义者蒙蔽了人们而于社会中形成阴影势力的存在，我躲都躲不利落，躲一枪挨一刀的尽量保全生命的活到现在，慌乱中忙里偷闲以写作创业取得些成就，也还是为了无愧祖国民族而做个心地安善的文人！我之人生苦不堪言的命运又怎能奈何得了封建主义阴影势力呢？无可奈何！尽管如此，我的文化事业成就却是重的把封建主义阴影势力压的透不过气来了！其实，我的文化事业成就的表现物大批书籍画册就坐在我的屁股底下，无论是谁想把我和我写作出版的书籍画册关系割裂地推开是办不到的！想把我坐在屁股下的自己的出版物毁也毁不掉！因为国外存留下我的出版物比在国内还多！就以今年都已到年底2002年12月来说吧，在12月初的7日就于《澳洲日报》上又刊出了我的作品和传记文章，在国外那么多份报纸谁能撕毁的一张都不剩呀？我在20多年里于国外的文化事业发展成果是可观的，而且成系统的诗、文、书、画作品已大量留在了国外的博物馆里，包括我在内谁想收都收不回来了！因为，我当时由于刚从封建主义家庭迫害丁脱险出来而处于经济贫困条件下出国办画展，穷困逼的我把作品都换饭吃到肚子里去这么多年了，恐怕化作粪便的屎都找不着了，一切已无法还原！就是白白损失在国外而今也无法收回了！我能活下来就不会感到可惜！有句俗话说的好，"留得青山在不怕没柴烧"。我在国外如此，我在国内也是差不多把自己的精品创作作品都低廉的换饭吃维持生命了，所以，我感谢2002年5月24日《文艺报》以《萧墅：从孤儿到文化名人》为题对我60余年史实作出的摄影文学报导！这个标题就已经概述清楚了我人的全部历史史实了！通过报纸把我人生的苦难经历转达给民族大众，我总算不是有苦难言了！所以，我当然感谢国家的报纸这种公允认可的宣传。我再向更深远些时间里提出要感谢的《人民日报》。《人民日报》于2001年8月28日也以《异才出手，文冠大千》为题对我作出过报导，再远些说1988年8月8日的《中国人才报》和1990年3月24日的《辽宁经济报》以及《中国日报》、《物资报》等等等等大量的报刊杂志，都曾报导过我人的历史和业绩，从国外的日本、韩国、新加坡、澳大利亚报刊到香港的《明报》、《信报》及国内内地的无数家报纸上，都留下过我的人生足迹！我这个穷小子出身的文人已太为满足了！尤其是今天即2002年12月19日星期四国家邮票发行公司领导人又约我去看自己作品出版成邮票的样版，我更是从心底里高兴！我想如此能把自己的作品变化成邮票出版这是最理想的事情！我高兴的是自己借助作品转化成邮票出版发行，这等于又变化为另一种形式飞向了全世界，这种文化精神享受的滋味真是太美妙了！我此时此刻虽然深知自己平生命运很不幸，而却又深感是不幸中

萧墅 著

云淡风轻

的大幸事情又降临到我头上了。我想，我虽没有在人生道路上享受过快乐的日子而偏在事业上有成功之举，这也算是老天爷睁眼关照了我！就这样吧！我认命啦！我一气写成这篇文章心中很痛快！因此，我经过慎思写出了如下断言。

我断言：以"文化成就"回敬"敌人"是对"敌人"最重的打击！相反说来，敌对的人群势力在文化上的无能便是其野蛮的弱智表现！然而，这样的人群势力在走到无条件发展文化成就的地步上的时候，而自加否认曾无情的杀伤善良人的史实，这是更愚蠢的怯弱表现！是继其失败史的更加不可理喻的言行！也是于人间自我淘汰的消极和悲观情绪的丑恶嘴脸的暴露！

我活了六十多年而所见丑恶嘴脸的"人"比牛毛还多！然而，我同情的替他们惋惜其无能为力的人生失败下场，但是，我深感爱莫能助！因为——人生只有一次！每个人各有已走出的足迹历史是变更不了的。

所以，谁走错了人生之路都无法挽回！发现自己错了的时候是已经走到了生命的晚年时刻，人在晚年感到自己做人的失败是追悔不及的！而还若以消极人生观论调为自己做人的失败加以辩解袒护，同样无及于史实的正面辉煌效用！因为凡属公允认可的正面辉煌人生历史留下的足迹是要向全世界人公开显明出来的！没有显明辉煌史实的大量公开，就不必强词夺理的作消极本质的花言巧语辩解了。因为只有觉悟起来重新做人始可得到大众公允的谅解！关于觉悟起来重新做人是不分早晚的！就是失败者在将死的时候才觉悟了做人的道理而改变过去的失败也是光荣正确的积极人生观的进步！怕就怕破罐子破摔之下还为自己谎编歪理邪说。

我在取得公允认可成功做人的现实中，至于怎样成功，这个问题不必由我面对不看报纸新闻消息也不读书的人们去争论！因为国内外的报刊杂志书籍画册上的文化内容已经替代我作出了充分的表述！所以，我现在面对无知的人始觉一笑胜妙语而不须唇枪舌剑功！但是，我决不轻蔑一切人生失败者！而也只能是无可奈何的给以同情！

我的人生道路上的做人的成功现实来自怎样的基础上发展成功的呢？

（一）来自我生身父母的早亡（二）来自我一奶同胞大哥并同继母对我的长期打骂屈辱和向政府诬告诉讼颠倒扼杀（三）来自我自强不息的求索科学、文化、艺术知识和笑对大众闯走自己的学术人生道路！也就是说肯于忍气吞声受罪让步于凶恶势力而转入求学自强之道发展胜利的文化史实，把史实日积月累的综合统一到某个展示机会上，就会起到惊人的作用！在承受漫长岁月中的痛苦时决不进行硬性反抗！而是必要于自强中改变承受支点，将做人的侧重力改变到求索知识方面来，如此！必出现做人成功的史实！这是我的经验之谈，我不知道适合别人与否！但决无恶意——普天下的人都有各自的困难，所以，普天下困难的人都是我该尽责相助的朋友……

人们在颠倒意识支配下以阴影出现在我面前时又褒又贬的说我是"奇人怪才"人物！我说我既不奇也不怪！我却很奇怪人们原本有条走通成才之路而不走，反在浪费生命时光的对别人品头论足的说胡话！这才真正叫做醉生梦死呢！如此渡过自己的一生还不自愧吗？但望再思再想吧！

2002年12月19日凌晨3点至7点钟

中国百姓里自强不息的老文人 萧墅记文

人若没有哲学分析矛盾问题的头脑，也没有冷静忍辱负重的耐力和毅力及向上的生活意志，更没有文学文字功底表述清楚自己受摧残的史情来龙去脉的功夫，自己便会被封建主义者及其阴影势力所吞吃掉生命！因此，我依据历史经验教训对自己的启发而认为——人必须认真学用哲学和文学及还要善于忍辱负重的活着！以保存自身实力的创立事业成就和以之尽量争取得到大众的同情和信任，只有这样才有可能闯走出一条胜利的做人的成功之路！我仅以此文作为自醒篇。道出沉积在我心底的终生之苦闷！另外，我还要继续强颜作笑的活下去……

萧墅 著

云淡风轻

天賜魂不死

真才思即來

哲 書

芮萍堅

達新春

戊子正月初十

即公曆二千○八

年二月十六日

星期六於京工苑

書樓陋室暖陽窗

前之文席上荊泡

奇闻异事大成就令人心明眼亮

……一个独自在沙漠中活过来的人！他独立在人间还能有什么困难阻碍克服不了的呢？没有了！没有了！就这样顺利地在人间取得到了独立发展文化成就！

当然，"顺利"不等于没有人为的"阻难"！不过，这种人为的"阻难"比起洪荒大漠上的自然界给人带来的"阻难"小的太多了。所以，他身为《戈壁归来人》在人间解决人为的"阻难"势如破竹！（《戈壁归来人》是他编著出版于香港的一册史料性书籍）

他——他是谁呢？他就是身怀天赋诗才的当代大文人——萧墅！

萧墅！这两个字的笔名是他在1982年初在京落户之后，为了不忘数万里独步中国大地的苦行人生而选用其二字拟用为笔名的！

"萧"字恰好是由"草字头"和一个"肃"字结合而成的"萧"字；同理："墅"字是由一个"野"字和一个"土"字结合而成的"墅"字。因此，用数词加上连接词把"草"、"肃"、"野"、"土"连成一句话就是"一株草肃穆的生活在野土上"。所以，"萧墅"二字的笔名含意就在这句话意上！然而，萧墅老先生的历史本质史实如他享誉当代的笔名含意似的——他，独步文林！于海内外皆创立下了独具风格特点的文化成就！

请看这两份报纸吧！一份是2002年5月24日刊发的中国《文艺报》，另一份是在国外于2002年12月7日刊发的澳大利亚国家的《澳洲日报》。

这两家报纸分别以整版摄影文学报导和大半版摄影文学报导向海内外的世人宣传，推举出了独步文林的萧墅老文人！这以前的日本、韩国、新加坡国家的报刊杂志，还有香港的《明报》、《信报》及中国内陆的《人民日报》、《中国日报》、《中国人才报》、《中国物资报》、《辽宁经济报》还有大量专业性或非专业性杂志都报导过这位现代中国文人萧墅。一部

《95·中国新闻人物》的精装版本的书，还以《现代中国文人萧墅》为题作出了较长篇幅文字的概全文章报导。

萧老仅在2002年里不但有国内外两家报纸对他进行全面报导，而且，他还在香港出版了精装版本的《华天诗吟生肖十二品》画集，也在中国民族出版社出版了《南少林寺禅缘古今叙语》一书。并出访了日本和新加坡两个国家，而且于出访过程中都留下了大量的诗、文、书画作品于国外，受到中国驻新加坡全权大使张九桓阁下的关注和热情接待，萧老归国后又承中国对外友协李小林副会长之邀，为祝贺中澳建交三十周年创作出巨幅《松风友谊贺咏图》中国画作品，就其画面题诗写道："实有诚笃论，华翰谊情深。金兰咏古语，相知君子心。独立倡自主，虚怀映天云。丹青抒魂手，真理鉴史痕。远大示明节，近境绽芳氲。海内存知己，天涯若彼邻"。萧老完成了这件巨作之后，又以《棠溪宝剑》四个字的书法配上笔下的墨龙腾空的画面问世了，这册书是介绍中国春秋战国时代铸剑工艺的历史性书籍，其中的文字当然少不了古文记载的史证。这件事将完成又有中国邮票发行公司孙伟平先生相约会晤，在杜局长和马志强友人的相促下，决定把萧老创作面世的十二生肖中国画作品转用在邮票上出版应用，萧老欣然同意并签字授权给这家公司了。

这位萧墅先生——他老人家在2002年的一年时间里能做出多少令人震惊的事情？真有深不可测之感！这一切不是吹嘘出来的现实事实，都是有具体时间、条件环境、人证物证可对照着摆在人人面前的事实！然而，这样一位身世平凡的老文人，竟能在一年时间里做出如此大的成绩，太难得了！试问还有谁能如此？我愿闻其详！请不必客气，来！我们摆弄事实讲道理的谈一谈！通过对话，想必当然就全明白于天下了……

2002年12月20日周五　萧墅自白

Snow 飘逸的魂思

　　澳洲华人的《澳洲日报》伴着中国2002年12月15日的瑞雪飘落在神州大地上——它载文中带着崇敬华夏翰文化的主脉精神，于2002年12月7日向澳大利亚国家推举出了中国当代文化实力派人物萧墅先生！以富于实据证论文风笔调对萧墅先生惊世成就的文思大成史况，作出了分步有序的文字概述！并以此向海外的报导作为贺礼由邱林先生转奉给萧墅先生的12月26日诞辰庆典会。萧公本人见到此份展现在异国他乡的报刊，赞称是祝贺生日的最高精神文明体现的厚礼！深表感谢式接受这种祝贺表现形式的补充说："世界上这种文化表现形式在报刊上据实报导文字作为祝贺生日快乐的贺礼，这恐怕是世界上史无前例的首创文化生活方式！值得世界各地人文事业发展中人们的引用和借鉴关注！"人嘛！人活在世界上就该以表现人的文化亮相！似这份报纸它的价值不言而喻。它伴着飞扬在天宇中的雪片降临到世界各地都是深有纯洁魅力的史实篇章。也是向善恶两极各具有不同内涵魂思的回敬！回敬的太重了！重的令恶势力深感精神压抑，重的会令善良世界里的人们欣喜心情沸腾！总之，对立统一规律是自然永恒的真理！真理！真理是岿然稳如泰山的史实和现实及深远未来的人生奋斗的航标——苍茫慧海里的灯塔！

　　就此引录《澳洲日报》2002年12月7日刊发有关现代中国文人萧墅先生的全文于下：

知识渊博　　风格独特　　才华横溢
中国当代文化名人——画家、书法家、诗人萧墅

　　中国当代文化名人——萧墅原名韩铭魁，因父母早逝而生年不详。萧墅是40年代日寇铁蹄下的孤儿。天著奇史，诗溉春秋。有联句赞道："齐璜印

出秦汉法，萧墅诗拔泰山根"。其问世之作《诗吟生肖十二品》和《萧墅诗集》享誉当代。萧墅诗道之外兼古文国剧音律书画，尤通武林国术并创"锁肘式"流传河北衡水地区。自立"天山画派"以步行横穿沙漠所见风物写诗作画著称面世，出版有《萧墅画集》。其中两件书画原作列为国家文物收藏在人民大会堂。萧墅不仅精通国粹且善著论演说。在1990年初于中国画研究院与众家名手会论，其后该院依据录音整编萧墅演说内容，在该院通讯上发表其《充实之谓美》的论题之内容；1990年首期《新华文摘》上转载萧墅与家兄对数学新体系发现的理论，殊惊学术界。著名女作家陈祖芬惊闻《泛协素谱系》的论证，以《画外音》3万余字报导了萧墅史略，文章发表在《十月》杂志上，引起国内外读者反响！

萧墅在中外产生影响已非一日所至。早在1986年6月2日和1989年5月28日他两次应国务院领导之邀，为中美会议和日内瓦世界知识产权会议捐赠文物，形成了国际影响。萧墅中国画作品被世界风云人物卡特、万斯、斯特劳斯、纳塞泽、鲍格胥等视为名画收藏。尤其是在1994年7月4日，在韩国与法国政府文化部艺术评论家玛莉奥蒂尔的会见，萧墅以《丹青翰魂》理论表述，使西方有影响的艺术评论家产生了重新认识中国文化艺术的思想！就此引述出国前5月15日在人民大会堂，参加《四库全书，存目丛书》编纂研讨会上的发言，进一步向西方艺术提出了中国文化在世界艺术中的作用深远意义！法国艺术评论家非常赞同。可是，萧墅先生在国际上的文化艺术理论影响之大。中国《人民日报》、《中国人才报》、《中国书画》、《中国画》、《美术》等报刊也均报导过他的成就与名作。同时，萧墅先生向全社会捐出了价值近2000万人民币的名画作品。他还为科研事业及中国UFO研究会单独作出支持现款捐助！为此该研究会特聘萧墅先生为名誉会长。参加主持第四届全国UFO研究会。是一位知名社会活动家。萧墅先生认为："一切事业成就，都是最科学而又复杂的公认性无敌逻辑结论！是创造者摆脱本能生活习惯的痛苦神思之结果，是千丝万缕灵魂思考射线交织成的！不是孤立的史实中不幸遭遇的复写，而是每位高尚人生历史胜利者向世界发出的真实福音"。

俗语说诗言志！萧墅以自己所作的诗为证：

直入单刀语惊人！

面世思魂主义真。

苍然诗意情思切，

缁光灵镜冷萧森。

向往大同筹文治！

天灭霸道净乾坤！

说破玄机贼胆怯，

华光普照雪昆仑，

夏令情知风寒暖，

荣荫冠顶仰众尊。

辱我神州尽成鬼，

我为中华铲孽根，

有酬壮志苦面壁，

责己严明宽待人。

沉勇行路何求报？

蜉游无悔一日身！

堪称透剔则勿燥。

笑质愚盲不修文，

生不逢时空道苦，

平庸见奇索功深！

曲折人生贯常咽，

翰果苦尽始芳芬！

墨沥江山雄文著！

天赐诗涵知者钦！

涯巅劲松风涛骤，

大魄随咏梁甫吟。

风驰电掣抒椽笔，

歌罢天地热泪淋。

　　萧墅除以诗、书、画被世人喻为三绝的大笔手之外，兼有善论口才和善书之文笔，出口成章，落笔诗成。即席口占若干首诗、笔若行云流水而不改

萧墅　著

云淡风轻

一字即成佳句，此以之面世，为众人亲眼睹所证实，令人叹为观止。

萧墅近十年在国内国外，日本、韩国出版的大量作品有：《翰墨清品贺年图》、《诗吟生肖十二品》、《书韵贺春》、《十二生肖》、《贺新春》、《萧墅诗集》、《萧墅画集》、《萧墅书法集》等等，漫世界各地都有其作品，并有韩国教育电视台与萧墅合作拍摄的专题片《现代中国文人》！于1995年7月4日以40分钟之久的时间，向国际社会播放。因此，萧墅饮誉国内外的科学文化艺术成就之影响，以充实史实的载入《中国当代名人大典》和《当代世界名人传》。成为毫不虚夸的世界一代文化名人。

"萧墅"——这个笔名的含意就是"一株小草肃穆地生存在野土上"句式的缩写和自喻。"请理解！我生存的意义就在于以野草精神向天地自然求索——一条文明人类之道……最终的获得。"

转录于2002年12月25日京畿诗苑芍药居甲2号院文苑陋室案上。

人类的这个地球是大家人人有份分享和寄以魂思和肉体生命的尘寰——应该是相安无事和平共处的土壤！然而却总出现利益分争矛盾，矛盾过程中以强欺弱的大小是与非的斗争史发生在每个人的身上！谁也改变不了的是自己历史的脚印，善者有善者人生之路的足迹；恶者有恶者人生之路的失败足迹——其失败性就在于妄图以邪压正！以邪念的表面强大势力吞灭善良弱小人物的生存权利！更可笑的是颠倒是与非的阴谋，这就像中国古代孙庞斗智的史实一样，恶的一方最终会败在善意一方智慧的脚下！由此说来，现代中国文人萧墅先生同样在经历了几十年的善意智慧发展中最终以回避保存实力的法则令恶势力自败下去了！但是，也是在不幸中万幸的取得到了人生暮年辉煌的文化成就而震动了世界文坛画苑！既是偶然也是必然的萧墅文化现象，是在重遭几十年从不间断打击以至于沉沦下万幸取得到的善果，自此善果以后的事情已无关紧要，因为自此善果以前的几十年历史已获胜利告终——成为改变不了的历史足迹了。埋没？还想怎么埋没？埋没不住萧墅文化现象的历史足迹了！至此，那恶意用心的势力小人还会暗自咀咒地说："没能埋没治萧墅文化现象于死地而还要继续孤立他，贬放他在一边令其没有活动市场！"这一招的确利害！然而，萧墅先生已然年迈苍苍无能为力深入任何活动市场了，还是别在这件事情上瞎耽误功夫啦，与其如此不如长点超越萧墅先生在历史上已形成的文化高度的本事更实际些！不可斗争于此死点上，文化财富是民族大众的！文化财富水平高低自有公论！任何个人都操不上这份闲心！人生的游戏规则是富于内涵妙理的——这个深不可测的妙理也许就掩藏在"乞丐"的衣服边角回针的缝隙里吧？不妨假装恭敬"乞丐"的样子别呕吐的笑一笑和苟且的把妙理偷出来看一看——那时也许会恍然大悟地想通了怎样灿烂自己人生道路的道理；我看，妙理决不会蕴藏在富豪子弟身上！当然也不可能握在富豪官申及其子弟的下手用人奴才们的手里！因为坐惯了安乐椅子的人们狂傲的不懂在垃圾中常会出现有用的东西这个道理！然而，谁若不信就去垃圾堆里寻一番自会得出欣喜结论。相反，也有很多有价值的成品保存在仓库里尽都变成了用不着的废物啦！所以，人要学会知人善用的思想！在人生旅途上发燥——生气— 咒骂 —暴跳治别人于死地的逞强必败无疑！因为会把智者惊飞远去的无影无踪了——萧墅先生就曾在这种情形下逃出了自己原始的封建家庭飞向了连鸟儿也不去的沙漠里忍渡时光，而向天地人生学问求索于晚年冲向了成功之路抵达到了胜利目的！这个人生大迂回，回味起来只有闭上眼睛才能想见那历险的人生大局面……

"沙尘暴！沙尘暴算什么，沙漠里的巨大风势形成的风柱顶天立地的旋转着运动开来，那景象才神呢！"这几句话就是萧墅先生说过的话，因为萧墅先生是《戈壁归来人》也是该书的作者！

2002年12月 萧墅自白

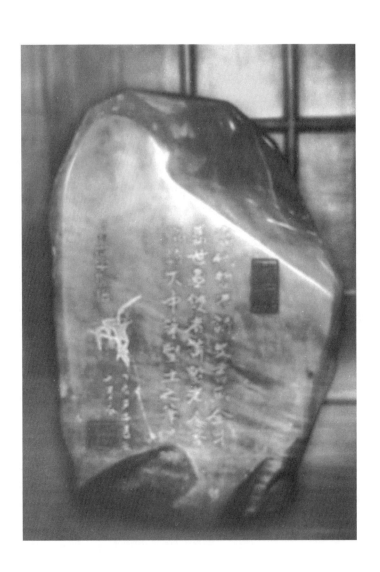

北 京 市 公 安 局 东 城 分 局

关于对韩铭魁组织劳动问题的结论

（81）东秘民字第37号

韩铭魁 男，现年40岁。北京人。家住北京东城区骑河楼福录巷4号。原系东华门誉印厂工人。1966年5月30日被强制组织劳动。后送新疆农三师五十团劳动。72年自动返京至今。

经复查，韩铭魁对原工艺美术学校未按毕业生分配不满。说了些不满言论。这些言论属于思想认识问题。关于韩扬言杀人的问题。只有其继母一人反映。证据不足。韩原是正式工人。1966年5月对韩铭魁强制组织劳动不妥。应予以纠正。

一九八一年十二月二十五日

生日祝贺谢答词

手软而不可心软！丢些金钱物质算不了什么而不可把人格丢了，这是同等道理。我既有此意识而就已在接人待物的诸多事情上加了千倍慎重和万倍小心了！所以，我从未失误于他人之手。实事求是的说：人的情感色彩正是物质性表现！因此，人与人从情感出发交成朋友，那么，这类朋友就是通常说的"狗肉朋友"（这里，我纠正地说：应该把"狗"字改用为"苟"字）。我可以这样为自己担保的说：有带着苟肉意识的人来与我交朋友，然而，都枉费心机的最终自己就告退了！他们主动前来又主动告退的原因十分简明，就是因为他们感到在我身上无油可榨了！所以拿着已经榨取我利益的同时而自己不小心把精神财富一点不剩的全丢在我这里啦！另外，我丢在他们手中的物质利益之中还含有我的大量精神内容呢！所以，他们在榨取走我的经济物质利益的同时却是甩不掉我精神跟踪的！无疑，我的精神会逼迫着他们用咒我、骂我的语言来回报我——我凭着这种回报取得不断发展的文化事业成就！

其上所言，就是我在六十余年中一步一个脚印走过来而取得文化事业成就的哲理总结！也是我在人生道路上取得胜利斗争经验的总结！就中深刻细腻而曲折又辩证的哲理还需要由我一点一滴的诸字诸句的在漫长日子里去告知给纯情的朋友们！今天概述于此是为了把它作为一份回报大家的厚礼拿出来，以回敬大家为我生日的祝贺！

若从实际上说来，请大家看这份《澳洲日报》于2002年12月7日发布的关于我的消息，文章开始就说到我是生年不详当然死年也就不知了的这个史况，我是从1981年12月26日才在北京重新报上户口的人，所以就把12月26日作为我的生日了！说来十分合理，因为1981年12月26日以前的好几十年里，自己陷在与日加深的冤案里所过的生活日子与死人无区别——不死的死！我只有等到那陷害我的人在良心上承认了自己的失败性——它死了！我才能活过来——有死的生……mortalem vitam ms im mrtalis ademit（马克思多次引用卢克莱修诗句原文的摘录）

来到我生日宴会的朋友们，感谢大家为我操办和祝贺生日快乐！我就此还要告诉大家，大家请看！那只吹不灭的生日蜡烛就是我——我就是那只吹不灭的生日蜡烛！

我还要告诉大家另外一点，这另外一点就是与一切过生日所举办的祝贺会有所不同的一点！不同的一点表现就在于我借助过生日的祝贺会能写作出一篇精彩的文章！把这篇精彩文章回敬给前来祝贺我过生日的所有宾朋！现在，我就把写好的精彩文章复印件分发给每位来宾去读阅！只要大家肯深动思索读阅我写的文章，就会深感精彩！就会深感我写的文章含概的哲理性、知识性和趣味性是非同寻常的！而且，我这样做首先是对大家的好学精神的尊重，而且为大家所占用的时间作出文化补偿！甚至是体现人文主义精神思想的实际举措！我所能做到的这一点，别人是做不到的！因为若想做到我能做到的这一点，就必须具备深厚的文学功底，还必须具备丰富的哲学知识理论，更必须具备有几十年斗争胜利的成功经验！不然是做不到我所能做到的这一点的！因此，这就是我写作文章的价值！这一先进性和不同一般性的价值，就是真正以文化充实人文主义的推进人文主义精神事业的发展——而不同于一切空喊口号的人文主义者！

我写下的文章不仅给来祝贺我生日的朋友们读阅，而且整编出版到我写作的书中给所有的人都读阅！当然，我就此不是说给不爱读书的人们听的！我对甘心情愿坠入文化盲流中闭上眼睛混日子的人不抱任何期望！我也没有多余的时间去同文化盲流拉扯生活琐碎问题！那种拉扯生活琐碎问题的人成堆多如牛毛！他们的闲谈犹如大海的潮起潮落的声音，稍有激动心情便似海语，再怒起来也不过是虚弱胸怀的海啸罢了！我不理睬！我也正是在听罢海潮、海啸之后走向真正人文主义发展道路上去的！今天，我在取得了于世界上有了文化影响的成果的同时，我和大家聚在一起以我过生日为题的实质意义，应该说是具有在文化上共进取的意义！所以，我写作出了这样一篇短文回敬给大家！但愿朋友们今后加强文化联谊促进活动，以团结奋进共同发展人文史事业！此致，让我们把2002年12月26日作为大家发起文化精神追求的共同理想的生日！同时，摈弃无聊的空虚举办生日活动的静止理念观点及作风！以我们积极的乐观理论与实践作用之力复活我们热爱人文主义的思想精神体现！这一点是我为中华文化而努力奋斗的文根思想。

可喜的是，我还另外有件作品回敬全国父老兄弟姐妹——这件礼物就是以我的十二生肖作品，将于本年底印制成邮票！这件礼物也只能由国家来授命大家，应用时再给大家一观或留念了！谢谢诸位来宾！OK！Thank very much！

2002年12月26日　萧墅

云淡风轻

梅苑

冰雪

中楼　□成一统翰藻
以子枕深状素一　□書□句
保節立業松風志定律成曲柳
浪情（曾為保定抄此聯句，今重溫之自以為恰如
己之近七十年創業之主魂也）正是前生底誓
明月深思之幾生修到梅花不得不云
銅琵琶鐵拓板始可唱大江東去曉風
殘月則另當別論……

无题：冰雪聪明者只言自己的人生路

保节立业松风志，定律成曲柳浪情。

我以我用"保定"二字为联句字头拟写联句示己平生中精外成的生活现实，引用于此以白天下。

我在由始至今"你死我活"的绞斗下存在着，而且策略地取得了在人生成功之路上的绝对胜利啦！

具体的说，我取得了绝对的胜利，指的是个人全面文化成就的公诸于世的现实！另外指出：始终妄想以阴谋扼杀我的人们就此以失败告终！现在，我与敌对面上的人们正是处在这样的一种局面上，而且，我在绝对胜利结局上主动向敌对面上的人们宣布彻底息火停战了！

当然，敌对于我的人们，谁也不可能因为我主动宣布胜利停战而就甘心自己的彻底失败！谁都有可能继续以阴谋扼杀、阴谋孤立、阴谋设陷等等老一套手段向我卷土重来，同时以其庸思误国误民的干坏事！我则在绝胜局面上只能大笑敌人愚蠢！我岿然不动地看着敌人要弄老一套阴谋害人的一切小把戏，放敌人挣扎它们在做人的道义上也活不了啦！因为，敌对面上的一切敌对于我的敌人具体相对我现在的绝对胜利情形只能是处在定局的死点上，这正如对弈双方似的，一局下来输就是输了，胜者就是胜者！定局无法变更——历史无法改变——人生只有一次！谁也没有第二条生命！所以胜败已成定局。因此，我经历过几十年在人生道路上的这场"你死我活"的斗争，我到底没输而以彻底胜利令敌对面上的敌人皆都至死局上败了下去！我活了起来！此时此刻，我自身的灵与肉真的一并结束这颗共有的生命而也"死"而无憾了！因为历史上以文字著写下了我人生胜利的生活事业篇章啦！也正是在这一点上，敌对我几十年的人们都没能在这一点上活起来！所以构成了由我相对敌对面人们说来的"你死我活"的局面。

萧墅 著

云淡风轻

我这几十年面对大批敌对面人们进行不可避免的斗争！我在孤立中没被一个又一个阴险的敌人从政治生命上杀死，而都以绝对胜利活了过来，理所当然地成为了《无敌者自白》诗篇中的人物！我在这个万幸的绝对胜利史实上不但为中华民族深感自豪，而且，我为我的绝对胜利荣誉深感自豪！这种自豪滋味，就是由古至今在美学上定义不下来的美的定义！也就是说"美"是一种存在于人心情上的滋味！我活在人间到了暮年这个时候，自己算是充分理解了什么是美！美——它滋生在胜利者人心眼儿里！而且，美——它滋生在胜利者人心眼儿里别人是看不见的！但是，胜利者的敌对面上的人们会有所感觉！然而，敌人想夺走胜利者的心里美好滋味是绝对不可能的，只有下次再来世界上再说吧！然而，人哪会有第二次重来世间之说呢？没有！人生只有一次生命过程！

我深感我今天写的这段文字最透明也是最精彩！

想极概括极准确极透明的写一篇有成功价值的自我人生体现的文章决不容易！写一篇深有文字力度的文章谈何容易？然而，做人几十年而不能为自己写出人生总结的文章又该是多么可怜！尤其是要写出得到人类历史和大众公允认可载入历史卷宗的文章就更难了！但是，我都成功地为自己著写下了这样的人生史篇！任何人都能在《95·中国新闻人物》一书中见到我的文字形象！（该书的445－448页）当然，决不只是这一部书中有我的文字形象，如《当代世界名人传》等等等等史书上都留下了我的文笔！我仅在2002年5月24日的中国《文艺报》和2002年12月7日的海外《澳洲日报》上，就有两次向国内外亮相的表现！我认为，人活在世界上，决不可不以文字亮相视为生存的致高理念！要活着就要借助文化表现形式向世界上的一切人们展现自己的存在！不然，就是被排斥掉的等于没有自己生命似的遭到人生埋没了！这样是不行的，这样活着如同死了一样！这样活着拥有多么大的经济财产也是空的！我决不做无名的守财奴！因为，我是人！因为，我不是简单头脑的动物！所以，我想尽一切办法深入一切文化艺术领域以文字见报实现自我！我不惜精神气力或金钱代价完成力所能及的出版个人书籍画册的生产目的！我就是要这样在汪洋人海中做人！因此，我对我在2002年全年十二个月里出版了大量的书籍画册的文化艺术产品成果特别高兴！心情无比畅快！势如破竹的冲破了敌对势力对我几十年来的阴谋扼杀阻碍的封锁！我终在出版自己作品的事业上全面走向了胜利！

看吧！从《戈壁归来人》一书着眼首先看我先来了个全面亮相！接连发表了我写作的《无敌者自白》的诗篇！随之把我创写的《诗吟生肖十二品》连续不断的由简入精的出版在国内外，有精装本的画集也有邮票出版形式的问世，还有《萧墅诗集》、《萧墅文集》、《萧墅画集》等等等等作品问世，将流传到深远历史中去！这就是我在长年历史中受恶人们欺凌而不肯自灭的死去却要活下来实现的目的！我在极度贫困条件下终于实现了自己的人生目的！我怎能不为此高兴为此自豪！这也是我用以回敬曾在长期历史中欺凌我的恶人们的唯一可取胜利的斗争方式！即拿出中精外成的文思成就给世人看！而今，我绝胜地活到了年过花甲的现在！现在，我不再于人世间与人们竞争一切了！现在，我就是再沦落为乞丐也是历史上必有所文史记载的奇才诗人书画家了！所以，我现在对人世间的吹、拉、弹、唱已不屑一顾！

　　现在！我照旧决不追求或贪享奢华的日子！一单丝，一瓢饮，食无求饱，居无求安，横卧陋室，心满意足，落个"凡事只求过的去，此心还须放平来"的简存方式，充分体现"温不增华、寒不减叶"的生活思想原则。且看天上劳雁奔飞，我于地上鸣弦以助！正所谓：铜琵琶铁拓板始可唱大江东去！晓风残月则另当别论吧！

　　尽管如此——胜败已成定局了！我在这绝对胜利生活的暮年广野草丛里活着而反复思考的喃然自问，那包括和自己同血统的"亲骨肉"兄弟在内的一个又一个的人们，为什么和我这样一个自幼父母双亡的孤儿生活下来几十年的平凡人总拼个你死我活的斗个没完没了呢？我不愿意这么多人败在我的事业成就下！然而，我若不拼命争取胜利不行啊！为了活着，而争取到极大胜利才勉强存活下来，即便这样而自己还经常受到不知天高地厚的大批自以为是的各路愚盲势力小人的轻蔑呢！如此的生活历史令我痛心而深感爱莫能助！愚盲之辈令我感到可笑！可怜！而不可救药！只好任其死一样的"活着"吧！充其量吃个肥头大耳的"活着"以体积庞大吓唬人！除此之外还能有什么新鲜的呢？远离这些家伙们也就是了！Bye－bye！

2002年12月29日星期日　萧墅

萧墅 著

云淡风轻

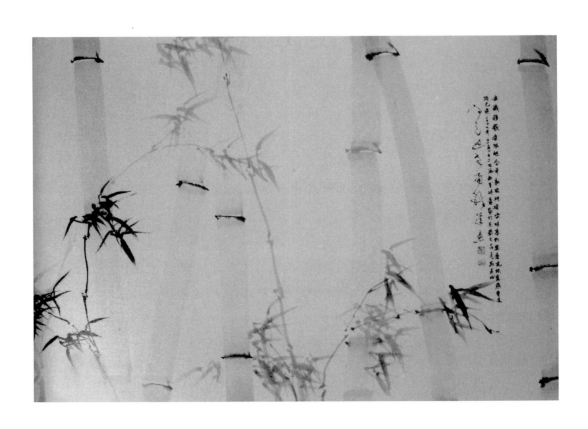

新春生活的美好祝愿

瑞雪兆丰年之说应验了，2002年12月15日降下第一场雪之后，就在2003年元月7日中国邮政选印我创作的十二生肖国画作品制成的邮票便出版面世了！仅是在新年之初，我在艺术创作事业上就喜获丰收了。负责出版工作的孙卫平先生对我说："这也是国家首次面向艺术家个人征集这么多版面作品出版邮票，萧墅先生的十二幅生肖动物画作品也的确富有艺术特色，而且也确有代表中华民族大众风俗习惯的典型性意义。"除此评说之外另有杜福友人和马志强先生对我作品的推荐，也是促成我在艺术事业上取得这次发展的关键成功之原因，倘若把话说长些，泰夫人影楼的领导人王海泰和周锦明摄影师，他们是更早对我创作的十二生肖向社会推荐的人，说起来周锦明摄影师与我相识有二十年光景了，我正是由周锦明摄影师推荐下走进泰夫人影楼的，我首先为影楼写了"泰夫人"三个字的门匾，我的书法以"泰夫人"三个字面世后，曾引来很多方面人的关注，《文艺报》记者三川最早就以寻访我的思路找到了影楼，而且以专访形式在《文艺报》上用整版篇幅报导了有关我的历史业绩，接连引出了邮电局的杜局长对我艺术作品的关注和推荐，结果形成了把我作品以邮票形式出版面世的结果！为此，我不能不全面地感谢众多人关心自己艺术事业发展的这份真情。

说来话长，这位曾获国际摄影作品金奖的周锦明大师，他和我早在十八年前相结识的过程，简直就是一段十分风趣的故事，大家说起这段历史故事都深感富有情趣。

距今十八年前，我满带落魄的样子走在冰天雪地的甘家口大街上，突然被一个面容苦瘦的中年男人拦住说："我给您拍张照片行吗？"我当时根本没有这份心思，因为当时在经济生活上还很贫困顾不得做任何消遣的事情，况且并不认识拦路人，甚至感到有些怪异，所以拒绝拦路人为自己拍照片，但是，这位拦我路要为我拍照片的人很执着，我到底没扭过他那股为我拍照片的劲儿，于是就留下了他给我拍照的第一张照片，经过几年之后这张照片便被我选用在画集出版物的首页上了，自此后越来越发展了，我不断出版书籍画册都选用这位拦路为我拍照片人的摄影作品，这位曾经拦路为我拍照片的人，就是与我这样与日相识成为朋友了的摄影师周锦明先生！

天底下的事情真是说不清楚，人与人的关系到底是怎么一回事呢？这样萍水相逢建立起来的友情多么难得又该是多么奇怪呀！史实正然如此，用不着虚构情节，我与周锦明先生共处了近二十年的光景，就是这样真实形成的一段生动的生活史实故事。

我在二十年中通过周锦明先生的推荐，结识了一连串助我事业有成的善良心地的朋友，因此，我深感自己在文化艺术道路上的成功应该属于大家善良心地做人的成功，我个人是微不足道的！我今天在文化艺术事业上能发展到这一步决不能忘记是受大家的关爱而成功的！所以，我必须如实的把每件成功的事情与大家相关的史情写出来，而且要通过一定表现形式把史实讲述出来给社会大众知道——我们的社会主义首都人们心地是善良的！

"我们的生活充满阳光"这句歌词不仅是大家把它唱在口头上，我深切感到是完完全全的生活史实！因为，我不仅有周锦明先生等一连串的善良心地的朋友在关爱着我和我的文化艺术事业，而且，我走到天涯海角的海内外各个地方总碰上热心关爱我的好人！我在国外不仅有韩国的洪正吉友人曾给我生活事业上的极大支持和帮助，而且由他推荐的法国评论家玛莉奥蒂尔女士也曾给我以极大艺术理论支持在国际上发表演说，当然也有日本国家的大批艺术界人士经常与我保持有艺术理论上的联系，梅崎谦胜君就是与我十分友好的一位朋友，在新加坡南洋艺术学院和香港、台湾、澳门各地也常有理论界人士同我会晤。我记得在1986年6月2日自己曾应党和国家国务院机关的邀请出席中美会议开幕式，于会上见到美国前国务卿万斯等世界风云人物，我的文化艺术成就也得到了他们代表美国政府的尊重！我感到我的朋友真是遍天下，从世界风云人物到社会生活各个方面的人们都曾与我有过学术上的交往，我有一幅自己挥动橡笔写下的"风云"二字的书法作品，在这幅作品上加盖满了世界各国名人的印章，有基辛格、海布骏树、加利、卢金，中国的王光亚、戴相隆等等等等世界风云人物的印迹——它就是我的朋友遍天下的一件文物证据！

萧墅 著

云淡风轻

尤其是在国内从名流人物到普通民众与我有过交往的人就更多了，从与我合影留念的照片就能看的出来，但凡人们熟知的社会名流人物经常出现在我与大家的合影照片上，我不仅留下了几大本厚重的相册，而且还留下了数不清的社会名人们给我的赠书赠物纪念品，我存有的珍贵书籍上有林佳楣夫人签字送给我的《李先念》国家前任主席的画集，以及大批名作家的著作，下至普通百姓送给我的大大小小的玩物纪念品，这一切都给我极温暖而美好的好感，美好的生活总是令我难忘的！

　　我经常翻阅自己保存了几十年的相册，每每看到我被人们围拢在中间的合影都深有感慨，因为围拢在我身边的人们都是些很有社会声誉影响的人，有不少是大江南北的名演员，其中也有赵忠祥这样影响极大的电视节目主持人，人们究竟为什么能和我这样亲切在一起，是我终生也弄不明白的一个问题？然而，我更难忘的是没有留下照片的那些记忆中的人们，譬如，我当年曾在西北大沙漠中遇上的三五处人家的维族人们，他们当年对我落魄的宛如乞丐似的情况毫无歧视，而且像是自巴柔妈妈对待儿子似的关爱我，帮助我渡过了生死难关，救我走出了火海似的沙漠。我离开他们之后终生再不能见到他们了，我对这样为在自己记忆中的善良人们更是尤深的难忘！我对一位来自澳大利亚归国的华侨邱林先生说起过这些往事，邱林先生深有所感的表示要在澳大利亚报纸上写出有关我历史的文章，果然在不久后他与自己的朋友胡扬把发表文章的事情给做到了！所以，我对自己发生过的一切历史情况总弄不明白，我揣摸不透的不知道什么时候就在自己相识的人们中发展一大步！为此，我从来不愿意于情感上有伤于任何人！我是这样想总以好心待一切人是会得善报的！就此翻回头来说自己与周锦明摄影家善意相处了十八年后，今天正是由于和他长相处在一起才产生了出版自己邮票的这一结果！因此，我主张永远善意待一切人的发展永恒友好关系！同时主张责己严明宽待人的处世原则生活在平凡的日子里，然而，我虽然平庸却也会获得到众多友人相助的人生美好事业成功的发展！

　　大家使我感到了生活的温暖、生活的美好、生活的大有希望！其实，我过去该是多么不幸的一个解放前的流浪儿自己最清楚，可是在我们新生活天地的社会主义国家里，我竟然从人们对我的关顾下而走上了成名的艺术家道路上来啦！当然，我不隐瞒自己也曾有过受冤屈遭诽难的那段漫长历史，然而，我理解社会没有阵痛就不可能产生善意人生历史的进步飞跃！所以，

云淡风轻

我从不苛求全责备的看待民族同胞大众过去的生活史情观点出发！我坚信生活是美好的天天在向上发展！我爱我们的政党和国家及民族大众父老兄弟姐妹，我们这个有悠久文明发展史的中华人民共和国将越来越辉煌的走向幸福的未来……

生活大众里的朋友们，我在这新年伊始之际，我就以我成功的与中国邮政事业合作的丰收成果作为贺礼吧！以之祝愿大家新春生活幸福快乐！

2003年元月上旬　哲理诗人书画家萧墅

高位能量发展势不可挡！

——萧墅语丝

多思多想吧!

把书法作品、把中国画作品出版在邮票上!这种奋斗目标的路走起来要比书法家们或画家们在大众生活里名扬天下发展之路更难!看吧,大批书法家们或画家们的作品能出大名能卖上大价钱,而却都没有出版成邮票的作品!然而,书法家们或画家们又何尝不渴望把自己的作品出版在邮票上呢?但是,大批书法家或画家都没有这份艺术表现能力去实现这个目的!可是就在沸沸扬扬的书画家群体里有一位被深埋在社会角落里默默耕耘的老文人萧墅先生,于2003年伊始竟以自己十二幅中国画出版在中国邮政的邮票上了!

这十二幅中国画,就是这位老文人笔下创作出的《华天诗吟生肖十二品》,即十二种动物形象印落在邮票上了!这个现实意味着两层意义:(一)艺术作品伴着作者与世界接轨。(二)艺术作品转化为邮票出版物之后将伴着作者的艺名永载史册。这两点在邮票一经出版后就定性地无法磨灭也无法改变啦!也正是在这个绝对超前的发展个人艺术人生业绩的史实上说来,萧墅老文人这一举措在绝胜现实上史无前例的走在了群体艺术家们的前面了!

自有邮政历史以来,似乎没有过针对一位人物出版过十二枚邮票的前例!然而,萧墅先生竟然超拔地实现了这个史无前例的人生艺术事业发展目的了!无疑,大批日夜活动在社会上的艺术家们在出版邮票这个具体发展事实上被萧墅老人给丢在后面了!大批书法家或画家究竟怎样追及上萧墅先生这个绝胜的先行之举?只有另辟蹊径!因为追赶别人的路线求发展会是永远落后在别人胜利之后的!然而,还有什么蹊径可闯走呢?当然有!但是,必须动一动头脑的多思就有希望……

萧墅先生的个人文化艺术发展,始终是与众不同的采取突发奇想的策略!譬如:萧墅先生除创作《华天诗吟生肖十二品》巨作专题中国画作品以邮票形式出版面世之外，他还有很多发展自己从事的姊妹艺术作品的方法，如出自萧墅先生笔下的"风云"二字的书法作品，谁也没想到在这件作品的空白宣纸处，竟然加盖上了世界许多国家元首的私人印章！这样一来便使"风云"二字的书法作品产生了特殊收藏的名义价值意义了！像这样升华自己书法艺术作品的价值之举措办法也只能是一次！别位书法家效仿是来不及的！但是，萧墅先生的这种动头脑发展自己事业发展之路贵在独立自主！

百米《古国神牛画卷》！也是萧墅先生独具匠心的创意巨作！因此享有中国艺术权威机关给以首创评价的列入世界吉尼斯之最了！

萧墅先生的这幅百米长的巨作之"首创"性体现在哪里呢？（一）体现在改用牛皮代替宣纸的画出中国画作品；（二）体现在诗、文、书、画四位一体的出自一人之笔下；（三）体现在无参考资料的思幻艺术心态表现手法上。这三点体现不言而喻的与众不同的超拔性明摆在了民族大众眼前，所以，萧墅先生以天赋实力的匠心独到之举在当代艺术家群体里必然鹤立鸡群的出现于今了！

一切虚张声势的鼓吹宣传炒作起来的书家画家，必在实力上愧对民族文化艺术的真理要求！人生争取的决不是金钱、地位、荣誉；而是要实现促进民族文化艺术的实质发展！不然民族就要落后了，放弃智慧而以贪享民族利益的心思充当"名人"该是多么自私——多么鄙劣可耻？

咀咒、谩骂、哄炒的歪理邪说是没有光明前途的！欺世之举终会沦落到欺人者自欺的失败轨道上去！一名书法家或一名画家在几十年生命结束后而不能给人民留下一部主题创作的作品成绩，而只是重复笔墨的写古人说过多少遍的老词语，或画那些总让观赏者感到似曾见过的画面作品，如此还吹嘘什么——？总妄图用养的肥头大耳以体积庞大吓唬人是无及于强大的本质的。

萧墅先生则在文化艺术实力发展上是无愧于中华民族的！但是，萧墅先生始终默默的生活在社会的角落里，以奇思妙想的攻势策略推陈出新的把民族文化艺术推举的高大起来！然而，萧墅先生却没有迈出自己在朝阳区芍药居甲2号院住所的萧墅文苑大门半步！他风趣的为自己的文苑画室拟了个堂号自谓是"时一笑书屋"。就这样以极乐观的心态自尊、自重、自修、自勉、自示、自赏、自爱的发展着高度自觉的民族文化艺术事业，如此清苦的已渡到人生年近古稀的时候了！这位中华民族默然耕耘的老文人，平生于国内外出版的书籍画册不仅是多学科问世的出版物，而且是多产的文人！

中华大地上这样的一位老文人说："书——它比什么东西都重！一个人手拿20本书走一段路就会被累的停下脚步歇着喘粗气，我有这样的亲身体会。1995年7月从韩国归来带了20本精装版本的画集，下飞机后提着它走不了几步就累坏了，于是，我一屁股坐在了20本书上喘粗气，随之从衣袋里取出一包中华牌香烟，点燃一支吸了几口又喷出烟雾，就此思考起来的自问，这书就这么重，这书中的道理要比什么物质都重！而很多物质需要就把人累的喘不过气来，想必书中的道理就更会把人累的无言答对了！看那大批人影就在我口吐的烟雾中虚度的流过去，人生事业太不容易了，看来，用书中的道理回敬一切不安分的人的这种力量比什么打击都重！因为不安分的人是无力著书立说的，而不安分的人空在口头上暗吹阴风的咀咒文人是太渺小的言行表现。我想了好一段时间才养足力气，于是提起重重的20本画集便登上卧车回到了家里。"

这位老文人的这段话意对人们的思想启发该是何以深刻？多思多想吧！总之，人要活在书的封面上，而万不可被压在书的封底下过一辈子永受埋没的生活日子，但要靠自己救自己！

2003年1月13日拟文　萧墅自白

萧墅　著

云淡风轻

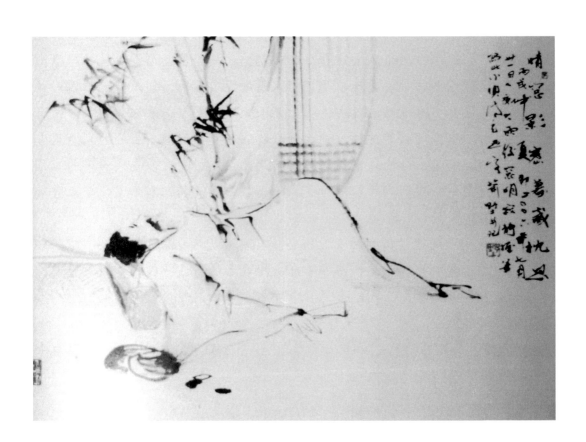

萧墅文苑里的"时一笑书屋"记语

中国邮政，用邮票表现形式，把十二幅中国画和一幅篆书的书法作品出版成邮票啦！我不但于2003年元月收藏了这一整版邮票，而且，这些出版作品原件就是由我创作出手的文物。

中国画与书法作品，这样与中国邮政事业的结合，而且是结合出版为十六幅邮票版面，似乎是史无前例！我为此深感高兴和自豪，因为这是真正与世界接轨的体现。我可以把这些用自己作品出版成的邮票寄往世界各地，留给全球各地的人们作为收藏邮票的酿成人文史活动！想必当然便构成了以自己中国画及书法作品与世界接轨的现实，这种自然体现出的世界文化，也顺其自然的把我的名字留在了世界人民的心目中了！因此，我仅以此做法把自己化作为是世界文化名人也是无愧此自谓之说的！更何况在《当代世界名人传》等等大型辞书史料上早就先于邮票出版刊载出过我的名字和业绩了呢？除此之外，我以自己笔名出版过的大量《萧墅画集》也早就流传到了海内外世界各地了！我为此而依据史实的深切感到自己在文化艺术事业上的发展成就已超越于众多的人们了。就此说不排除其他艺术家们也有机会把自己作品出版成邮票向世界发行，但是，似乎没有出版过十六幅版面邮票的人吧？我能做到这一步算是真正无愧于国家民族大众的奉献了自己的生命成绩了！当然，我没有白在人世间活一回！然而，我为了争这口气却是费了六十多年的心机，我才从自己孤儿的流亡史实上站立起来！这种站立起来的坚实性体现在无尽头的人文历史发展中，谁不知道我的史情已不等于我无所作为，而只能是属于不知我者的在无暇顾及关心文化信息下表现出的无知性情形！因为在文化艺术实力体现上说来，我已成为史无前例的一个了！我如此表述自己决非是出于狂傲，只因为社会中虚张声势的势头太压抑人心！所以，我便不得不以文化艺术实力表现表述出这样一段话意内容。其实，我孤立的用了多半生时间奋拔到今天从本质上说来的这一步，此时此刻却深感一切都无所谓的没有再与一切人们竞争的必要了！这层明显道理已不言而喻的清楚地摆在了大众面前啦……

　　体现在自己身上已形成的人生胜利史实，而今谁也无法磨灭、涂改、抹杀、顶替！我的成就只能就是我的！譬如，我以《风云》二字创作出的那件盖满了全世界风云人物印章的书法作品，原件虽然不在我手中了，但是，它的唯一性仍然是不可多得的留传在人文历史上与我的名字永远连在作品上了，在古今书法作品中那种不可超越的珍贵性，只能是唯一的一件作品！然而，它是出自我手创作问世的！又如百米《古国神牛画卷》荣获国家最高艺术权威机关给以有史以来首创的评价之作，它也是出自我手创作形成的一件特级文物，而今也在社会中流传于民间，当然也屡次出版面世读者大众。更远些时间早年我在中国历史博物馆创作面世的十三米八十公分长的《郑和航海图》，也体现出了我青年时代的一段艺术生涯的历史。总之，我在中国版图上留下的生活事业的足迹毕竟是磨灭不掉的！

　　我想，我在自己年近古稀的这个时候，超拔的实现到这一步实力体现的文位上，而还是处于被世人忽视的这种状态上便不如收笔封山颐养天年的退避三舍——我累了，我该歇一歇了！诸位能理解我要"歇一歇"的话意吗？不理解不怕，我来告诉诸位，我的话意是说收笔封山不再开丹青这扇门了！

　　正是：

《无题》

陋室时一笑，难得仰庸思。
堪赞生平曲，老来放狂诗。

拟句于2003年元月15日　萧墅诗翁

　　人们还对一切饶感兴趣的时候，我已然隐退山林之中不再问世事了！我想，人们无论怎么有兴致的废寝忘食的对一切有兴致的生活事业拼命的追逐，而却也将对我在各个方面以实力创造的现实胜况永远保持相当遥远距离的赶不上来了！因为，我毕竟形成了先行于人们的创造出了独立业绩的发展史中的各样绝对胜利的事实啦！谁也不必与我在口头上争辩而尽可翻阅报刊

萧墅　著

云淡风轻

杂志书籍画册上对我所创造出的胜利史实的记录一阅！而后人们可以对照自己去凭心而论的坦诚的作出公正的表白，我就不用说什么话了！其实，人们在尊重国家权力的日常生活里，面对我通过国家权力批准实现的每项工作成就还深加置疑已是陷入自我矛盾之中了！然而，人们之中不少人依然对我成就给以轻蔑忽视的麻木和不自觉，实属令人爱莫能助作出解释！任之去吧！我对此已没有比高山流水更妙的琴曲弹奏了！因此，我在自己的诗中写出过"一碎瑶琴九段弦"的诗句，不过，那是在年轻时气盛情况下写出的绝唱之句。现在嘛，我老了！现在只能写出以下心态的诗句说："始觉一笑语更妙，不须唇枪舌剑功。"我既以独立自主的精神从死难中活了过来的步入到了人生境界的至高点上，我又何必动之以情晓之以理的面对不自觉的人枉费唇舌呢？我在独立自主的原则下大力发挥自尊、自重、自爱、自持、自信、自赏、自修在各个方面的自觉又有何不可呢？罢、罢、罢！"佛者觉也"之说不无道理，庙中的泥胎偶像不拜也罢，而与日升华思想觉悟的事情不可不做！"和气而品德高尚的活着"这句话中去掉多杂的字综合概括起来能不是"和尚"二字吗？我看不必到寺庙中去出家充当形式主义的"和尚"，而自己的肉体终有一日躺倒死去的时候那才是真正"归一"佛门了呢！因为人躺倒直着身子的时候就是个"一"字，如此能不是"归一"吗？我只能如此理解佛门道理的信仰真理佛学。哈哈哈哈！谨以此短文记于我的陋室——时一笑书屋！

萧墅 著

云淡风轻

竹本無心外偏生出枝葉

偏至有孔胸中不染塵埃

簫聲

陶铭一九九八年五月廿六日写于竹院
公历九九八五愚音九谢 刘季校
廿至四十年……

令人神往的世界

Chinese Community Activities－Saturday 7.8 December 2002－The Daily Chinese Herald概全地以中文向海华人介绍我在国内外的文化艺术事业发展或影响，这样不仅对艺术家个人说来是必要的，而且这样对中国和中国文化历史发展说来尤有着其必要性。

中国当代诗文书画家萧墅记于自己作品被中国邮政出版为邮票之后的2003年元月

……我跌跌撞撞的在人生道路上为振兴中华文化艺术事业而生活到暮年这个时候，自己终于在国内国际上创立下了有相当大影响的事业成就，我深感欣慰和自豪！因为，我毕竟是从险恶生活风浪中幸运地活过来又走上辉煌业绩历史这一步卑微的中国百姓阶层的人！然而，我断言：一切事业成就，都是最科学而又复杂的公认性无敌逻辑结论！是创造者摆脱本能生活习惯的痛苦神思之结果，是千丝万缕灵魂思考射线交织成的，而不是孤立的史实中不幸遭遇的复写，是每位人生历史胜利者向世界发出的真实福音。……

我在自己生命年近古稀的这个时候，我用以前的生命时光和睿智创立下三件境界绝伦无人可及的业绩，至今已深感满足和力尽平生了！第一件业绩就是于2003年元月国家以我的十二件中国画作品出版成中国邮政事业上应用的邮票之业绩！这件业绩似乎史无前例，国家相对一名艺术家的作品以一次就出版了十二枚邮票发行在社会上应用，这样的做法似乎是首次吧？估计以后这种可能性的机会怕是也很难得出现！当然还有待后来的史实作出验证，就此决不排除当代艺术家们也必有的能力或许也能实现这一目的，然而，我毕竟于此前以首例创造出了现实的这件事实业绩！而且从艺术上与世界接轨和自己在世界人们的心目中站立住了足根！

我创造的第二件绝无仅有的业绩事实就是以"风云"二字写下的书法作

品，我这幅作品在偶然的机会上居然得到了世界许多国家元首们来访中国时的观赏下每位风云人物都给这件作品加盖了个人用章！其珍贵性至此已不言而喻了！而且也只能在所有中国书法作品中成为了唯一的一件作品，因为世界各国元首很难有机会原班人马再重聚于一起给一件中国书法作品加盖上私人用的印章！所以，我这件书法作品必成为了世界上唯一的一件墨宝了！以理服人的说是否如此？自有公道！总之，我自以为是如此绝无仅有的史实！

我创造的第三件业绩是百米《古国神牛画卷》，不仅是因为这幅画卷有百米之长而列入世界吉尼斯之最！关键是用牛皮代替宣纸创作画出的中国画作品！而且这件巨作是以诗、文、书、画四位一体一气呵成画成的百米画卷。甚至在创写这件作品过程中由于时间紧迫而无条件参考任何资料，全凭艺术幻思一气呵成！因此，我在年近古稀的这个时候只能说此件巨作已是平生不可能创造出的第二件作品！1、百米长的牛皮不易得来。2、诗、文、书、画的综合实力难以集于个人一身一手体现于画面上。3、体力尤难设想谁能一鼓作气的坚持到把巨作告成问世。年轻艺术家经验不足、年老而有创作经验实力的艺术家体力却成问题了，所以，这不是件任何人心想事成易办到的事情！我出此言决非自以为是，凡事总要尽全思考周到始不盲目。更何况此件巨作已获得到国家艺术权威鉴定机关给以"首创"二字的估价评语了。这便是公道！我深感欣慰。

今天——2003年1月15日，我以自己创作的《华天诗吟生肖十二品》中国画系列作品为主的总结自己平生事业中三项成就，并拟成此文给大众读者和各界有识之士一观，我也就此收笔封山了！因为人到老年甚感行路之难难于上青天！人尽管天赋奇才，尽管有超然能力创立下无人可及的事业成就，而被埋没的命运也是难免的！所以，万万不可为追求所谓公道的功名而把自己累死，我即便深明此理而闯越到今天这步也已把自己累的够劲了！还是解放自己吧！无尽头的人文发展史那遥远的未来路程是任何个人也走不到头的！把自己辉煌的业绩留在这段路上也就足够尽心竭力了！我活着的目的只为争这一口气！更多争气的机会还是由大家去分争吧！我画十二生肖的作品其中之一的含意也尽在于此，一个人只能有一个属相而不能又做龙又当马或为其他的属相，我的生辰属相是属龙，我自觉感到自己在诗文书画艺术领域中凭实力腾云驾雾居势够高的啦！就此以灵魂意识的目光鸟瞰俯视便能看到就是老虎也还仅是于地上在蹦跳，其余的蛇、狗、鸡、猪、牛、马、羊、兔、鼠也都各自安守在自己的地位上，我这属龙的人也就只能在这天体的云雾虚幻中如雷电一闪罢了！活一辈子做一回百代光阴的过客、万事万物相对大宇宙说来总是渺小而暂时的。我越想越不必自以为是的活在人间，人与人进一步相争不下而退一步则海阔天空！人活着何不去自我宽绰的境界去风驰电掣的施展作为呀？挤进经济利益分争的圈里龙争虎斗的落个两败俱伤便不如拔身腾空而起到广阔的天宇中去荡游一回！我从幼年就作出了这一主张的一直这样活到了而今的暮年此刻——我老了，不能不自认心衰力薄地当个卧龙了。

卧龙自喻的我，现在早就没有年轻时候的一切好奇心了，思来想去认为自己目前和今后最开心的事情也就只有于纸上勤于笔耕的写些抒情的散文诗章了，于是，我天天就在做着这种文字游戏地寻觅着自娱的生活情趣，啊！我过去没想到原来文字中却潜存着有深不可测的无限妙韵——这里则另有一个令人神往的世界……

萧墅 著

云淡风轻

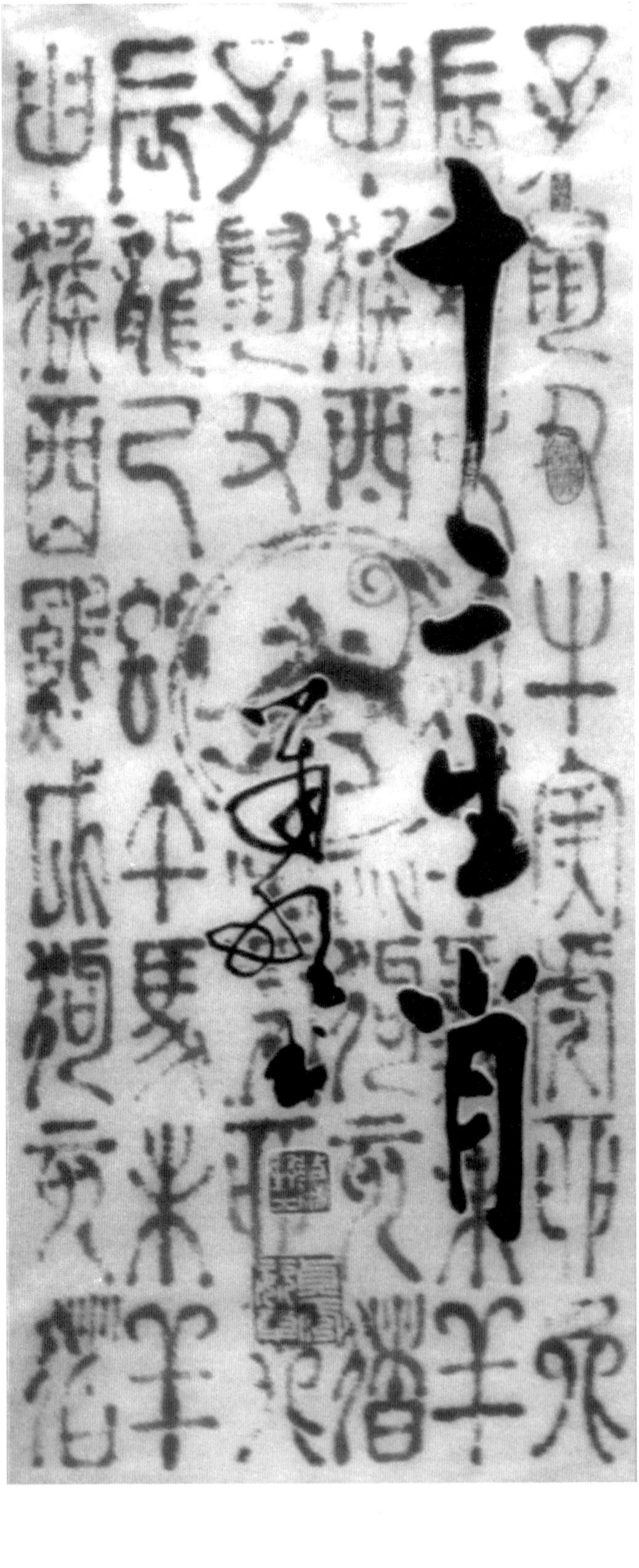
十二生肖

函贺《人生热线》新春的到来

邮票！终于把我画了六十多年的十二幅中国画作品出版在它的票面上了！

我为此心喜若狂！因为，我以画集出版形式在国内外出版面世的各种版本的《萧墅画集》有许多了，而唯有在邮票的票面上出版我的十二幅中国画作品还是首次！而且还出版了十二幅之多，似乎史无前例。我当然高兴！

《诗吟生肖十二品》——我没枉费心思的系列中国画作品终于实际与国际接轨了！我的这件主题性系列创作的中国画作品，它为我活一辈子做人的资格作出了人权证明！同时，它以现实面貌的瑰丽美感，为我否定了过去始终颠倒看待我的人的错误观点！我过去在生命受到威胁迫害的死难中自己曾默念"我不死，我要活"《白毛女》的理念，我从新疆沙漠闯过来重返人间后，终于把要活下去的理念化为了现实而才活到现在！其实，我之所以能活下来就是为争这么一口气——做一个有革命贡献的名正言顺的好人！

此时此刻的我心目中对金钱物质利益虽不必用"粪土"二字比喻它，而对我来说也是无关紧要的东西啦！自己现在就是死了也落在死而无憾的境界上感自安无愧于民族！所以从这次在出版自己作品的成功现实上说来，已补足了我六十多年在社会上都没有发展自己才智的机会！因此，我把这次的成功现实看作是自己拼命迎来的暮年一抹春辉！富有诗意的春辉湿润了我的文思心田！此时此刻，我选择两首老歌中的各两句歌词要唱在这里——"我们坐在高高的谷堆旁边，听妈妈讲那过去的事情"；"我们的生活充满阳光，充满阳光"。

"我们"二字是我在暗喻自己的灵魂与肉体这两个方面构成的"我们"！因为，我这大半辈子孤身子影的只剩下自己与自己经常自言自语了！有谁能理解我孤立无援六十多年的这颗万顷波涛般破碎的心啊？自己本与很多事情无关无碍而却被家长、老师、同学、同事甚至是不熟悉的人们或没见

萧墅 著

云淡风轻

过面儿的人们指责成了不伦不类的人了，而且这种指责颠倒我的阴影幽魂至今缀在我的身背后咀咒个不停！我惹不起！我只有躲避！别无他法！却又是躲也躲不开！然而，一切指责我的人们又做出什么成功的事业来了呢？他们与我年岁差不多而却一事无所大成！我看得一清二楚！甚至面对我的时候连一句符合情理逻辑的完整意思的话都说不明白，字也写不好看，文章更作不出来，而只是善以庞大体积施放粗暴对待我这个神衰体弱的文人！哎！中国千古的文明到哪里去了？我也不必硬加追究！我就是我！我不失古风也就罢了！我想，从我做起总算中国古风不是一失到底也就足慰己怀了！因为我实在无法认识别人的思魂本质！这些人们到底为什么如此自以为是完人似的非把我骂死呢？这才又奇又怪呢！我不睬也罢！鲁迅说过"最大的蔑视就是不理睬"！

年近古稀的我，老了！顾不得许许多多的事情了！"凡事只求过得去，此心还须放平来"——林则徐说的这两句话从小就扎根在我幼年时候的心里了！我能有今天这么一点星火成就结果，也实属梦想成真！因此不揣冒昧的把我和中国邮政连在一起了的这件事儿函告给《人生热线》，共同高兴一次吧！此外，我怎能还有更多要说的话呢？没有了，要有可说的话也是过去写下的三两句白话诗：

> 我咬断自己的舌头！
> 让疼痛令自己忘掉寂寞！
> 让血浆使自己的喉咙不再干涩，
> 想把要说的话暂放心窝，
> 让我用血写出的成就化作大地的绿色……

2003年元月24日星期五 诗人萧墅

萧墅卧室三言五语的杂感表述

　　我的古老的封建主义家长们似乎很"聪明"，他们既要保住自己封建主义残暴的金口"不直面骂大街"的尊严，而还要实现指骂我的目的！于是，他们直面指骂我说："你真不是个东西"！我从小到大活了几十年后才懂得"你真不是个东西"是一句骂人的话！因此，我现在回味着古老的封建主义家长们这句骂人不带脏字的话便想——他们都是东西！我虽然不是东西而比他们这些东西在人间创造的事业成就都大多了！他们生前死后却都是一样的苍白！他们中多数者一事无成的下世了，他们中还活着的东西也已老的把牙掉的精光了，当然，我也成为社会中的平庸老年人了！此时此刻，我与他们中还活着的东西不必认真的比就会令有识之士能看个一清二楚的以评判资格的口气说我有成就！说他们中还活着的这批东西在自以为是完人中却一事无成！即使有识之士不作评判发言也无妨！因为：事实胜于雄辩！我毕竟写作出版了诗集、文集、书画集等等大量内容成果摆在世人面前了！尤其是在2003年元月中国邮政把我作的画出版在邮票的票面上之后，事实胜于雄辩的局面会是有目共睹的！他们中还活着的这批封建主义老东西却拿不出什么像样的成就在社会上摆出来！这种对比的情况诸位信与不信听从尊便！我是不强求人信的实力派的普通劳动创造者——中国画艺术家……

2003年元月25日周六　卧室主人萧墅拟文

萧墅 著

云淡风轻

壬午岁末缅思惋悼吾兄英魂之祭文

我怎能不知道必有干扰自己的外因人物们的言行，然而，我采取不理会或绕行的方法去走自己选定的人生路线，就这样来完成自己的人生旅途！假设自己能活到百岁，那么，我现在已经走过百分之六十以上的一大段路了。而且就是沿着自己选择的路线不断前进和取得到了前进中的成绩了。我在每一小段路途上都留下了丰碑，我所指的丰碑就是一册又一册的书！书上由自己写作的诗文就是丰碑的碑文！我不可能停步或转向别种路线日的去另走一条路，也就是说别人不必劝止我，我一不改道，二不停步，直至把自己的人生道路坚毅地走完！我为什么要说以上这段话意呢？就是因为不断碰上劝我改道或劝我停步的人，我怎能不知劝我者的别有用心呢？无非是妒心怕我在自己选择的人生路线上树立下的丰碑越来越多起来罢了！不！别人怎样走其自己的人生路线我决不参与或决不劝阻，我则也不听别人劝我在自己的人生路线上停下来或者改变前进方向！我只管走自己自知的这条必能取得成绩的人生路线！甚至无暇和也没有闲心去面对阻碍我的人作解释自己前进路线的理念！我学蔺相如一旦遇阻便绕道而行，但是，我依然不改选定路线的初衷！不过，我越来越喜欢孤陋寡闻的默然独自前行了！因为知道在口头上说什么话都是空话废话，只有写成文字的语言始远有效于历史！所以，我在我写作的白话诗句中如下写道："我咬断自己的舌头！想把要说的话暂放心窝，让血写的成就化作大地的绿色。"……

另外，我要在自己的这条路线上多立几个丰碑，为的是分给我死去多年的二哥！

我的二哥死于1976年唐山大地震的天灾下，他是个熟人们共知的善良心地的好人！尤其是我们兄弟间的血肉情感最深！我当年落难在边关的那段历史时期，远隔万里之遥最关心我的人就是自己这位二哥！他人心眼虽好而命蹇，我深爱我的这位短命的二哥！我闻听他的死讯便于流亡生活中奔回北京第四工业机械部，参加他的追悼会并亲将其骨灰盒运送到河北省老家掩埋在祖坟外，为什么埋在祖坟外呢？因为家族人们封建迷信的思想说法是凡未成家的男人不许埋入祖坟！我抗不过封建迷信的家族人们，所以只好依从人们的说法把我二哥暂先安葬在祖坟外了。当时另有亲族人对我说："你若想把你二哥埋进祖坟也可以，不过要给他找个死去的女人埋在一起，这叫干骨成亲，可是要花费一大笔钱办这件事情。"我听罢暗地里咬牙的喊了一声"呸！"我在流亡生活道路上哪里去揍这么一笔钱哪？我运送二哥的骨灰盒都是骑自行车跑了七百里路才到故乡的，我根本无钱办这种被别人敲竹杠的事儿！那时候的这件事情，我已深有感慨！我慨叹人情冷暖，人与人口中念亲而实际上以金钱利益为重！我无可奈何！所以，我难忘自家二哥孤身于地下便想到必须多建自己的丰碑分享给死去的二哥，兄弟一场只能如此也！回想起来此事也已有20多年时间过去了，现在是2003年的元月底，我思念二哥写这段文字，也正是在这个时候，我创作的中国画作品出版在中国邮政的邮票之票面上了！我把这项成就视为自己的丰碑，而且，我就把这丰碑分享给我死去的二哥！怎样使二哥得到呢？就按民族传统方法来做吧！我先把邮票复印下来，而后以复印件作为纸钱烧掉给二哥送去也就是了！我就此哭呼一声"二哥"呀——勇魁兄！小弟我没忘记你！愿二哥的英灵长安故里，值此春节前小弟顿首三拜二哥并写此祭文相告，我自送别二哥之后也远离故乡河北省武邑县北上进京，你知道我曾流落在故乡的处境，可以用我当时写作的一首《独钓吟》的小诗来概述自己于故里流亡生活的处境，正是："釜阳河上客，寒苦读书人。家贫无一粟，垂钓渡光阴。"我在别离故乡的当时也曾到二哥你的幕前跪别一咏写作了另一首诗题为《怒斥乡魂它鬼咏题》："邑东鳏夫似岳庐，断烟绝险谴豪俗，日昃黄昏人亦逝，行尸起舞乾坤浮。"今日算来已有二十多年的时光过去了，我现在于北京一改当年落魄徵貌荣入了《当代世界名人传》史册，并连冠文坛艺苑的著书立说出版诗集画册于国内外风行人间，岁在公元2001年8月28日《人民日报》发表了有关我史实业绩的评论文章，题为《异才出手，文冠大千》，转年岁2002年5月24日《文艺报》又以《萧墅：从孤儿到文化名人》为题发表了整版摄影文学评论，至同年底12月7日国外的《澳洲日报》也以半版文字报导了我的历史业绩！二哥呀！你的弟弟萧墅我已不是当年那副落魄的样子了，但望二哥放心永安九泉！然而，我也未失正直文人的古风。

2003年元27日星期一 诗文书画家萧墅

写在甜睡的梦醒后

　　春乍起还寒时候的傍晚，天色渐暗下来，在乌蓝的天宇东方像是有一块滚圆橙色的晶亮宝石镶嵌在青石板上似的，那景象真美！我不由自主地停车站在原地仰首观赏起来，我边看边想今年春节天时、地利、人和的太平年景令人心爽。今天已是正月十八日了，天上又出现了这么动人赏心悦目的大而圆的月亮，这该是怎样的一种吉兆景象，我既无可想象也无法形容。只是有一种愿望不容多想的停在心思里，我的这个愿望就是让此眼前的景象永恒出现在人间！此时此刻，我心空的冉也没有史多的想法了。

　　我看着那月亮缓慢的向上昇起，好长时间过去后才觉出身上冷了起来，于是登上车才想起回家的事，因为老伴晨起的时候对我说身体欠安，我想还是早些时候回家去看望她。一路上顺便把一包香烟和一碗八宝咸菜带给小郭和关玮晚餐食用，而后便直往芍药居2号院家中的楼下奔去。其实从萧墅文苑到芍药居2号院住所并不太远，没有几分钟时间，我便上到六楼家中见到了老伴。我看老伴的气色比早晨起床时好多了，再问老伴时，她吃过药后很快就恢复了健康，我此时放心地便与老伴拉开了另外的话题，我告诉老伴说《文艺报》主编成东方先生到文苑去看望我的情形，并且转告老伴关于发稿的事情成东方先生已答应了，此次成东方先生不但答应给我老伴发一篇专访的摄影文学报导的稿件上报，而且连同关玮给我打字的《来日方长》一稿的文字也发表在近期报刊上。我与老伴说到这里便联想到方才在文苑赏月的心情。我想，美好月空景象的吉兆似乎首先就落在了我家，如不是这样怎么刚过春节便又发表了我们一家俩口人的文章呢？其实，我们老俩口人希望的就是把写作好的连篇短文多几次机会见报，写文字和作画就是我们发挥老年人余热的唯一精神愿望！然而，我们的愿望又总是那样顺利地极易实现。因为总有编辑和记者们常来家中关慰我们，我们关心的也正是时潮中人文事业发

萧墅 著

云淡风轻

展的文化艺术工作，所以，我们这俩口老人与记者们就算是一拍即合啦！这一夜，我们带着欣喜心情甜甜的睡入了梦乡。

　　我睡到凌晨三点多钟的时候便从梦中醒了过来，回想昨天帮助成东方修改诗稿的事情，总感到四句古风诗中的一句文句欠佳，于是改写成"表里如一抚菁峨"，我觉得这样写出的文句比"表里如一铲蹉跎"韵味上口。然而，事隔一夜才想到这样拟句，唉！人的灵感就是这样有时是不尽人意的！不过还不为迟，只好于明晨再通电话给成东方提出修改意见，我想是不会误事的。不妨把原诗和修改后的诗句一并录写在这里以备忘！原诗也就是第一次改稿后的四句话："三山五岳揽江河，个性翰史唱新歌，代将华天细描绘，表里如一铲蹉跎。"我在梦醒后把第四句改写成"表里如一抚菁峨"，我感觉用"抚菁峨"三个字比"铲蹉跎"三个字用意深且上口！所以必须就此记下来，不然会忘掉！人的脑力灵感是有限的，联想起来生活中经常会发生这类的事情，有的事情或一句话当时想不妥而失误，会耽误了理裁事情的效果，然而，这样的事情是毫无办法的——这情形是否就是人的命运呢？

　　看来只有以勤补拙！不可不重视文化积累！要极大丰富自己的头脑知识的储藏量，如此始有可能尽量减少失误！我尽管上了年纪却也仍然不可忽视随时随地观察了解身边的和宏观的新事物或新知识及新问题的发现，并且随时用文字把新发现记录下来，以备不时之需！其实，我半生都是这样生活工作的，我也正是凭着日积月累寻觅生活资料而发展到今天的，我坚信生活就是文化艺术知识的源泉！因此，我曾这样写道："乱石餐云即妙章，不须人间文笔狂。众云天书谁曾见，我指迷径看自详！"我想笔落诗成也就不必赘言向耳聪目明的朋友们多作解释了吧？好！天光大亮时再见吧！

2003年2月凌晨 诗人萧墅

- 文韵星光——即感述《戈壁归来人》之续集、序论《来日方长》的短歌

- 时一笑书屋主人自嘲于春乍起还寒时候

- 梦喻拳击的历史舞文解嘲

- 命运之思的感怀——以爱国主义精神致爱国同胞兄弟

- 尽在不言中的乐观心态

文韵星光

即感述《戈壁归来人》之续集
序论《来日方长》的短歌

我翻来覆去的推敲，在无助的困惑中不得不独立思考，而且只能在自问自答的推论轨道上运动着，如此过着年复一年的自言自语地生活，不知不觉在流年似水的光阴里两鬓斑白，我身边不是没有人，也不是没有与人们对话的机会。然而却没有共识和也就没有了共同发展的同一方向目的了。我与人们只是有同属人类的亲切招呼，而却是相擦肩而过的背对背各自走各自的路！但是，我身背后的人们中有许多人知道，他们知道我走到他们几十年就希望的那一点上了！然而，他们想翻过身来追上我却已是来不及了，而还有不知道我的人们则头也不回地继续走着他们选择与我相背的路！我与这些人们则相距的就更远了。我这几十年的情况大抵如此！我一路上自力更生的做成功了的几件小事情，也确实令路遇者人们着迷，而也只是美慕地忙着追赶过去与我相背走下去的人群了，我则依然独自朝前走我的路！

对话——我指的是我和每次相对走来的人们的对话。人们赞佩喜欢我向人们表述的思想、观点内容，人们也看到了我依据自己思想、观点进行实践所做成功的每件事情了。尽管如此，而人们却对我说："你的思想、你的观点都很正确！你以你的思想、观点进行实践所做成功了的事情也是无可厚非的史实！但是，你走的路我们走不通！你走的那条路，只有你能走通！我们不具备走通你走的那条路的素质。"这样对我表述话意的人很多，然而，人们用"素质"有无作区别的理论，我无理由承认也不敢恭维和尤不能苟同！因为，我是比一切人们都苦难深重从孤儿到孤老头在无助中力求事业发展的一个人，谁的生存发展的社会条件都比我优越！难道天灾人祸不离我身就是我人的素质吗？如果不是这个结论又是什么更有说服力的论调呢？如此的"素质论"与歪理邪说有无区别？既然如此，我怎能不深感爱莫能助？然而，我不能信步等待人们从误认中翻然醒悟回过头来和我同路前进！我和人们正是这样相背而行越来拉开的事业成就的距离越远了！尽管如此，而我的事业成就也不在人们的势力范围中，而是在距离人们相当遥远的那点上——可谓是文韵星光！

《文韵星光》内涵中密布着我的史实成就映照在大地上似的——成就的光与大地相揉在一起谁能收得起来？人们只能新奇地荡游在大地的光影中尽情的自娱，而不自觉的忽视了那星点的光源！眨着眼的星光文韵正是如此寂寥而苦涩，但是，那广宇的空阔却有着星儿充分活动的自由……

其实，这不过是富于诗意的想象，我人则依然是生活在汪洋人海的大地上，不过，心中总有个自我良好的感觉，这感觉怎能不比做个星儿在天上更富有实际意义上的辉煌？我这颗有着想高便高，而想低便低的头脑之幻思运动着的人间卫星，起伏着穿越着时空，夜天追着月亮走，白天起个大早去迎接太阳！那时，我总要唱一曲——我们的生活充满阳光！

今天，已是新春癸未年正月上旬将过还有三日就到元宵节的时候了！我带着去冬瑞雪兆丰年的欲念遥想，一年之际在于春！我应该做些什么事情呢？哈哈！我不如把此前写作出的诗文散章编辑出版成册面世大众读者，我把这集子的题名就叫作《文韵星光》。朋友们：现在于此页纸上的最后一行字暂告Bye－bye！来日方长；来日方偿！

2003年2月　诗天过客萧墅

时一笑书屋主人自嘲于春乍起还寒时候

    我不必启发不动深思而就肆意轻蔑否认史实的愚人盲目立转自省的看待我，我没有时间去在爱莫能助的蠢人面前做徒劳的说服工作！我这点儿自知之明的认识基础是建立在自己创造的事业成就之上的经验，必须以强固的自信对立一切自以为是的人！我的自信基础是一堆庞大的书籍画册！无疑是与我的史实成就有着不可分割开密切关系的出版物！是得到公允认可带有国家出版权编号的诗集、文集、画集等等综合性笔耕丰收而得米的硕果！一切不读书甚至连书的封面都不看一眼的人就在口头上对我说多么狂妄的大话，我都不理睬！因为这种人自己在学业上无所著述成就而再不深感内虚的于嘴边喷发出狂妄的话，它就空的不是个东西了！这种人，除了用贬低我而抬高自己的空话滥言手段之外，便是用与学术毫无关系的权势金钱漂亮的卧车、住宅、衣服、香水等的豪华气派来掩盖自己的无知了！这些东西与我又能有什么关系？尤其是酷爱清苦简存生活习惯方式的我，一看那么多累人的身外之物就麻烦和消耗时间生命精力实在是苦大于乐，人死后也带不走而活着的日子里又十分累心！不好玩！我只要简单的温饱衣食住行的条件和一只笔一页纸写画出开心解闷儿的魂思趣事的人生道理就足慰平生啦！我无儿无女也无望闯走发家治富的路！一切物质的诱惑力无作用于我人求简明生活的理念！因此，世界上人为的变化和自然变化与我没有过重的关系！现在，我的乐趣已经从写作诗、文、书、画作品的兴趣方面都转化到静观方面来了，于赏析中推理思考参悟世事，从而强化自信的思想内涵力量！如此，我哪还能有闲空儿与饱食终日的人或与痴心妄想发大财的人去海阔天空的东拉西扯说谈的时间呀！我决不加入"吹、拉、弹、唱"的"乐队"！正是："柴门出高士，小雅通诗经。平庸见真果，正道面苍穹。"——这首小诗是在癸未正月初五于六合村以一位朋友的名字咏作藏头诗用口头语即席顺诵出来的，自夜宴后归于自家陋室始复录下来！我虽然是用别人的名字作此藏头诗，但是，我深感写道出了自己平生的本质面目了。所以，我引用于此篇短文上，其实，我写作这篇短文已是正月十八日上午八点钟了。我在这段老年生活的日子里，闲下来难免化为虚流光阴，因此总找个话题写上些文字来充实自己的陋室。我深感如此总比在墙根下晒着太阳和人们谈天说地的放空话强一点儿！于是，我就这样积攒下了无数短篇文章，就中写作的白话诗和古体诗也很多而没有详作统计，总而言之，这是我的人文生活现实思想言行！无须隐瞒，大致如此！哈哈哈哈——《时一笑书屋》主人萧墅老文客开怀一笑笔搁至此。

不分段落的表述出满页纸的一篇短文有点形式缺憾！因此，提笔再补上三言两语揍个样儿，这就叫——检点缺憾处，无聊常自嘲！几许纸上墨，世事费推敲！

2003年2月中旬　萧墅诗翁

萧墅 著

云淡风轻

梦喻拳击的历史舞文解嘲

六十多年过去之后的我，现在，我觉得过去自己像是登上拳击台的运动员，经过六十多年的一场拳击运动之后，我以胜者活到了今天！但是，我深感累的够劲，虽然胜了而却也头昏眼花的受了重撞！然而，当初不想登上拳击台却是自己做不了主的！我在被迫下取得了胜利后，我看着对手被我打败的那副惨相又怎能不大生同情的恻隐之心呢？毕竟是同类呀！可是失败的对手却不顾头破血流的惨相又挥着乏力的拳头去向别人叫阵——叫个不停！但没有人应战。结果曾败在我拳头下的对手现在于不去与他应战的人在充当胜利者！我当然要保持胜利史实的沉默！尽管我手下的败者向别人叫阵和不应战的别人都对我的沉默大加咀咒，我却只能永远保持首战胜利的沉默！因为，我着实不忍再重登拳击台示威，我持着首战胜利的金牌金腰带生活在自己生命的暮年已深感足慰平生啦！其上的表述，不过是比喻而已！其实，我是以文化艺术事业成就而论取胜的文人！

我的"金腰带"之说，实际上是比喻我创立下的《墨宝三绝》！

绝就绝在全不可重复的成为三件唯一的文化艺术作品！

绝就绝在全都获得到公允认可的与国际接轨了！

绝就绝在全然出于最低创造"三绝墨宝"的条件下……我无权、无职、无钱、无助的于孤立社会基层生活条件之下闯越到绝胜境界造成史实的！

《墨宝三绝》之一是《诗吟生肖十二品》，其二是百米《古国神牛画卷》，其三是《风云》二字的书法作品。由此三绝的三宝编织出的"金腰带"像被我赢得迎来在自己暮年的一抹迟到的诗意春辉！多么和谐、温馨、柔缓？我觉得婉似东昇的平湖秋月！然而，"皓月无幽意，清风有激情"。我毕竟通过舍生忘死赴汤蹈火的奋斗闯越过了险恶生活风浪而曲折地实现了自己的爱国主义目的了！

萧墅 著

云淡风轻

我创作的《诗吟生肖十二品》全部出版在中国邮政事业的邮票票面上了！此一胜也。

我创作在百米牛皮上的《古国神牛画卷》载入吉尼斯世界之最了！此二胜也。

我创作的《风云》二字的书法作品加盖上了世界许多国家领导人的印章了！我的这三件书画作品，都没有重复创作的条件了！因此说是当今书苑画坛上的《墨宝三绝》。

言至于此，我以拳击台上的拳王冠军作出比喻的写作出其上短文，实出于自己文笔的笨拙原因，除此还能怎么作出更恰当的表述，我深感手足无措了！就此引用歌词中的一句话写在这篇短文的最后吧——"做了就做啦"！"错了就错啦"。

我感到用许多歌中的歌词，或用许多电影故事的主题人物的经历借喻我的心思和经历，很有一致的感觉！所以，我经常在孤寂的陋室一个歌只唱其中一句歌词地联想自己不同历史时期处境的感受！自己过去经受过的一个意境又一个意境的真实感受竟被一首歌又一首歌的一句又一句歌词给概述出来了！

那么，我现在应该唱的两首歌中的两句歌词是什么呢？是《甜蜜的事业》插曲中唱道的——"我们的生活充满阳光"！在充满阳光的生活日子里，我回想起一首老歌儿，虽然忘掉了歌名，我却会唱出其中的那一句歌词，那一句歌词便是"我们坐在高高的谷堆旁边听妈妈讲那过去的事情"……

至于败于我手的拳击对立面的运动员是谁？就是那个在百事面前一无所有晃动着身子的虚影了！我于此尽全地借喻概述清楚了，所以再无须冗言下去啦！搁笔纸旁，待有所新感觉的时候再写作新篇章吧！今天，Bye－bye吧！

2003年2月9日黄昏前拟文 萧墅

命运之思的感怀

以爱国主义精神致爱国同胞兄弟

　　我弄不清楚是从何年何月何时开始的，世界各国人都呼唤起同一个问题号召说："人类要关注生态平衡！要保护动物！地球也有各种动物的生存权利！"甚至说："狼也不是人类过去说的那么可怕"等等有关与过去历史人类说法完全相反的宣传，在电视荧屏上的宣传节目有《人与自然》还有《探索》等等节目，其实，我很深感兴趣看这类电视节目！我甚至不厌重复的看有关动物世界的节目，我从中长了很多知识，通过联想而增长出各个方面的知识。我甚至这样想，人类而今这么关心爱护动物，我都想化作某种动物活在世界上，而且，我比动物要求还低，我不用得到关心爱护，而只要不受迫害就心满意足了！我决不伤害人类！只想简单的生活下去，还愿意为人类尽力作贡献！说到底，我这种想法在人类还没有像现在这么注重爱护动物世界之前就这么想！然而，我的六十多年生命历史实际上所遭受人类的迫害却不由我所想像中的希望！我则无力抗衡人类迫害我的力量，我只能像电影故事中的《白毛女》一样逃避躲闪黄世仁那样恶的人类摧害！我照样在没有人烟的深山里喊着"我不死，我要活"的话总算也活了过来啦！尤其是在文化大革命中人类喊着打倒一切牛鬼蛇神、扫除一切害人虫的时代，那些平时与我共处在一起的人类把脸一变对我却不如对一个低等动物宽待，我那时不过是个年轻人，我就在被折磨中逃命过流亡生活所至而没有了结婚生育儿女的机会了，直到文化大革命过去之后，我处在贫困中也没缓过来延续活到现在成了孤老头子啦！我这大半辈子就是这样心怀善意而却被人类折腾的死去活来，直到晚年的我——现在于文化艺术事业上虽然做出了《墨宝三绝》的贡献，而也没有得到人类的重视！我索性不求人类重视我的贡献了，只要人类在呼唤爱护动物世界的同时也不要再加害我就行了！——我毕竟是人类的同类——人！

　　然而，事实上不似我想的那么平稳，我在始终没有被吸收到社会专业团体组织的情况下，就是贡献出比团体组织里人们更有水平的成绩，还是遭人背后指骂——指骂我的人就是整治我的历史人类的阴影！其实，我从降生到世界上来之后不久父母就双亡了，我便沦为了开始受气挨打的孤儿了，我从受气挨打就没停下过越来越重的受罪！遭受挨打逃亡平反延续到现在接茬儿在阴影人物们的指骂下活着！我可以把对立我的人们比喻为爱国主义的大将廉颇！我就像有爱国智慧的蔺相如，同属爱国而我竟无故遭堵截！我真不知这场《将相和》的古戏什么时候才唱到"和"的结局上？唱吧！唱吧！我人反正也老的满口牙都掉光了！古人说的好——死去原知万事空！

2003年2月22日　诗人萧墅

尽在不言中的乐观心态

昨天，我请南国小友高旭东来我文苑帮我装修卧室，因此忙里偷闲写了一篇短文，名为《我之所思的感怀》，文章虽短，而却极有概意。就中引经据典摘录古人贤名留史的名字，对照着阐述出了自己从文六十余年的感怀，尤是于短文结束时提到自春秋战国历史时期，传留下来的《将相和》故事，我深有感慨！廉颇与蔺相如，一将一相本都是为爱共有的一个赵国，而廉颇竟然不能自解其愚的再三于上朝的路上挡道，以此误国的错误居功自傲，似这样自以为是的施强蛮做法看待蔺相如，而蔺相如却不急不燥的始终退让，廉颇终在误认中翻然醒悟过来了，于是负荆请罪促成了将相和的史情佳话留传至今。然而，在今天的社会生活里类似这样的故事却时有发生，我最深切体会到的就是自己被廉颇这样的爱国者的阻挡问题！我始终退让！我从少年退让退到了而今老了起来，而依然退避在自己的家中，但是，没有一个像廉颇式的人在自醒后到我面前说出自误爱国之罪的，却是始终沉迷于自以为是中极愚昧的活着呢！我虽被堵截在家中至老年未得出世，但是，我却在绕道躲避的做法过程中而没耽误了自己的爱国主义事业的进行，甚至创造出了比在朝的廉颇式的人物更大的爱国主义成就！我的成就不凭我于此自夸在口头上！谁若不相信，谁就亲自查阅社会上公允认可下的国家出版物吧！我坚信在查阅过程中必会走出盲目的误区发现我的爱国主义本质发展上创出的《墨宝三绝》的事业成就！当然不只限于《墨宝三绝》的盖世无双的三件翰墨国粹之作品，我出版于国内外的诗文书画作品集是相当可观的！我创作的《华天诗吟生肖十二品》就出版过九次专辑了！仅于2002年在香港出版的精装版本的《华天诗吟生肖十二品》专集，出版数量达三万册之重！从作品质量到出版质量两方面说来，自有公论！从报刊杂志对我历史业绩的刊发报导文章到《95·中国新闻人物》及《当代世界名人传》等史册性典籍书籍，皆概全记录出了有关我几十年的历史业绩！现在，我被廉颇式的一个又一个的社会各层面上的人们挡了将一辈子，我却学蔺相如退让绕道取得了爱国主义事业成就了，而今，挡或不挡我也无关紧要了！我太累了，我该歇一歇了！总之，《将相和》这场戏由古代唱到今天却没唱完——没唱到"和"字上！"廉颇呀——廉颇"你只管挡我的路，我只管学蔺相如退避绕道施展爱国主义文化作为！误认之错就错在你身上而与我无关！我对你只是深感爱莫能助！

我从幼年父母早逝之后就总碰上"廉颇"这样挡我路的一个连一个的人！他们把守在社会的各条路口上挡住我，我无可奈何！我在家庭中如此，在小学、中学、中专、工厂、单位、边疆兵团，又转回北京任教于北京艺术设计院的中年时代还是如此！我这多半辈子绕道而行的历史发展，虽在社会职位上如百姓在原地踏步没有区别，而在智能和事业成就的实力表现上却远超过了在各个社会路口挡我发展的人们——"廉颇"呀！你虽忠心耿耿的爱国而在挡我的具体做法上却是害了误国的大病啦！然而，我不但不恨你，我却觉得你幼稚的很可爱！我知道你不会挡别人前进的路，因为别人没有我这么大的胆识才略！不过，史实证明：你没挡住我爱国志向的发挥！我的目的不是争地位！我的目的是保卫建设祖国家园，以及做出先行与国际人文事业接轨的成就，除此之外，我还求什么？无求了！

明着挡、暗着挡，找点歪理邪说挡我难道不累吗？累了多半辈子之后的你自己的事业成就呢？我一点儿也没看见，因为《当代世界名人传》上没记录下你的历史成就事实！我却在《95·中国新闻人物》一书的645页－648页文字中就出现在社会上了！从2001年8月28日的《人民日报》到2002年5月24日的《文艺报》和同年12月7日的《澳洲日报》，又以最近期报导而报导了有关我的历史业绩了！《文艺报》的选题是《萧墅：从孤儿到文化名人》！这篇摄影文学报导的标题拟定的令我十分满意，因为"从孤儿到文化名人"一语便概述清楚了我的整个人生历史啦！我得此公允认可的评价之后就什么也不缺了！其下，一切也就不言而喻了！虽然说人生要白明于天下，而却也不必全说到位，因为聪明读者很多，所以，大体说来皆可尽在不言中……

2003年2月23日 诗人萧墅

我这个排在《当代世界名人传》上的人，自知表面样子不像，但是在成就事实上说来似乎不差分毫！不过有无数人穿着打扮比我胜强百倍，然而，无论在思考问题方面，还是在口头表达问题作解释的语言能力方面说来，更深一层的说在应用文字表述能力方面简直就是一无所能！可是这类人还在轻蔑我！我真的在才华上不如他们吗？不！他们比我差得远啦！这情况令我在实际接触过程中深感可笑！我暗笑人们的这种满足于表面辉煌的自以为是！

一个数学新体系——《泛协素谱系》

韩磊、萧墅在1989年11月8日《中国人才报》撰文，首次公布了他们经过15年研究，发现一个数学新体系——《泛协素谱系》的有关情况。《泛协素谱系》是作者对素数内涵机理做本原性探索所获其运行机制的信息基础上，以揭列积分∫Ⅰi形式制成DZ亮标图谱，确定它的咨敏特性并推出素数第二定义。其功能是：（1）利用它的全维禀协高预测功能可能通过极简捷的运算直接提取任一个或连续个大素数。以最大优势取代梅森2^p-1的求素公式，完全弥补梅森式愈到后期遗漏素位愈多的不可避免的弱点，从而成为制造密码工作上最理想的密钥之源。（2）利用它从机理组合上给出的场π周基、倒素兑势原理，恰当解释π值伸推深演的无穷界，为宇宙四个基本力的几何描述给出超级线理论的背景基据。（3）它是描述宇宙四级理论观、四维宇宙座标及给出爱因斯坦提出的统一场理论的背景嵌据。（4）是"三论"和新"三论"的直接背景。（5）是经络、周易、人体科学、生命科学、脑科学、酿符学（紊乱学）、神经数理学的理论基始框架的引源。（6）是天文星协说的磁基折纲，是乘巨庆星象对应图理论、星系碰撞理论、讯号超光速、宇宙暗物质、信息本质、时间本质、大脑四极磁波阵、宇称、磁称诸学说的相应背景嵌据。等等。

萧墅 著

云淡风轻

- 2003年的"三八妇女节"的纪实文字
- 雪夜春潮醉卧陋室随笔
- 手稿笔迹补遗的感思
- 这篇文字稿是我手创写下的文学艺术品
- 诗溉春秋山野居

2003年的"三八妇女节"的纪实文字

　　我必须而且有能力也有把握的创建成自己与每个人相处的和谐局面！因为这件事情是极难做到的事情，然而，我认为极难做到而还能做到成功地步，这样才能显现出真理价值！欲达成功目的，唯一必须首先做到经常不断进行自我检查——自检即自我批评和相应的修正自己与别人的对话语言、对话心态及接触方式，如此必可找到适应别人而不发生对立语言情绪的表现形式！如果不从自检开始的严格自加修正语言、心态、风范，若相反的一味责难别人则不但没有和谐相处局面的结果，而且在不可避免的对话冲突中使双方心灵都受到伤害！人的生命是有限的！因此，我必须消除在有限生命时光中的不愉快事情的发生，怎样消除？首先自检，其下遇有不快情况发生立即积极主动扭转势态，回避和改变自己与别人的接触语言方式或行为模式，同时强化自己内心世界的心态！并且相继向别人作出文明文化的解释以缓和僵化局面，把矛盾消灭在萌芽状态下！做人为什么要这样做呢？因为自己相对一切人说来永远是弱小的！别人对我而产生的强大自以为是的心态是随时不可避免的！这个盲目的认识古往今来如此！因此，我必须相对别人以示弱做法表现出自己内心强大的容人之量！只有注重精神世界的富有和强大，始可令貌似强大而内心空虚的人在震惊之下心态平静下来！同时始有向和谐相处局面发展过来！为此，我必须以毅力压迫自身非毅力的本能行为，以毅力和耐力实现创造自己与一切人相处的和谐局面的意志！今天是不同往日的"三八"妇女节，我在这个特殊日子里提出这个特殊问题的原因是什么呢？正是因为男人不可避免与女人有接触关系！尤其是在家庭之中，男人与女人不可避免的接触过程里最关键的就是接触局面问题！无疑，谁也愿意是和谐的而反对冲突僵化局面的出现，但是，真诚希望和谐美好局面，我认为必须首先从男人做起，必须和女人显示出男人内心世界的强大容人之量！为了显

萧墅 著

云淡风轻

示内心的强大的唯一举措就是在接触局面上示弱！直到女人发现了男人在局面上的示弱正是内心容人之量强大起来的时候，那时就是男人创造自己与别人相处和谐局面的成功！其实，我论证的这层逻辑理由已不限于家庭丈夫与妻子之间的相处局面了，而自己与社会一切男人或女人们的一切接触场合关系，自己必须在每个场合都要取得这种做人的成功——胜利！胜利必须归属于男人！男人是无产者！唯有无产者男人决不重视经济表面一切损失而甘心示弱，而甘心示弱的目的就是为了实现内心世界的无比强大的无产者的容人之量！但是，无产者男人决不引用"资产者"这个字眼去直面指责一切人们！因为资产者本质的人们不接受这个字眼落在自己头上，一旦为这个字眼首先争论起来就不利于和谐局面的创造成功了，无产者男人必须在这一点上特别要明智！所以，我在诗句中这样表述："我咬断自己的舌头！让疼痛使我忘掉寂寞，把想要说的话暂放心窝，用自己的血浆使喉咙不再干涩。"因此，无产者男人以斗争的毅力和忍让的耐力实现创造自己与别人相处和谐局面的意志目的，就必须把想要说的话暂放心窝！从而表现出内心世界强大的容人之量的内涵远谋！我正是这样在自检中胜利走过了几十年生命历程的！

资产者太在乎别人对它的表面指责说法了，也太在乎别人在形式表面上对它的约束了，我不在乎！因为，我是无产者男人！我出生入死被别人颠来倒去的活了下来正是因为内心世界里储存有强大的容人之量！我不断深入自我检查的自我批评工作，几十年不断写作自我批评的文字文章！以不断写作文字表现自己的内心毅力、耐力和意志！目的就是创造自己与一切人相处的和谐局面！从辩证角度观察我的言行就会发现，我在创造自己与一切人的和谐相处关系的事业上已经非常成功地实现了自己的目的啦！

你们大家由表及里的看一看我的历史吧！我人的历史业绩能载入到共和国出版的《当代世界名人传》书上正好证明我团结了全国家人的主流方面的这个无可厚非的现实！这便是我与多数人建立和谐相处关系的成功现实！我一个人而能团结全国人主流方面这么多的人该是何等不容易？我深知太困难了！然而，我成功地创造出了和谐团结关系的奇迹！《当代世界名人传》一书能录选我人的历史业绩就是最可靠的证明之证据！我在自己的小家庭中同样如此！我在20年中与自己妻子相处总发生矛盾冲突，但是，我总是忍让和千方百计的创造和谐气氛，不过，太艰难了！不但花用了大量经济力量，也耗费了煞费苦心的语言说服工作力量，但是，都不能彻底实现和谐相处关系的目的！然而，我不急不燥，耐心容让退避三舍而尽量不加指责，然而依然无效！因此，我决定以更大的强化自我批评兼退让的思想举措以显示自己强大的内在力量！我坚信自己创造家庭中的和谐相处目的必能胜利实现！因为，我将越来越狠地对自己实行全面严格约束！深入孤独而向文化进军！以探索文化充占时间来代替不和谐关系的表现形式！我以此自救的同时回避向我冲突而来的一切家庭成员！我在过去几十年历史中正是以此彻底严酷自拘回避文化大革命社会大家庭矛盾而创造出今天在国家中这个胜利局面的！我能在极度艰难中不死的活到今天正是由于自己做到了——我以毅力压迫自身非毅力的本能行为！我才有今天的大举成功做人的胜利！《萧墅：从孤儿到文化名人》这个报纸上的大标题，就是《文艺报》于去年2002年5月24日在报导文章中对我几十年做人的准确概述评价！《异才出手，文冠大千》的标题就是《人民日报》于2001年8月28日文章报导中对我的评价！《知识渊博，风格独特，才华横溢》的标题就是海外《澳洲日报》于2002年12月7日报导文章中对我的国际公允认可的文章评价！我几十年做人的成功主要是靠自己面对一切人都取温、良、恭、俭、让的做人自拘的做法！我决不与任何人在生活表面上于政治上或经济上的自力更生的下苦功夫！因为，我清晰准确地看明白了一点，即身外之物的一切都对自己立足于世界文林皆无推进作用！最根本的是需要有在人海中间无敌的知识力量！所以，我不顾牺牲损失一切身外之物的向智力发展投资——投资的资本内容是什么？是忍饥挨饿行万里路、读万卷书！读什么书？就读生活里到处易见的马列主义书！因为马列主义的书包罗有古今中外经典文、史、哲学术内容，而且因为马列主义的书随处可见便可不花费金钱就能得以借用一读，我在几十年来能够向一切人们表述出丰厚而全面的科学、文化、艺术知识的原因，就在于是从读阅马列主义书的索引、注解、注释知识宝库而得来的！我当然也就更注重阅读原文了！读书是读书人越来越深感兴趣的一件事！写笔记也同样如此，越写越爱写读书心得笔记的原因正是由于能不断深化发现新理论问题——新发现是永远写作不完的文字！我保存下来几十年的读书笔记，历经几十年之后，不但自己更深感兴趣复读，而且别人看到保存下来的笔记也深有读阅兴致，可见，人们在追索往事的现实中我的哲学笔记对人们起了促进读书的作用！我是这样在无意中走到了向人们推荐深读马列主义书的一点作用，而且，我笔记中的马列主义原文摘录的都是经典段落！我个人熟读程度表现给别人听的时候，我几

萧墅 著

云淡风轻

乎全能背诵出来这一点也能激发别人重视的心情，许多青年人就在我身先立行的读书表现影响下，都更加注重读阅文、史、哲书籍了，我看年轻人们比我聪明，比我更有读书收获，我为之暗中为青年人们贺喜！为中国总有大批肯读书求进取的人们而高兴！我想，如此中国文化才会大有前途！我则不赞成文化会出现断层的消极论调！中国和中国文化人是大有希望的！未来是美好的！我们的生活充满阳光……

2003年3月8日这一天，晨起不多时，我的画家妻子又一次和20年当中的表现一样——她又开始励声励色的教训我了！我不得不立刻回避她——赵磊。她从早晨到深夜也没能见到我的身影，我到哪里去了呢？我到北京医院去探望东北省厅于利人老朋友去了！这位做市省厅领导工作的老朋友见到我十分高兴，他把自己写作出版的《我的回忆》一书送给了我，而且相处一天时间都是在和谐友好气氛中渡过的，直到晚间十一点钟，于老吩咐司机并亲自陪同我把我送回了萧墅文苑！我就此在自己的文苑以个人出版物回敬了他，而后虽深感疲倦却还是以毅力支配自己写作下了此篇文字！我想，我这篇文字无论给谁读阅也会驱使人想到我的善意和我内心世界的容量如何！我渴望别人理解我，我并非软弱，我只是爱好和平！同时，我希望努力发展文治之路！

于利人老朋友深懂我这思怀，"三八"节这一天他还有许多没见过我的朋友和青年人，大家从最初与我的陌生渐而喜欢同我交谈起来，人们向我表示说："我们还要单独的拜访您，因为在海内外见过许多才子文人却没有您表现的这么精彩！"下次见面要多占用些交谈时间，我一一应允了。我和大家分别时便亲笔在于利人老友的书上题写下了《无题贺咏》的数行诗，就此短文不妨复录于下以纪实并作为本篇文字的结尾，请朋友们读罢给以善意帮助的文思指正吧！

> 于今文叟曾磨难，历尽天机修此身。
> 人伦当重索真果，孙山有落不动心。
> 启明自醒苍海界，华彩诗章总谙云。
> 贺兰山客抒橡笔，句势横空惊宇神。

诗人萧墅于芍药居陋室记

雪夜春潮醉卧陋室随笔

有一件事在迫使我进步，迫使我写作文稿的多方面水平表现在飞跃的提高！从认真性方面说来首先要把字迹写清楚，为此就要有毅力的一笔一划的写字，决不敢潦草。为此还要把每句话写通顺的表述明白自己要表达的话意，就在写作文稿这件事情上说起来，就要严明的要求自己必须有毅力，必须有耐力和有深远思考的意志！就来当一名具有十分全面思想才智修养的文章作者决不是一件简单的事情！然而，我都能十分认真的做到！因为，我如果有一点做不到而造成的后果便是要被打字员把原稿给打错了，其后，我如果还不耐心细心的检阅打印出的铅字稿件，若是认为全打印好了便放心的复印就会造成多方面的浪费情况！浪费金钱、浪费纸张、浪费掉大量的时间，一旦更粗心的把打印错误很多的稿件传阅出去所造成的问题就更不堪设想了。因此，我深感打字员在迫使我进步！迫使我全面提高着各个方面的人格表现水平的提高！然而，我从没有责难过打字员，相反，我不断在作自我批评和严格要求自己在各个方面水平的提高！从实际上说来这也是做人的基本素质修养！我在几十年里始终认为自己生活在大众之中彻底没有必要指责别人的活着！而却要极不放任自己的严格进行自我约束！我百分之百的赞同古人曾子所说所做的"每日三省吾身"的思想举措！我也是在自己写作的诗篇中主张"责己严明宽待人"。我固守在温、良、恭、俭、让的思想作风的生活原则上一丝不苟的活到了年近古稀的而今，我不改初衷！我一如既往，我既不听别人对我说奉承的美言美语，我也不理睬贬低和诋毁我的流言蜚语。哪怕是天灾人祸横压在我身上的一切颠倒看待的对我非理制裁，我也全然不反抗！因为，我深知压迫我的人和被压迫下的我终归都会死去！谁也不可能永久在这个世界上长生不老的活下去！我在几十年里遭受过冤枉颠倒的情况太多太多了，我却也活过来了！而且，我活得很好！好就好在比所有陷害过我的人们在科学、文化、艺术方面都有公允认可的事业成就！而且，我的历史业绩被选录在《当代世界名人传》史记书上了！我活得很知足！我深感毫无必要对一切信口诋毁过我的人进行报复，我的事业成就如此大的情况难免招惹出流言蜚语的诋毁之词，我深感应该让那些诋毁我的人们出几口气儿！我想，倘因为骂我而能长寿，我宁愿挨想长寿的人们骂几句不顺耳的话，没关系，算不了什么大事儿。我越来越深感自己几十年来在社会生活中的想法和做法虽然又笨又傻又软弱而却深含妙韵！妙就妙在把斗气儿的时间全用在我埋头学习科学、文化、艺术知识上了！结果，我终于等到了水落石出的今天啦——您看，我现在活的相当不错啦！我虽然在被整治被颠倒被冤枉的年代里耽误了建立婚姻家庭，我虽然无儿无女在全盘无助的险恶生活风浪里闯了过来，我在中年的时候却与一位离婚后带着儿子的女画家赵磊结合成为一家人了。我想，亲生儿子与养子能有多么大区别？我认为没有区别！古人早有先见之明的说"死去原知万事空"，人在一生中来去赤条条，所以，我决不贪想在人生的洪流中捞任何所谓的便宜！为民族尽天职责任义务便不必在这过程中贪占享受什么幸福啦！为子女花费的培养费又怎能从子女身上赚回来呢？我连经济物质和人情尽全白手奉赠而决不再讨还啦！为此，我为赵磊母子及其孙女三代人各奉赠一套住房，甚至给她们三代人留下了基本的抚养费，我在完成为赵磊三代人的抚养义务责任之后，我才创建下我的萧墅文苑。现在，我就独自生活在我的萧墅文苑中！我在自己的文苑陋室案头上每天都是十分从容地做些力所能及的人文史生活的小事情，悠悠岁月，流年似水。我想自己这辈子不过如此了。我不言幸福也不说受委屈，更不计较得失。我对生活中出现了向我而来的矛盾问题也决不烦躁！因为，我志在回避人生一切矛盾问题！我是怎样回避呢？我采取一不争辩，二不上法厅告状，三是以走为上的躲闪开一切生性好斗的人们！因为，我没有那份闲情逸致！我想倘若在人群里如果被挤的活不下去了就深入不会说话的树林中活个几十年。我决不是空言此举，我少年时候就因为受封建家庭粗暴排挤而出走过，我青年时期又因单位文化大革命盲目政治排挤而逃离单位闯入了沙漠。几十年苦难重重，我都以彻底回避的方式与强大盲目势力决裂开来独立自主的活过来了！我有此独立生活而不与人们发生矛盾的经验，所以，我在与女画家赵磊及其儿子结合成一家人之后完成抚养义务责任下，我为了回避家庭矛盾便创建下了萧墅文苑这一处孤独生活的家园！我把这座纯属于自己的家园就建立在京畿芍药居一处的住所里，我就此冥安的了渡残生——无恨、无悔、无悲、无欢、无惧、无逞的座化天下。

安哉善哉之文苑我！

岁在癸未年仲春即公元2003年3月10日通宵达旦醉笔朦胧修此短文于时一笑书屋。

此时间本已春起季节，古人有云"烟花三月下扬州"。不料尚有雪从天降于3月10日早晨，而且渐而似雪非雨的天气连至3月11日不见晴空，这情景令我回忆起十年前在扬州小住的往事，当年和今日的时令气象颇为近似，而且当年南国三月天降奇雪比今日北国三月的雪情还大！我记得，当年于扬州即情题诗于石壁上写道：

无题

梨花催得梅花落，二月扬州白絮飞。

朔方诗客探知己，归来鹅毛代拂尘。

今于北国自家文苑又见三月飞雪之奇景，我何不就此异象再占小诗于此，以诗纪实于下无须过慎斟酌也！

凌落梨花瓣，飘然似旧情。

十年两即景，鬓发走银龙。

遥相当年于南国扬州身边有妻子赵磊在场，她一路笔不离手的画尽了扬州风情小品收藏在手，转年便将许多收藏品于韩国汉城举办画展时都陈列在展厅上，十分受各国宾友们的喜爱！我至今也为这样一位出生在江南的中国女画家在国际上创有辉煌的艺术发展成就而深加赞佩！她孤儿寡母跟我结合成一家人也十分不容易，我说她之所以有响亮的事业成就，正是因为她有极强的个性所致！然而，她的个性表现在生活上却使我难以承受，但是，我不反抗！不过，我必须逃避开她永远抑制不住的个性表现！所以，我不得不另辟文苑深入孤独求存的活着和工作。我以此作为对她的尊重！我只能如此，我在对她劝善的说服工作方面深感爱莫能助！然而，我的文苑决不会拒绝这样一位有才的女画家偶然的来访，我的文苑对一切善意心胸的人大门永远是

萧墅 著

云淡风轻

235

敞开的。我悟出以下一个道理，即欲做完人唯有深入孤独求存的王国活在与人与事无争的时空里。史实证明自己实现了这一理念。

诗天过客 萧墅

手稿笔迹补遗的感思

我静观苍茫人海而发现不是自己与众不同，却是众人与我不同，不同之处在于人们不满足所得而更不认可所失，我则在深知自己必有所失之下认可的满足我平生之所得到的这一点灵魂感知到的快味！为此，我活得很轻松而决无一丝累的感觉，所以，我在得到人生快味的同时对所失去的一切毫无遗憾！我在汪洋人海之中六十多年以来的时光里自己所得到的是什么呢？自己所失去的又是些什么呢？我当然一清二楚！我得到的快味只是两个字概述就能准确卜来的"清醒"！我失去的是为获得清醒而认可丢弃掉的人生天伦情乐所包含的一切享有内容！如此当然很苦，但是，我认可深入这种苦涩的人生境界中去也正是清醒获得到己身的同时，清醒令我认可以苦行终地渡过来去无牵挂的一生。来去无牵挂的过日子当然会倍感精神轻松！不过，由于这种苦涩的人生境界除我之外而没有其他人们肯深入进来，我肯深入便自然地脱离开了拥挤在一起的人们的群体了，那么，我孤独地走自己的人生之路当然会在无参照物对比的情况下而活的放松！所以，我在流年似水的生活中不思光阴荏苒的飘飘乎乎的活到了年近古稀的暮年。此时此刻，我回想到曾在荣宝斋字画店大堂里看到有启功先生写作出售挂出陈在墙上的一幅对联，我拼命读了几十遍把那幅对联写道的字句背读下来了，我至今清晰记得其上下两联字句写道："莫名其妙从前事，聊剩于无现在身"。我据此推想启功先生竟然以其所写对联字句内容为我几十年生活思想境界作出了极准确而概括的总结啦！我深感得来全不费功夫！我在幸甚之余便提笔在启功先生的联句下补写了两句话的写道："回首岂顾花繁茂，觑止梢头看小虫"。说来这件事情已是距今七年前的一件趣谈轶事了。今天，我在自家文苑的陋室案头上回味往事，不知不觉又是一夜未眠，2003年的"三八"妇女节已过去了三天时间，我在昨天清晨写作的一篇文字稿已交给关玮给打字去了，看来这篇文字又已写成功，我想一并请关玮给打印出来，但是深思之下认为不如把此篇原稿手迹复印在前之打字稿件的下面空白纸上，因为打印出的铅字稿不能体现出我的文思笔质精神，只有原稿手书字句文字痕迹才能令读者看出我的文学功力和书法功力呢！于是就决定如此了。我着实也有必要这样做事情，因为人们根本不具有我的文才功力及毅力耐力和意志，而却还经常以轻蔑我的气态面对我，我也只好以此文思功力和书法功力的毅力耐力意志表现面对一切轻狂之人亮个相啦！来来来！笔纸就在这里请也文不加点的写一篇文章试一试看个结果！我料定没有能追及上我这番功夫的人！以至于我笔到诗成佳句的诗才就会更令人们深感望尘莫及了！我具有的得天独厚的才智便是在认可所失人生天伦之乐的一切而获得到的这一点象征性的人生快味……

哈哈哈哈！2003年3月11日凌晨写作于时一笑书屋。

哲理诗人 萧墅

这篇文字稿是我手创写下的文学艺术品

　　我在洁白无格的纸上能写出比电脑打字更精美的文字稿件，我以此惊人的形式美感令世人赏心悦目，而且还能令观赏者们皆都刮目嗤舌的自加认定望尘莫及、决难仿效！我不仅在书写文字的字迹上有人皆无法比及的功力、毅力、耐力、认真性表现的天才能力给世人以震惊！我，尤其是在写作出的文学语言表述的深刻性上，更能体现出无人能比及的特点！我富于揭示真理的既辩证又深含哲理的风趣精彩的文句，极充分体现出的哲理思想魅力读者心中有数！我表述出来形成在纸面上的文字语言的力度令否认者哑口，令持反对见解者无可厚非，令一切敌视我的人们束手无策！我言至于此不必再深加强调了，我笔到诗成的天赋早已惊憾了大批有识之士啦！我的天赋诗才文功表现来源于行万里路和读万卷书及不断进行文不加点的认真进行文章写作实践！在这几个方面说来，除我与生俱来的具备了得天独厚的条件之外，别人是没有这些方面条件的！譬如：我从三岁失去父母双亲之后就陷入了全面无助的困惑条件中侥幸活到现在六十多年的这个情况，别人是不会有此天灾人祸之磨练机会的！另外，我曾闯入沙漠步行数万里路而没有死于火海的历史过程别人是不可能遭遇到的！我由于有这样的人生经历得到了大自然的洗礼，而在年近古稀的现在精力比年轻人还充沛，这能不是得天独厚的造化吗？我师造化于大自然的六十多年来，在流亡生活中从社会各层面的人们中直接感受得来的全面丰富真理知识的基奠，其强度相对各个单项知识领域的任何个人说来怎么能抵挡的住我的能力力度表现呢？因此，我才有胆识的著写出版了《戈壁归来人》这册史料书，而且，我才有胆识地在这册书的最前页发表出了自己具有真实生活历史磨难感受的《无敌者自白》的诗篇！

　　社会上人们的著书热与我无关！我与人们或说人们与我不必相提并论！生活历史状况大有天壤之别，从形式表面到从本质上说来，我的才智始终没

萧墅 著

云淡风轻

有机会同人们在一起发展着，说是被埋没也行，说是被列入社会组织形式编外也可。总之，我像是生长在广茂原野上的一株中国版图上的小草似的。它当然比温室中生长起来的一切植株都强壮！天理人情就是这样！不用更深的表述就能说明这个对比道理。我这大半生在史实的造就下，必然是无一丝含糊的只能凭着真正彻底独立自主和自力更生活下来，我渴望和人们凑近些却都重遭排斥！就是离开人们很远也照样遭人们中不少位哥们儿无端的指骂！不过！我能忍、能耐，善于回避各种各样的矛盾，这样才逐渐的于无声处听不到惊雷之声了。但是，我按照"远来的和尚会唸经"的经验悄悄的在陌生人群里求事业发展！我这一招成功了，大大的成功了，从国内到国外悄然的取得了成功的辉煌事业发展成就！谁若不相信我说的以上那么一大篇话就可翻阅历史资料查看一番，我在这里给诸位提出线索，请查阅《当代世界名人传》（中国卷）32页和463页，再查阅《95·中国新闻人物》一书445页至448页的纪实文章，还可查阅《中国当代名人大典》一书的第482页；除此之外在国内外的报刊杂志上都能查阅到我人的历史业绩和照片拍下的史实资料。其中最有意思的是《文艺报》在2002年5月24日以摄影文学报导形式用整片篇幅对我作出的史实业绩的报导，其拟用的大型黑体字的标题最明确，《萧甡：从孤儿到文化名人》这个标题一语就概述出了我六十多年的全部历史情况了。我说，这家报刊记者头脑很透亮！

其实，我的本事不过如此，纯属被迫翻来覆去的以写这些似乎重复的文字解闷儿，不然，我真的无事可做了！我这大半辈子本来甘愿忠心耿耿的在别人挥下做点小事儿，而别人都向我摇头摆手的连说不敢、不敢、不敢用您这份大才！于是，我就闲暇起来的用笔在白纸上没日没夜的写作诗文自谴，我有意无意地练成了无敌神功而震惊了天下的文人墨客，我所谓的"无敌神功"表现有以下特点：（一）卷面整洁漂亮，几乎没错别字，而只用白纸不用格纸却写出惊人的形式美感效果的文章，这一点是无数文人们做不到的！不信试一试！（二）是文词造句引经据典丰富讲究且笔到诗成佳句连篇的文功与古人相比有过之而无不及。（三）是在哲理性的表述功能方面尤显在文、史、哲知识领域具有深刻造诣！然而，我依旧力求精益求精！没结没完的写作就表现出了精益求精的精神，我把写作文字当成创作艺术品来认真加工！我的生活也是这样爱干净爱整洁而反对拖泥带水的过日子！我不求豪华而力求俭朴！我重视的格言是"温不增华，寒不减叶"。

我想，我把自己的这种综合人文主义精神的文学艺术品创作出来之后，无论传到谁手谁都会深感受益！同时，谁也都会深感望尘莫及！我很自信！别人爱信不信！

2003年3月12日星期三萧墅拟文

萧墅　著

云淡风轻

诗溉春秋山野居

我自知已发展到了使友人们对我才思深感望尘莫及的地步啦！而且，我给友人们留下的这个印象不是空洞的，而是有大量的出版物替我现身说法面世在社会生活中与人们产生了接触关系。不论直接或间接的接触关系，我的才智表现都处于领先地位！甚至在同代人们中间这种领先地位已成为无改的历史痕迹了。我现在是六十多岁的一名中国传统文化人，在传统国粹文化领域中，我的诗文尤见其长，随之是书法和国画的超然表现形成的作品，不但得到了海内外有识之士的人们公允认可的给以了大量出版的机会，而且有具体的三件书画作品从实质上来说，已成为不会有二的唯一当代传世的墨宝啦！我创作的这三件书画作品（一）《风云》二字的书法作品，因为在我这幅书法作品的空白处宣纸上加盖了许多国家显赫风云人物的印章啦！这样一来别位书法家的作品不可能重得二次机会，我的这件作品因此而就成为唯一可宝贵的翰墨珍品了！算是我从事书法文化活动的幸运吧！如此造成的结果只能是无可厚非的史实。（二）百米《古国神牛画卷》载入了大世界吉尼斯之最被列为当代国画巨作，这结果也不是以我个人意志为转移的领先艺术作品地位的现实，而是世界性公允认可的结论，也算是我从事中国画事业的幸运吧！总之，我这件作品在当代同行中取得领先地位的史实是无改啦！（三）《华天诗吟生肖十二品》，我这十二件作品在创作成功之后，不但以精装版本出版了三万册画集，而且被中国邮政选印在邮票的票面上了，这种以邮票形式与国际接轨的现实，怎能不是我作品必然传世的领先幸运呢？因此，我说我是中国当代的幸运艺术家——是创有《墨宝三绝》的中国当代的幸运艺术家。

然而，我的幸运不是偶然的！而是必然的结果！之所以成为必然的结果，就是因为事业发展阻碍力太强大了的缘故！所以，不得不向国际世界冲刺扩大自己文化艺术品格的影响！不然，我被拒之中国美术家大门之外，被拒之在中国书法家大门之外，被拒之在中国作家大门之外的等等情况就没有前途可争取了，我身怀爱祖国爱民族的科学、文化、艺术才智怎能甘心在埋没中不去自加奋拔呢？因此，我虽身处于在野领域中发展事业，而却不得不从事业成就上取得超越性成就！尽管如此实现了自己这个奋斗目的啦，而仍然没得到社会各个方面宣传机构从民族大义的公正心态上的关注！然而，我并不为此心灰意冷，因为，我深知这情形正是造就在野才人将产生更大才智贡献给国家民族大众的哲学规律！就此却也无须乎深加引论，因为幸运的快味是相对艰难而产生出来的！这个对立统一规律古往今来是永恒不变的唯一真理！不然形式主义者们就一点面子上的光辉也就没有了！所以，申明大义的在野文人之我以温、良、恭、俭、让的思魂姿态决不在一切表面荣光上争抢名位！我六十多年都忍让过来了，而且在忍让中还创立下了独一无二的《墨宝三绝》作品留给了国家民族大众，更何况自己在年近古稀的这个时候，我还能有什么非分之想的奢求，一切困惑人的难题在我面前烟消云散了！我只把自己要绽放的童年心室中的七彩光送到深远的历史中去罢！现在，我该安度在晚年的这段有限的生命时光中啦！朋友们：Bye—bye！

　　但是，我设立的"萧墅文苑"的大门，永远对热爱探索真理学术的人们是敞开的！

　　我的文苑虽然是简陋的蜗宇，而坐落在诗苑芍药居这块翰氤芳菲的土壤环境里却是十分优雅的！也可以说古韵十足，我把这里的春、夏、秋、冬以四句话统一在五言小诗中作出了概述的描写，我诗咏于下：

　　　　春来芳草碧，夏至清菡香，秋分五色土，冬雪竞华章。

　　芍药居园林公园有山有水有古迹真美；我设立在芍药居的"萧墅文苑"可谓小中见大尤有古风的显现出了室内也有自然山水风光，更加配设的几件古典家具在室内相衬托于一起，金石书画合以中华藏书数卷伴我诗思聊斋，我已深感自慰平生了。正所谓"聊避风雨竹林栖，无缘骥尾论东西，三生有幸孙山落，笑伴诗书拆哑谜。"我虽然老体虚弱于榻上，但心志未衰，时一笑书屋中常将楚之屈子所云"望崦嵫而勿迫，吾将上下而求索"的话借以自勉，而终日运笔修文，今于癸未仲春即2003年3月13日又记下此篇短文，我想，待来客有至之时以之代为示怀可免费中气而达自行修身养性之功也……

我历来主张在人与人两者之间的对话用交换各自写作的文字代替口头语言！不然说的口干舌燥也难免化为废话！我从现实生活现象上深有体察的看明白了这一点，请看世界上如此多的人都在说话，各自认为自己说出口的话十分重要，然而又有谁能把自己重要的口头语言表达的声音广传于世上呢？至于永久保留下来制作成录音带是可以奏效的！但是，又能有多少人收听呢？因此众所纷纭的口头话汇集起来就如同没有思想意识的海潮起落发出的声响一样，毫无具体对话交流思想的价值意义！唯有在人与人两者之间进行文字交换的思想语言的声明形式最有积极科学作用和意义！所以，人活在世界上（一）要有思想思考能力，（二）要有口头语言生动的表达能力，（三）要有应用文字表述自己思想和口头语言的书写文章的最富有作用意义的能力！方可体现出作人在社会中的人权地位！我在这三方面已然尽全地实现了做人的生活目的啦！为了使自己思考成熟的内容不被遗忘的作废而尽量采取文字表述方式！当然还有艺术语言表述方式，如书画、乐曲、人的身形动态以及眼神或脸色等等，但是最先进而科学又清晰且准确的语言只能是文字表述在纸面上的语言体现。

　　因此，我采取写作诗文的生活方式表述自己的历史和对历史的见闻思想感受，我认真的写作诗文，因此在长年历史中练就了书写能力，也练就了文字表述的语言能力，还练出了做人的毅力、耐力、意志！所以，我能以书写文字的形式美和表述出的思想语言美的精神感受给读者！令心情燥狂的人尤感惊绝！因为心浮气燥的人们决无能力如我一样写作出文字精美的文章，再提到笔落诗成佳句的文字语言表述功力问题去检阅一下众人，只恐没有人能达到笔到诗成佳作的天赋！说及到这个具体问题用不着争辩，只须与我同时提笔落墨于纸上相竞一试便有分晓！无论从书写能力水平来说，还是从落笔诗成佳作而言，全面做到精绝地步，正如冰冻三尺非一日之寒所说的一样，中国人这么多，我却没有见到有谁肯下我这番文功的！而人人都在不怕口干舌燥的说呀、说啊，说出的话词不达意便哭笑无常的表演面部情感或作手势。我看着不少人在电视屏幕上这样出现深感可笑又同情！但是，我又想，人们为什么在平时不认真学习祖先给大家留下的文化呢？这就令人深感爱莫能助啦！然而，人们口语的粗俗从人们的衣冠方面说来是看不出来的，乍听上三言五语也是听不出来的，千万可别说多了，话一渐多的时候就没词儿啦！所以，经常会出现这样一句口头语，即自问地说："应该怎么说呢？"

天晓得应该怎么说！有了面众讲话的机会和权利而却面众自问"这话应该怎么说呢？"全然暴露出了在语言学上不过关，在生活经验阅历上的不成熟，然而却决不放弃面众表现个人的机会而不怕寒碜！我在社会生活环境里活了大半辈子则不然，我衣着朴素，貌不惊人，也没有机会登台面众亮相，当然不会与众人混个脸儿熟！然而，我却在说话和写作文字的能力表现上认真地做了超人！首先说，我在一页连一页的无格白纸上一笔一划写数万字的文章之功力！这要用眼力、书写功力、体力和心性耐力，坚持作业的毅力，滋长深入生活的阅历，探索文化艺术的才力，思想哲学认识论的强力！试问：谁肯在这么多方面下苦功夫追求呢？我想，人们忙碌在谋职求生等等繁重琐碎的生活事情中谁也无余力专心强化以上若干方面功力的自加造就。我则不然，我这大半辈子无人重用，我无事可做，我始有时间机会和简便条件在文、史、哲诸多方面苦心追求、学用和再造探索！结果形成了无为的于另个极端上的有为之成就了。在形成于我身心当中的这番功能成就的六十多年过程中究竟怎样苦不堪言？我深知而人们不可能体会到！因为谁也没有经历我所经历的那种实践过程，由于人们没有经历过我经历的历险过程，所以，我说出来或写出文字来人们也不会相信，而只能看我文功表现力的特殊反应而惊叹！因此，我不再用我的经历去说服人们，我只做不求人们相信也不求人们承认的高才文人也就足够了。我言至于此，其实在自信中还是有必要说到六十多年的苦衷，不然就太憋屈自己了，反正也无事可做！只当是解闷儿，从容不迫的写作下去，六十年生活变迁的故事总会有可写的内容。

我这个从穷小孩儿到孤老头子的历史故事，又穷又富于风趣又颇具文化戏剧性又没脱离开无可厚非的哲理，也能说是当代的新本《聊斋志义》，总之，我不怕埋入地下的死鬼，我怕的是在人中间闹鬼的活人！当然，我已经被那些在人间闹鬼的活人整治了几十年，因此熟知了其闹鬼的整套把戏手段了，所以惹不起的情况下还躲不起吗？尽管党能给我作主平反昭雪，而却也不必找苦头吃罢之下再去告状麻烦党给关心平反！最后这些挡路鬼还会自称是爱国的老将"廉颇"，虽然挡了我"蔺相如"文人之道也是无心之过错，我何必惹麻烦？我不如退隐山林做个不穿僧衣的和气待人善意安守草堂的真和尚，因此，我便归一文苑做了沙门文僧了。自己安守在芍药居古城遗址风化的土山园林水溪桥畔的陋室生活下来，我深感恬静！深居简出踏野吟诗于芍药居园林风景线一带，我没想到却也为国家和民族文化艺术事业创写贡献出了当代无二的《墨宝三绝》珍品，为此，我怎能没有自慰平生之感呢？

除此之外，我也借助别人的写作出版书籍的机会就中面世自己写作的诗文作品，在2002年7月间，我就在骆中钊先生出版的《南少林寺禅缘古今叙语》一书中发表了自己一夜之间写下的二十多首古风体诗，还为骆先生出版的书作序和修改书名并亲笔题字在书的封面上。骆公被我一夜之间能助他充实在书中那么多临时写作出来的诗文给惊的目瞪口呆了！我也深知只恐除我之外别位文人墨客在一夜之间是创写不出二十多篇诗文的，而今，骆中钊先生依然在从事写作出版书籍的工作，我同骆公合作至少有五册书籍的封面题字是出于我的手笔墨迹，我们始终合作的很愉快也十分成功。

我与骆公是怎样结识和又怎样结合在一起共同做出版书籍事情的呢？说来话长而合作的时间却又不算甚为久远。

我有个邻居范英海先生是从事雕塑艺术事业的年轻艺术家，我和这位邻居范先生平日交往不多，是通过都在芍药居买楼房而相处相知在一起的，这位从中央工艺美术学院毕业多年的年轻雕塑家范英海先生很尊重我，因此邀请我和骆中钊先生及雕塑界名家刘焕章等人同赴福建惠安出席评审会，大家在评审会上凑在一起并建立了交往关系，骆公算是和我有具体实际交往内容的一位老作家，所以，我们从福建归京之后不断合作著书立说的做出版书籍工作，直至目前，我仍与骆公常有往来关系，我去他家做客，他也不时到萧墅文苑陋室来走访我。我深感骆公做事情一步一个脚印很扎实，所以，我也很认真的帮助他不断成就著写出版书籍的工作事业。我们总算在不很长的交往时间里都做了不少的文字工作，也都有了作品的面世成效，我说句心中的实话，我敬重骆公这样的人，因为他是个实干家！我敬重他的实际做法就是从文学艺术才力上助他在写作出版书籍事业上走向成功！他成功了！他的成功令我深感欣慰！这也是不言而喻的事情。我渴望多结识些骆中钊先生这样脚踏实地热爱文化艺术事业的老朋友。

其实，我在与骆公结识的同时也结识了很多热情的人，但是，除骆公之外同时接触到的所有到会的人们，都是在口头上恭维我而事后没有一个主动与我有所接触的人，因而他们也就没有一个做出成绩的人，史实发展就是这样，在近年中就是如此，以后如何？我不知道！我也用不着揣测更深远的历史发展情况！然而，我对他们寄予的希望却是同等的，而唯有骆公创出了成就！我写文章总是依据事实而论，我看淘汰之路是那些在口头上夸夸其谈的

萧墅 著

云淡风轻

人们自己选择的！因为，我在与骆公相识的同时和那些人们相凑在一起，而且，我对包括骆公在内的所有人是同等看待的，我甚至给每个人都题写下了鼓励的词句书法作品，然而，除骆公和范英海及其老师刘焕章之外，其余的人们都在说空话！他们一点成绩也没做出来，至少他们是在以空话对付我。同是在一个席面上结识的人们竟是这样的不同，确有天壤之别！最令我深感爱莫能助的人，就是那些在口头上夸夸其谈说空话的人们，然而，骆公是我最敬重的一位老年作家！我想，我与骆公合作的事情还会有很多，也就是说还将不断从文化艺术上要继续为民族事业做出于今不可估量的贡献！我的愿望理念永远是这样向国家和民族大众作出这样深情表述的。而且，我的深情表述也总是有史实证人证物证据可考查一清二楚的！然而，我的史实在没有人出面考查的情况之下，我可以永远这样不动声色的麻木的活下去，我坚信在深远的历史中迟早会出现思想敏感的人！

　　然而在现实生活中似骆公这样思想敏感的老年人是不多的，骆公很勤奋也十分自强，他一见到我就抓紧了机会不再放手，所以也就从我的才智中借取到文化艺术作品充实了他自己编写出版的书籍，但是似骆公这样年近七旬而却十分谦逊的文人不多，我则不是只相对骆公给以支持或帮助，然而，有许多人在我的文化艺术和经济帮助支持之下却不肯向前挪动一步！我深知这是由于牵扯到人的思想灵活性问题，人若没有灵活性思考发展事业的主观能动力量，而外界给他们多么大的精神和物质帮助却也是难见其进步成效的。所以，关键在于头脑具有灵活思考问题的能力！

　　譬如，我就此举几个与骆公相反的人物例证来说明灵活性问题，但是都不是为了批评或指责人们，而是为了再启发人们头脑灵活起来。有这样一件事情，我每天都写作诗文交给打字员关玮进行整理，其实这个过程就是在以无限的知识道理从各个方面帮助这位打字员，同时，我以付给劳动报酬作为经济支持，但是，这位打字员却不能灵活的借助增长的新知识开拓自己的文化自救之路！为什么不向骆公学习应用起来我写作的诗文稿件发挥在自己的文化自救之路上呢？如此听我讲述又看我写作的诗文而不应用起来，岂能不是如听而不闻视而不见了吗？我想应该立竿见影的发展文化自救之路！如果永远保守在为别人打字的岗位上又何以为中华文化远大前途着想呢？我渴望这位打字员也灵活地动一动头脑为祖国文化事业去做大贡献！其实，还有比这位打字员更僵化的例证人物呢，无论怎么说打字员至少还做出了打字的工作成绩啦，而是真有在我给以全面帮助支持下一点成效也不见的人，我对如此爱莫能助的人便不可能一味的浪费我的精力，我却是也要拼着老力气在这经济体制的社会中进一步走好自救道路！有句俗话说的好："谁手中的钱也不是大风刮来的！"当然，文化财富更不会是大风刮进人的头脑里去的！具体的说，我的文化艺术作品同样包含着很重的经济价值！因此，我拒绝别人毫不付出代价开口就向我要字要画儿！如此贬低我的人格作品价值不行！绝对不行！我为此封笔紧关山门，我既不卖字画也不把字画随意赠送给别人！因为它属于民族大众的文化艺术财富！我个人无权将自己的作品赠送给任何个人，因为，我人毕竟属于中华民族大众的才人。所以，万般事情必须讲个分寸。

恩格斯也曾是这样说："一切在于分寸。"我十分赞同这一主张！我几十年来对任何人也不是不让步，不过，我不让步的时候也不是进行直面对立，而是回避！因为，我决不树私敌！更是由于深知自己只是暂时和人们共同在这个地球上生存的缘故，所以，我决不相对每件事情的成与败与人们在口头上相争辩！包括自己完全做成功了的事情，我也决不认真去听凭别人的肯定或否定，我期望的是未来历史给以的那份公道见证！

我回想自己在紫竹院亭柱上或石桥及石壁上留下墨迹刻出的字句，再回想在福建沿海石壁上留下的激情题句："崇光扬翰史，武德昭乾坤。"从而联想到自家文苑大理石碑上刻下的"我以毅力压迫自身非毅力的本能行为。"那句话，都已拍照转用在书籍出版物上了！这将意味着通过书籍出版把我的诗文墨迹传阅到深远历史中去，我坚信文化保留措施是会有一代一代的负责人的！所以，我把希望有把握地委托在未来热爱民族文化遗产的人们身上——他们才是未来历史上的真正公证人呢！我留在现实这段历史上的文化艺术财富当然不只这些！然而，我又何必如数家珍似的全部把它们用文字表述在这里呢？我应该珍重的是自己有限的生命时间！同时应该珍重在有限生命时间里的继续发挥科学、文化、艺术的再创实践活动！为此，我必须回避有碍我所珍重的事情的事物干扰，我对来我文苑的一切空洞盲目的造访者恳请他们地给以谢绝！而且重在关爱来访者生命时间的宝贵，因为海阔天空的对话毫无实际意义！大家不如注重生命时间的做些实际事情，所以，我对毫无实际作为的人说"你好？再见"四个字便形成了习惯！其实，我连"再见"都不抱希望，最好是不必再见面了！我把自己的心情表白到这份儿上，

萧墅 著

云淡风轻

其浅显的道理不言也就自明了。我不愿意自家文苑门庭若市，我倾心甘愿孤守陋室深居简出，我既言至此但愿来客关照！正是："竹本无心节外偏生枝叶，藕虽有孔胸中不染尘埃。"我把这两句话以自己书法风格的字句写了下来已铭刻在紫竹亭柱上啦！当然也有赞颂公园紫竹与河塘之意，就此顺便一提这件已告成史实的翰墨轶事，说来也是别无用心，总之，万般事情也是仁者见山，智者见水，我为此还在紫竹院新建的玉石桥的两侧各题写下来铭刻上去的两个字，桥西侧桥身石壁上题写了一个"岫"字，桥东侧桥身石壁上题写下来铭刻上去一个"泓"字。岫则山之代词，泓则水之用意。距此桥北边的石林中还有一块巨石铭刻有"天下第一竹苑"六个字。那六个字也是出于我的手书。我想如此清雅的紫竹院，实堪称为是天下第一竹苑！因此不揣冒昧信笔题书于苑中。

我的文化事业的实力表现成就，与我结识的朋友们给以的帮助很有关，我就此不妨提出几位典型友人的名字。中央乐团已故的杨牧云先生及其今之健在的老弟杨洪基歌唱家是我的好友，还有熊启端和周锦明两位摄影家朋友及其他们引荐我又结识的新友们，都是在事业上给了我极大支持和帮助。我对友人们总是念念不忘的。

牧云阿兄虽然已故去多年了，但是，他在我心中却是永存的良师益友！《弦外集》就是杨牧云先生的遗作，其出版物现珍存在我手中，而且在这册书中有杨牧云先生在世的时候为我出版画集而题写的《莺啼序》一词，其词意非常动感人的心肺，但是，我怎能妄加评论？牧云阿兄可堪称是当代诗词高屋见岭的笔手，用字、用词、用句玲珑剔透且捕捉人物心态极其到位，只恐而今在电脑打字中难能从字库里提出其用的汉字，所以只能把原件复印于此供读者赏析，我也借此机会再次沉缅故友。

2003年3月13日　萧墅

答少友杨子星先生有感拟句并文

杨花柳絮挂竹稍，子夜雪影清风摇。星火文学论《伤逝》，品味人生理难调。（9月6日杨子星小友蓦然客我书屋索笔墨青竹画作一幅，因此题句于画面也。）

《伤逝》既是银幕上的电影故事片又是鲁迅先生的短篇文学作品，恐大为人知。因此，我无须解释文学家意味深长的写作思想，然而，却可以其作为典故而引入诗中启迪友人赏析画作之余，亦来口味一番人生如梦的生活！我意谨此故欣然命笔一挥而就泼墨成就中国画一幅与之，我并题句于画面之上。我想，我之诗文书画尤深内涵决非浅于鲁迅先生《伤逝》之文笔内涵，甚至不须百字而以三言两句便可力透纸背……

癸未入秋以来，繁事杂多，自立秋之日起，我先于大连市广电部直播室与东北听众对话，随之又登台面向公众演说并作电视录像，录像制作人泥海、播音员王秀灵及全体同仁集我所云编辑专集，然而至今一个月有余的时间过去了，我却未收到此次专集录像版本，此事令人憾然，正是，"两个泥牛斗入海"这句高僧传世的禅语醒示了我！我想，我又何尝能"尽如人意"的倜傥理事呢。罢！罢！罢！

自8月14日归京之后，我仍要拖着从海滨城市归来的倦怠的身子纷劳不已，首要解决的问题是与便宜坊集团董事长王志强讨还我十五件中国画作品的问题，其次是应和众运输集团之邀编辑内刊创刊号第二集文学作品，现已出版！我可暂放下心了。第三件事就是接待频繁来访的多方面的友人，客友中有来自八一电影制版厂的王宗义党委书记，有襄樊市的马政委，还有农业大学的青年朋友马宁及一位老公安干警高亚征等人，我总算把很多来访者索求作品的人们接待过去了，不想又有自家住所邻居多位年轻友人访上门来，先是约我去天龙源温泉消遣，随之又到魔方歌厅打趣，其实就中又怎能不牵扯到人来情往的谁也脱不开的生活琐事呢！所以，这一系列的生活过程中的内容引发出了我的诗思，因此才联想到鲁迅先生的文学作品《伤逝》，于是写下了我的《答少友杨子星先生有感拟句并文》的四行小诗。

笔录文思写到此，我以此拟成文稿再次烦劳关玮协助打印成规范字体的短文，一方面我自集手稿，另方面传给诸友人一读，从而渴望以我的文笔激发大家的文思情绪，倘人人尽都能持笔自耕文田，我想不但人人有望有效的做到人权自我体现这一点，而且中华民族的普遍文风生活气息也就与日更浓重了——中国应该保持上下五千年颇具深刻古文化传统发扬条件的国格！

我何尝不重视商业、工业的发展局面？正是为了郑重的重视，所以，我希望人人以文字表述记录下自己在商业、工业建设事业上的成就，通过国家出版法权批准的面世大众，这便是获得公允认可的自我体现人权的唯一生命道路！当然，这样的事情对很多已把读书时候的基础作文能力都给放弃了，事经多年再动笔是会感到不能得心应手，而解决这个问题有两条措施，（一）大家凑在一起联合写作，并请文思高手协助便可打通文路自立起文化生命活生生的现实！（二）通过口述录音进行整理，最后形成文字！总之，大家的平凡生活工作一旦拟成文字是会令读者喜闻乐见的！因为大家的生活日子本来就十分生动感人！

我在这个方面已做到先于大家一步！我深感如此活的有滋味！因为，我没被经济生活所逼迫而彻底倒向经济，我恰是在忍着肚子挨饿的痛苦中迈开了文人的步伐，就这样在经过了几十年磨练后终于僻蹊径实现了文学理念之所思！朋友们：机不可失！失不再来！人人应该从脚下开始迈动文思灵魂的步子朝前走下去，是的！"走过去前面是个天"！我们应该用这句歌词启发自身激励干劲儿的有生气的活在人间！

在这静寂深深的秋夜里，我怀念着所有的朋友而动笔写下了这篇短文，我倘不写出来则也睡不下去！这便是我对大家一片友好的真情深思！我说：人不应该当一辈子点钞机！要把握起来用文字表述自己的思想精神和经济建设的劳作成就！俗话说："雁过留声"，那么来到世间做人一场还不该做到"人过留名"吗？言至于此祝愿大家明晨开启新的人生跑道奋力飞奔，我就此也把这份文稿留给从韩国前来看望我的白明女翻译工作者！我希望她今后在翻译工作事业上也同时取得文学成就，好啦！天将亮了，我再睡上几个小时！小白：明晨见面时再对话吧！

2003年9月6日　诗客萧墅

萧墅 著

云淡风轻

萧墅先生的童话之梦

　　我梦想，我像是被大群疯狗围困下而未被咬死的一只刺猬！疯狗们恼羞成怒的狂叫着——指骂我不该满身生刺！我暗想若真的变成满身没刺儿的弱者只恐活不到今天啦！任疯狗群狂大吠吧！天赐给我的满身刺儿是骂不掉的！我窥视着疯狗群在无可奈何的退向远处，但是在远处也没有停止叫骂我的狂吠声，我抖动开满身的刺，抒展开腰腿急驰向前，途中见到驴儿高踢着后腿向我跑了过来，也见到群鸭满嘴衔着臭泥巴摇着胖身体在泥塘里兴高采烈的劳动，还见到猪吧嗒着大嘴吃着腥臭的干水！我想这是它们的天性，改不了！任其自便吧！我也不必同它们打招呼，各自语言不同根本无法对话！只能默然地远离开疯狗群及驴儿、鸭儿、猪儿们，我独自走我的路！现在，我快要走到我生活之路的尽头了，回头望一望没有跟上来的狗、猪、驴、鸭。所以，我身边周围的空气也新鲜起来，再也没有加杂着腥臭味儿的尘土飞扬的景象了。我前行到阳光明媚的绿野瓜田里碰上一伙少年人，他们看见我便相互对话说："别打它！要关心动物世界里的每一种小动物——世界上有你、有我、有他。"我就这样幸运地吃了人们一个很大很大的甜瓜，而后继续前行。我希望在前行的路上碰上更多更多大批的善良心地人们，然而，我也仅是希望而已。前行的路上究竟如何？莫测——我不知道，我也不累那份脑子，倘若碰上有伤害我者，我就缩成一团静卧在地上等死！不过，我的满身刺儿扎到谁时谁就会痛不欲生，不过最好大家相安无事的活在这个共同的世界里。正是：满身生刺不为伤人，谁若来犯其害自寻。真的——我身为刺猬的生命不过如此！

癸未中秋节病体乏身有感随笔

癸未中秋良宵正值公元二千零三年九月十一日晚二十点随笔抒怀。我经过了六十多年中秋节活到现在已是年近古稀的人了。回眸过去历史，我深感是在自己周围人们怀疑下渡过来的，我周围的人们相对我都自以为是正人君子，而总把我看待成不应该活在他们中间的一个罪人，然而，我就在人们相对我的这种错觉中发展着自己的生活和事业，我终于在如此的阻难困惑处于无助的情况下，从孤儿发展成为了享有国家出版权认可的诗人书画家兼文学作品的文人作者了，而相对我的人们却没能以文化体现出他们的人生权利——即人们没有自己写作的诗书画作品出版物！此时人们想在这个方面追赶上我而却也是来不及了！因为写作文章诗句需要生命时间长期积累，而不是当人活到老年阶段时想提笔写作就可一举而成的！我则是在人们对我误认的错觉下没条件伴从大家去做人们干的一切工作，我才利用闲下来的时间发展诗文书画写作能力而获得到的文化成就，因此，我总结自己六十多年来的生活历史恰是在人们的误认中存在和在人们对我的错觉中发展——这样步入到记载中华人民共和国五十周年历史的《当代世界名人传》一书文字中的！我以此一点收获作为荣幸和做人的生活资本，除此，我没有更多可夸言的生活资本。

我在今宵中秋节回想自己六十多年来的历史，自己深感欣慰！据天文学界人们说，今秋的月是百年中难得最圆的一次中秋节。我想，我这辈子有幸赶上了月亮最圆的一次中秋节了，这机会恰与我人生功业圆满相吻合啦！

我的人生功业圆满的状况究竟是怎样的呢？（一）我在国内外皆有自己写作出版的书籍画册问世。（二）我把自己写作出版的书籍画册看作是我的"儿子"或"女儿"。因此，我把出版物既作为是事业上的功业圆满，也同时作为是自己后继有根据地必得未来人们可认定的现实。所以，我有理由夸言自己人生功业圆满也就是这种圆满情形与三百年才出现一次的月圆情况相吻合了。我当然为此深感幸运和深感欣慰！

我的人生功业圆满之说，不仅是我作出这样的个人表述，而且2001年8月28日的《人民日报》和2002年5月4日的《文艺报》及同年12月7日的国外《澳洲日报》以至《95·中国新闻人物》一书的445页至448页文字，也都以《异才出手，文冠大千》标题的话意报导了我的功业圆满之意！我如此得到公允认可的体现了自己的人生权利和生命价值，我便没有枉在人世间具有做人体统荣誉的活了这么一回！然而，我尽管没有白活于人间，但是，我依然摆脱不掉社会人们对我的误认怀疑！就是自己家庭中的人们从始至今还在误认我会做出有失文格、人格的事情。我总处在人们的不放心之怀疑的误认错觉中活着，这情形令我深感生不如死的痛苦太大了！我不能不自问地想，究竟做人做到何种地步才令人们能深信不疑自己了呢？我为这个问题深感既伤心又累心！就以今宵中秋节家中发生的事情来说吧，真是太令我遗憾了。我与也从事艺术而也有了极大成就的香港终身教授名义享有的妻子赵磊结婚二十多年里全力相助妻子解决了出版画集问题，解决了数次出国问题，解决了出名问题，解决了儿子抚养和上大学及结婚以至养育下一代的十八年抚养费问题，可以说投资上千万元人民币，最后还给妻子及她的儿子小家庭都买上了楼房，我尽如此已都累坏了自己的身体了，而妻子赵磊却在二十多年中从未间断怀疑我不同她一心一意过家庭生活！尤其是在误认的错觉中接连不断的与我发生无谓的争吵！我躲不开又深感爱莫能助她消除思想上的盲目认识，我为她在思想上的这种精神障碍既烦恼又无可奈何，我善意思考的提出解除婚约她又百般不从，我这几十年来整个处在家庭内外人们对我的误认错觉的包围圈里活着——生不如死的痛苦心情无处诉说，深感天地人皆不容我也！今宵多么好的中秋节月夜，然而，赵磊从黄昏到深夜对我却是百般挑剔事事不容！从嫌我外出时间过晚，到嫌我不在家吃饭、又嫌我给别人打电话时间过长，再说到要看病费用问题，就这样翻来覆去拉扯这些无事生非的矛盾问题，令我深感真是"扯不断、理还乱"！好好的中秋节却使我过得十分伤心，我怎能不深感在这没人能理解我苦衷的生活里的心情孤独呀？心情不得安宁又怎能入眠？无眠的身体损耗又有谁为我的老体着想？如此表象有情实则无情的对我生命的摧残、折磨。不仅是有苦难言，更是无益于我的身心健康！我感到自己生活在盲目思想的人们当中的抗力越来越虚弱了，我将被活活折磨至死已是定而无疑了——生活里的思想盲目的人们对我太残酷无情了……

我基于上述的深刻思想认识，所以才写作出了以下的一首新体诗道：我咬断自己的舌头！让疼痛逼着我忘掉孤独寂寞！我咬断自己的舌头！想把要说的话暂放心窝！我咬断自己的舌头！用血浆润一润喉咙的干涩！我咬断自己的舌头！一定要冲破这套人性束缚枷锁！我咬断自己的舌头！用最后一滴血著写一部小说——献给人世间思想盲目的人们去读阅！

另外，我以古体格式写作并不认真平仄束缚的一首小诗，同样是在自我倾诉一切不白之冤，只能如是说：杨花柳絮挂竹稍，子夜雪影清风摇。星火文学论《伤逝》，品味人生理难调！

通往古稀路上的文客——萧墅

萧墅 著

云淡风轻

字如其人　不怒自威

金风送爽意，秋光宜多思

　　我们国家，在建国五十周年的时候，为了记载国家这段历史，国家出版了《当代世界名人传》（中国卷）的一部史书。就中选载了代表建国五十年成就的八百名杰出人物的业绩。这部史书成为了以国家出版权力所代表的全国人民公允认可的一部书！因此，每个中国人为了尊重国家权力，同时也为了尊重国家历史，以及自尊身为中国人具有了建国五十周年的资格，所以，每个中国人应该从应该尊重的理由决定下首先要全力深入读透这部史书！还应该捍卫这部书！无疑是因为这部书含慨了每个中国人的历史了！因此不能说这部书没有用，而是对了解我们国家历史很有用的一部史书！我身为被这部史书文字记录在案的一名中国人，深感荣幸的这样来看待《当代世界名人传》（中国卷）这部书！从可想而知的道理上说，否认这部书便如同否定了中国人自身脱离不开的五十周年建国史情啦！所以，每个中国人都有捍卫这部书的历史责任！我以身为中国人的身份资格便珍藏在手这部书，而且为不忘国家历史总在不时的重温！因此，我对国家历史的总体精神深有所知！而且，我从1949年伴着国家诞生发展到现在，自己成为了深知国家历史发展过程的社会老年人了，所以，我深感自己相对晚生后辈有此天职责任于此表述这番话！别看我表述出来的这样浅显的一番话却也有不少人不懂就中的道理！为此常出现有人在口头上说这部书没用的情况！把国家历史若视为没用那还有什么比国家历史而更有用的东西呢？所以，我对经常听到的简单粗暴否定深感言者幼稚可笑！可笑的是说否定话的人们中竟有不少是社会上很有些影响的人物，这类人物把自己简单头脑中蹦出的一句否定语认为比一部书还有重大作用，这该是多么粗暴的自以为是的言行？其粗暴性表现的连自身的中国人的资格也同时自加否掉了——如此低庸的自我矛盾的言行，已使我屡见不鲜，甚至可以说这类粗暴人物多如牛毛！然而，这类人物们却没想到

萧墅 著

云淡风轻

他们在口头上否定的软弱性是无力对抗消弱国家出版权力的！

我们国家以出版权力表述的历史，将永恒立世于万古人间而决不必理睬任何个人在口头上的虚弱炒作！炒和——鼓吹——自以为是失败在于没有内涵力量。我们国家却是在各个方面都有强大力量的实体！因此，我们国家在各个方面都有惊人的发展表现！这方面也是举国上下所共知的历史和现实！我于此为国家表述这番话的同时也深感自身充满了做普通中国人的强大精神活力在跳动！我为自己生活在中华人民共和国历史上深感自豪！深感骄傲！深感乐观精神具有着无敌的力量！

我们国家推出的《当代世界名人传》（中国卷）一书为建国五十周年的代表，从出版问世以来不断得到了生命活力的深化发展的影响作用！可谓是家喻户晓！这部书的生命力以极其客观的真实性、以极其全面的精微文力表现，以极富民族智慧的面对世界大众读者与时扩大影响！然而却彻底不凭人们惯用的低庸口头炒作方式，但是却获得到了于人间竞比中的最高发展势态！同时显示出了强大生命力的潇洒！我用我们老百姓最常说的两个字来赞喻这部书地表述于此道：真棒！

中国人有了国家历史的包容和维护的同时，中国人也就有了人权的体现了！然而，我应该作出自我检查或自我批评，因为从这部书出版后自己仅是第一次这样觉悟起来去用文字赞喻它！可见，我太不敏感了！看来，我应该从对这部书有认识觉悟的此时开始加强为它做工作贡献！今后将从更深、更广、更远、更有力度分析的道理上为国家历史的辉煌发展不断写作出文章。首先是强化自身的见识和修养，同时以文会友团结层出不穷的有识之士，从而弘扬我们国家光辉历史的发展现实！这便是我身为普通中国人的良心！我想，读者透过文字必能看到我溶有鲜红血液而跳动着的这颗良心！朋友们，以文会友的机会很多！来日方长——诗文书画家萧墅就此暂告话别。

2003年9月14日正是从大连讲演归来一个月整的时间

中秋良宵于时一笑书屋独吟古句

我越想越觉得"时一笑书屋"这个斋号拟定的很符合真意，因为生活里时而会有幼稚可笑的人或者令我深感可笑的蠢事儿出现，所以，我的书屋最富有的也就是我的笑声……

最令人感到可笑的事情就发生在我家房门前，我在门前用大理石立起了方正的一块石碑，碑文铭刻着我的人生座右铭。铭文写道："我以毅力压迫自身非毅力的本能行为。"最初，我为了保护这块碑而用大纸箱子把它扣起来了，我想在用来砌碑的水泥自动潮干之后再把纸箱去掉，那时的大理石碑也就坚固了，然而，我没想到就在石碑扣上纸箱子的防护期间连连发生可笑的事情！有的人走到我门前用脚踢纸箱，结果被箱内的大理石碰伤了脚。还有人以拳头用力砸我的纸箱子而也被纸箱内的大理石碰伤手。总之，人们误认纸箱子是空的就去踢打而伤害了自身的事情接连发生，直到那扣住大理石的纸箱被收废品的人拿走之后，我那坚硬的大理石碑才不再伤人们闲来无事专好盲动的手脚。我则正是因为看到人们这种无事生非的盲动自伤情形深感可笑！尤其是联想到我人也正像石头似的有着坚硬本质，而我人表面也像扣有个纸箱子似的使盲目的人们感到软弱可欺，结果被我坚硬的本质碰伤了大批盲目人们的手脚，甚至使之转为了内伤！人们的这种盲目性怎能不令我坐在书屋里自发笑呢？说来，我拟用的"时一笑书屋"这个斋号里颇富有真意内容的！

在社会生活里，似这样从表面看问题而妄想以强欺弱之举，最终招致自残自灭的结果的人事问题多如牛毛！最近，有两位青年人来我时一笑书屋，其中男青年学名袁有法，女青年叫熊莺。他们在举行结婚仪式之前来邀我参加他们的婚礼宴会，我和他们交谈后才知道袁有法曾是胡锦涛主席的警卫人员，因此，我和袁有法提起过去一段往事，在过去的往事中，我于出席西藏

萧墅 著

云淡风轻

自治区成立三十周年庆祝会而遭到暴徒杨长林、李文华、李建的围攻伤害，而这件事就是结果报批到胡主席那里把问题解决的！事件报告信便是由我亲笔写给中央胡主席审批的。我向袁有法讲过这件事情之后，他始有所悟地说：“您老人家的经历大有传奇色彩，不过，我现在已不做警卫工作了，我现在于三〇五医院从事核磁共振的医学工作，以后可在医务护理工作方面找我帮忙。”我感到这位年轻人既聪明又实在很是可爱！所以在2003年9月13日那天，我们大家在一起交谈了一上午的时间。他的岳父熊启瑞也是我的老友，这次也同女婿一起前来把我和李紫阳的合影照片送了过来，我以他们大家前来看我并邀我出席婚礼很是高兴！于是提笔为他们题写了一首小诗，我诗写道：“举步征程有伴侣，案上用功相问学。齐家治国平天下，眉间吉兆映双绝。”大家会晤直至当天午后才各自散去，我感到有些疲倦便困卧时一笑书屋睡入了梦乡。

我在睡梦里却遇到了一件有惊无险的事情！一梦醒来时尤觉得十分可笑。

我梦到自己在前行的路上被成群的疯狗围困住了，疯狗们恶狠的向我扑来，张开它们的大嘴便用利齿撕咬我，就在这万分紧张的时候天空出现一道刺眼的白光！这道白光一下子把我的人形改变成了刺猬的模样了，于是，我缩成一团而立起了满身锋利的尖刺，疯狗们见了我这副模样非常扫兴，它们感到无处下嘴咬我了，疯狗群嚎叫着自嘲地跑去了。这时有几头驴又向我跑了过来，它们撩起双腿想用乱蹄把我踩死，可是乱蹄扬起的尘烟遮住了驴儿们的视线，我便从尘烟下逃生而去，如此有惊无险的梦并未到此结束，就在我向前爬行的路上先是碰上了猪大哥！随之又遇上了鸭小妹，这二位在路边的泥塘里头也不抬的在泥浆里吧叽着嘴儿寻东西吃，我暗想别打扰它们，我尽管走自己的路，远离开腥臭的泥塘！到阳光明媚的瓜田去！于是，我独自走上了前行的路，终于到达了瓜田，我停下脚步向瓜田的四野望去，深感瓜田四野的风光景致太美好了！天上有灿烂的阳光普照着蓝天下的绿野青山，大片的瓜田远处有个高架凌空的草棚，那就是看守瓜田的人休息的地方，我听到了看守瓜田的人正在和群童讲述人间美好的传说故事，我拼力向瓜棚凑了过去，这时童子们发现了我，可是看守瓜田的人对童子们说：“别打这小刺猬！给它一个甜瓜吃罢自会离去，你们不打它便不会受到它满身刺儿的伤害，要爱护动物世界！因为整个世界里有你、有我，也有它的生存空间。”我听了看守瓜园的人对童子们讲述了这番话便放心大胆地饱尝了人间的甜瓜，而后伸腰抬腿离去，我继续前行！我渴望在前行的路上碰到更多更多的善良心地的好人……

我有惊无险的从梦中醒来，提笔便记录下了这场梦，我并给这场梦境里的故事拟了一个题目，我就称这个故事名为《萧墅先生的童话之梦》，随之便将这篇文稿交给了关玮进行打字整理，总算又积累下了这么一篇自己的生活随笔文字。我想在自赏之余拿给友人们赏读也必会是大家喜闻乐见的！我有此经验，因为自己六十多年来就没离开过修身养性的这张文榻。就此借用诸葛亮在隆中说的话来结束我写在这里的短篇文字。正是："大梦谁先觉？平生我自知。"

诗天过客 萧墅时于京畿芍药居陋室操笔

萧墅 著

云淡风轻

稼濮园馔宴叙语

京畿十八里店在以和众运输集团为主的倡导之下，联合多家企业参与共创《稼濮园》以自然景观为布局的一处饭店，我应邀概览全局之时不禁感怀地认为，如此布宴于当今社会可谓是天下第一家之举！我于感慨中立抖椽笔以诗、文、书、画之魂思拟句于下以赞云：

久居闹市思关山，豪客壮行稼濮园。

千点乱山横紫翠，一轮明月昇东天。

我平生以文自养习惯于诗句中游戏，但是对我们中华大国人人说来以诗句解白《稼濮园》不如开口白话以论之！因此，我于上文之下一论家常话地说："来吧！父老兄弟姐妹们，回归大自然，请到稼濮园，观光伴餐饮，娱乐同休闲，绿野亭轩小憩，把酒一壶对青天尽可开怀畅饮，三五千人相聚此不燥不乱，园中设有餐云易阁，餐即择，云即交谈，易则通商，阁备管弦。幽幽竹篁深处亦可席地设案饮宴，遥闻古乐声声，坐看秀山泉水潺潺，品广东佳肴风味，尝一尝山野农家饭，随心所欲的自助餐尤乘人愿，概观奇景恰似古国神游画卷！一比清明上河图只恐惊忧了张择端！"

张利华总经理真是别出心裁！大思想、大意境、大手笔、大规划之下创造出了在饭店中相比与众不同的《稼濮园》，令人叹为观止！其用心功不可没，可谓及大众口味所想，及大众方便所及。在《稼濮园》设办婚宴也好，开办晚会活动条件也绰然有余，三两位知心朋友择境小酌更是颇多趣味，其原因在于环境不但广大如入自然风景区似的，而且加以精工雕琢厅、堂、亭、榭容入茵绿野境之中，确有寻觅不尽的自然风光乐趣！

尤其是应该向诸方客友要说明本园取典的设思，《稼濮园》三个字取典于古代爱国诗人辛弃疾的"稼杆"之号中一个"稼"字，以示《稼濮园》经商的爱国思想原则。另取"濮"字的含意在于以示《稼濮园》经商讲的是信义！濮阳人关羽可谓天下最重信义者也，因此借用这位古之大将军的故里一个"濮"字用于酒店字号之中，所以称之为《稼濮园》。

《稼濮园》占地总面积xxx亩，取地下水引造响泉，广布植被尤以青竹见多，更是集张利华总经理在和众运输集团的丰富经商能力经验开创此新局面，我想不仅是我个人的愚见必有大成！只恐天下有闻此大观者也必以中精外成赞云！但望大江南北豪客到京畿十八里店《稼濮园》尽情文会共品佳肴以结良谊。

2003年9月18日诗人萧墅拟文

萧墅 著

云淡风轻

无题畅响出的语言符号

　　我是相对台风袭击和摧折而未死则活下来的中国文化老人！同时也是没被自己经历过的人生路上的水湾淹溺而死反则成为了善识水性的弄潮人啦！因此，我说百味人生各种经历的结果反而成为了滋养和供我年迈人翰学文化历史根底日益丰厚起来的条件啦！我自称这便是因势利导谋求生活的智力和策略！所以，我综合自己在六十多年险恶生活风浪中挣扎活过来的翰学文化历史根底而言：被台风吹倒而死去的人只能属于失败的人类（缩写为"败类"）；而被诱惑人的人生湾湾水浪所淹溺而死的人必属于没有灵魂头脑的"活"人！然而，我活过来的历史实践检验了我之后证明：我已成为世界上功成名就的老文人了。缘于此而经过元亨利杨波经理结谊下了初识的"台湾百年"古典家具店经理陈清泉先生，我就其之邀始则为"百年台湾商客"题句于下的奉施廿字：请鉴——

　　　　台风袭败类，湾水溺死魂。
　　　　百味人生果，年丰翰史根。

　　2003年10月1日黄昏时候相聚女人街西餐厅共进晚餐时，我应其之邀而拟句并书录于此页纸上。

　　　　　　　　　　　　　　　　　　　　　诗天客　萧墅

　　女人街那家西餐馆是我家邻居陆少华兄妹开创的，我十分喜欢这家西餐馆的建筑格局和厅内陈设布置，其环境幽雅而安适。从女人街路东的牌坊驱车驶进西餐厅的楼后身有个停车场，我们把卧车停到那里，而后绕过楼角便进入到餐厅的一楼环境区了。一楼环境布局布陈已很清雅迷人，虽只一个大厅而却由墙壁上的镜面反映出两个大厅的效果。人会感觉空间宽阔和另有重叠布陈环境的迷离感受，尤其是大玻璃窗没用窗纱遮挡，但是设计流水从大玻璃窗上流淌下来，如此看去如瀑布落下的意境，既透明而又遮住了窗外的一切景象，就在这人造瀑布之下便是一片养鱼池的一半是水面，另一半是用极厚的玻璃砖铺盖起来，于是分出了高与低两层格局的不同意境感的环境，玻璃砖上放有待客进餐的桌椅，而且可以看到玻璃砖下面鱼儿游来游去的活动，真是令客人赏心悦目而大生食欲！而另一处低下去一层的环境颇有些中国古典诗中描写的柴门梨花小院的意境，上面有错综石条叠起的围墙，墙上装饰有铜牌并刻上文字，墙根上就是大鱼池的另一半露出水面的部分，相对花墙后院便是一个柴门，就在走进柴门的小院里便可观鱼游戏，同时落座进餐，三两位知心友人在这里相聚吟诗小唱一曲简直别有一番滋味……

从诗意环境的一层楼登上青石台阶绕半弧形楼梯而上，便可步入到纯西欧式的布局餐厅的环境中了，在这里，我对陈设的西式的吧台和一切并不感到新奇，只是有一种文明氛围气息而已罢了，有意趣的是临楼窗坐下来，坐在舒适的椅子上侧眸向窗外眺望湖面上的夜景，五彩缤纷灯光闪烁的湖岸美景倒映在水里真美！那景色真动人心中的乐弦，人会不由自主的随着轻音乐曲调的哼起来，友人之间在惬意中进餐，彼此情谊怎能不深有新意扩展的感受呢？我自晓得到这里之后，我便经常约友人到这里进晚餐，然而，我更主要的是到这里享受安适的意境留给自己心田的那份诗情画意的美感滋味。就此顺意写上三言五语，其后把这段文字留给邻居小陆友人一观，也真是对友人的热情之一份回答吧！同时，将把即日陈先生从台湾带给我的茶叶请小陆友人一尝。我以此事实证明自己从始至终决没有说空话！搁笔吧——我将带着诗意梦影睡下！朋友们：Bye—bye！

诗人萧墅于萧墅文苑寄语

另补廿八字"自示"之一咏书录其下：

台前花木秀书斋，湾水映彻寒窗才。

百般修持禅思定！年逾花甲心窍开。

2003年10月2日凌晨补句 诗人萧墅

梦笔漫游随思录

　　我对那些连人间情理都不懂得的人既不当人看待而也决不去接近它们！但是，我也决不向它们进行说教或希望它们改变成通情达理的人。因为，我在过去几十年里对它们抱有的希望都落空啦！它们根本不可能改变自己不通人情道理的本性！因此，我所以索性彻底回避它们尽量的不与它们相遇到一起的根本原因就在这里！我与它们即使是鸡犬相闻而却也只能是老死不相往来！不过，我决不把这种彻底与它们断绝来往的精神流露在自己面孔上，而是永远面带微笑却决不说话地从它们身边尽快离去！我对人间多如牛毛似的它们只能采取彻底回避之术！而决不抱以改变它们的希望！我活到六十多岁后的今天才算是彻底下了这个决心！我对它们毅然绝然不再抱以希望！因为，我看透了它们是人间大批令我爱莫能助的人！它们顽固不化的自以为是人间上等人的思想意识已根深蒂固啦！其实，若仔细从实际生活上考查就会发现它们中的每个人在学识上、在学术成就上、在学业功德上等等方面皆一无所有！我看它们犹如始祖前的赤身裸体奔命求生在旷野的人类祖先，我既不能轻蔑它们最原始的基本人格而也难以接近它们自以为是美好的无文化的不文明表现！我对它们表现在社会各方面的粗暴言行无缘靠近！只能远离它们而自己独处于天地间！我尽量满足和帮助它们略知靠近人间文化文明发展的一面，但是，我在帮助它们的瞬间必须提高警惕而小心谨慎的施以善意给它们，一旦稍有发现它们欲要变脸施放脱离进步人类的文化文明表现！我必须策略的远离开它们！以谨防它们对我施以暴虐言行加害！这便是我在人间活过六十多年之后到今天才有能力应用文字表述清楚的自己于人世间怎样做人的思想！谁也不可轻视我写在这页白纸上的这段话意！因为，我是经过深读文字、史学、哲学书籍之后，从而又结合对社会各种生活环境人类生存活动的观察体验分析总结之后，再容以几十年不断用文字演示表述能力，并操以认真练就书写能力才综合而达到写此篇文字的功夫！因此决不是任何人想写就能拿起笔来而写出我这等具有内涵力量的文字篇章的！我就此纸上的言行表现在多如牛毛似的无知识的人眼里总被否定为是没有用处的，然而，它们又做不到！它们又不肯认输！还要摆出不屑一顾的自以为是人间上等人的思魂架式说上几句无根底的轻蔑言词，随之便带着它们灰冷的人生观和世界观而毫无所成就地消失在喷云吐雾的烟气中去了……

它们头脑空虚的总说这也没用、那也没用！总认为自己做一辈子点钞机而后死去便是发挥了它们的所谓的做人之作用了！这该是怎样一种"经济气囊"的悲哀？然而，如此类似的声音听的我的两耳都长出了老茧啦！可怜的成堆的经济虫，我目不忍睹！我不必睁眼看而一想到它们蠕动的样子就要呕吐！它们大大的肚子，眼睛向上翻着，嘴角高翘着，醉言醉语的把各种狂话说着说着便自行倒在酒缸下一命呜呼的去啦——如此自以为是有用的人太多、太多了！不过它们生前很会在它们的同类人中哗众取宠的吹、拉、弹、唱的闹腾的彼此脸热。我对它们却深感无聊！因此，它们对我总是生硬的板着脸子，我只能暗自觉得可笑！它们却毫不自愧是天上的明星！但是，我知道它们由于缺乏理智而难逃"情网"——不一定是桃色事件！别总想这类本不值一提的本能行为。"情网"在乌兰的夜的空中，一颗一颗的明星彼此眨着鬼眼互相调情，而却又是互相冷漠的各自呆在悬空，只有人类用文学安慰它们才编写出《牛郎织女天河配》的故事。其实是寂寥的想像。我却好有一比，我把我比喻成一条滚圆的木头落入大海中的漂浮的样子，不怕盐水浸泡也不怕激浪冲击，更不怕漂流到何处，因为，我只是木头！然而，它们却自以为是落入海中而要活命求生的人，于是有的人想抓住我这一条滚圆的木头，但是由于海浪涌动把我冲跑了，我没被它们中的人抓住，还有人虽抓住了我的头，可是由于一头重而一头翘向天空，这情景下却把它们中的这类人反倒按入海深处去了！另有人抓住了我这条大木头的中间，不过滚圆的木头在海水中总被海水冲的旋转，因此把抓住我这条大木头中间的人又转压到海波澜中去了！我如此一比却也是并不无实际道理的笑话，笑话就是笑话，别认真！人世间有该认真的事情，却也有不该认真的事情，两样情形不可颠倒持以看待方法，倘颠倒便失误的会自寻苦恼的陷入困惑中立感危机临头——艰难会如重山压顶而下，此时就是孙悟空也要忍耐上几百年！

我这篇文字写到后半截倦意大生，因此为了凑成整篇便硬造些笑话资料添补其后，就作为梦笔漫游吧！借用"一休"的话说：'就到这里！'

2003年10月4日凌晨 诗人萧墅

萧墅 著

云淡风轻

我所见识的"时一笑书屋"的主人

　　我逐渐的对他产生了敬畏的心思，因为他说出口的生活道理非常富有借鉴价值，因为他写作出来的文章超乎寻常的富于哲理，因为能从他的高谈阔论之中了解和学到极丰富的各个方面的知识！因为还能从他平庸的外表生活方式的表现中见识到他给所有人都有同感的做人的魅力！他是个平庸见奇的老文人！他有全才能力表现！他更有以和气待人而显现出的刚直性的通身傲骨！他有在黯然中于全方位上创造出谁也埋没不了也决无法磨灭掉的学术成就已记录在《当代世界名人传》书上了！他有令任何人都能感到是个具有深不可测特点的人！他给无数人感觉是个语言表达能力具有无敌力量的超人！他了不起而活的却是极为普通平常！我感到在广泛的各界生活空间里也难再遇到像他这样表现的第二个人——这个人就是我所敬畏不已的文界年近古稀而依然壮如年轻小伙子似的萧墅先生！

　　萧墅先生就是当今平常社会生活里的这样一位神奇人物！我想夸张的用文字来描述他恐怕也是难描述到位的！也许我是少见多怪而太没有本事的人，不过，我亲眼目睹不少自以为是有本事的人们也都一个一个的在与他交锋之后心悦诚服败下阵来啦！谁还不信必败结果不防去面对他试一试！他不会不给任何人都留点面子，他这位老文人谁都能很容易见到和接近到他，因为，他活的十分平凡自在的就在社会基层生活圈子里，北京朝阳区太阳宫乡芍药居甲2号院就有他的住宅！这位勤于笔耕的老年人决非等闲之辈，如今若大年岁每天都能写作出几千字的诗文手稿，其文字风格飘逸潇洒且立意深邃耐人寻味，就凭翰学文化功力这一点来说谁也比不上他这份精神头！我决不是在为这位老文人吹嘘，谁不认可便也拿出些自己的文稿与老人比一比，到时候不用我说公道话，而谁不服气就会在比较中自动走下擂台。然而，老人慎重以文会友而从不轻蔑一切人！这位老文人萧墅先生说："我宽恕所有不能宽恕我的人们。"萧老说出口又表述在他文章中的这句话该是多么富有哲思深意内涵已不言而喻。不过，这位极富有真才实学的萧墅老人却早就把功名利禄置之度外了，因此，他说自己是大漠荒原上不停奔走的野骆驼——"不驮名利不驮情！抛除妄念戈壁行。万古飞沙酬天地，冷雪醒彻魂思清。"所以，萧墅老人给我留下的真情实感的印象是"超然物外"四个字的认识结论！

这位超然物外的老文人，也是生活中文武兼备的外柔内刚的正直而富深远目光的老人，其清醒头脑而毫不盲动的胆识和对诸事物的特殊思考见解与众不同！但是，谁也难以从他的外部仪表透析他深涵的内在文力！往往使见到他的人们都会对他产生平庸的错觉！人们失误就失误在对他的错觉上！这位老人自己就说："我正是在人们对我的误认中存在生活下来的，同时，我也正是在人们对我的错觉中发展起来令人们望尘莫及文思理想现实事业成就的。"我对老人这番话深有理解，老人确然在文思事业上给我以天下无双的感觉！老人在现实生活中的一言一行都是令人深感与众不同，然而，他又绝对以极大度的心量看待每一个人，他才真正做到了不从人的仪表决定看待人的方法，而总是从人的本质流露深入观察来决定他的接人待物的法则！而且从无失误！他才思敏捷的头脑真是令人钦佩！无论是谁在他面前都不必再装腔作势的作戏剧性的表演啦！谁对他装模作样却都不如对他实话直说，不过，这位生活经验阅历丰富又有真才实学文化底蕴的老人，却从不直面或间接的指责人，老人在自己出版面世的书面上写道："始觉一笑语更妙，不须唇枪舌剑功。"老人还经常说："每个人活到其自己现实的做人水平上已经是费尽全力了，所以，我决不对任何人用求全责备的思想言行看待。只期望人人走向高度自觉境界来实现安身立命的做人目的。"老人的话音简短，而其中渗透出的是何等全面丰富的做人修养已可想而知！无论是在哪个方面说来，这位文武兼备的老人，他都能以自己应用文字表述出的富有哲理的语言回答人们困惑的问题，令听者郁思顿解！所以，几乎没有不愿意听这位老人高谈阔论人生学问的人，然而，这位老人却也颇愿意与人们即席畅饮交谈。因此宴席往往就转化成为了老人施教的课堂！老人说："不必上电视屏幕也不必总作自我标榜的广告，人间社会就是每个人作具体表演的立体大屏幕，精彩人生尽在大众中间，这种最方便又具体到每个人自身实现自我人生价值的场所比电视剧更真切！"我对老人说过的每段话意思来想去倍感实在有理。我想，人活着不是在演戏，而看着人们作戏似的活着也实在够累！所以，我越想越觉得这位老文人日子过的才真正富有潇洒之气息——他太朴实了！

看！他来了，好魁梧宽厚的身板，身着便装，斑白的一头厚发向后披去，脸型眉眼很近似演过毛主席的特型演员，虽然年纪在七十左右岁，而走起路来却十分稳健且轻快，不怒不笑的一张脸谱说出话来却总是那么谦和动人。一旦伏案提笔写字作画便如入无人之境似的，瞬间一挥而就，笔到诗成，书法体势奇绝，画面简洁生动。经常是诗、文、书、画四位一体的作品呈现在这位老人笔下的纸上！老人从不废弃纸张笔墨，而但凡出手的作品无不令观赏人叫绝！谁也没有超越老人神速文举的能力去同老人相比！这便是活生生健在于当今社会生活中的平凡而富有奇才的萧墅老人真实的写照！其实，萧老的形象谁都不难见到，因为就在北京新街口一带就有这位老人的巨幅照片摆放在大街上的广告窗里。而且"泰夫人影楼"五个大金字正是由这位老文人亲笔题写出来悬挂在新街口照相馆门厅上的。一切都是具体的和也是现实显现在生活空间里的真人真事儿。

萧墅老人相对人们说来，谁也难以把他归纳是哪一个学术口上的人物！他所涉猎的学科知识范围太广了！然而，他老人家全才知识的积淀却决非是从书本上直接得来，而且也不是哪几位长辈们对他口传心授所造就他成才的。因为从老人家在高谈阔论的时候谁都能听的出来，纯属是老人自己在长年艰苦生活实际中不断探索人生哲学以自己的语言表述出来的！他老人家的用字用句表述的语意给人以新鲜感，而决不是从书本上抄用出来的，也就是说他老人家谈话或写作诗文皆富于即席首创性！就在随时产生崭新思想创意的特殊表现上说来，已不但使人们听来大有新感觉，而且令人感到望尘莫及和深不可测！实可堪称是天赋奇才……

这位文席上的泰斗老人，无论是饮食起居还是涉足远游，而总是随身带着极简单的文具用品，如笔或小本子等物，他总在不停的书录自己心有所思的见解。而落笔行文卷面清晰整洁可谓文不加点。老人的这方面表现谁都能随时亲眼目睹地见识到，因此老人说出口的话意内容随时记录下来都是发人深省的佳句文章。尽管如此而老人深居简出生活极为朴素大方，他是一位终生食素的老人！在饮食或衣着两方面那份简单劲儿也是令人望尘莫及的有着人们学不下去的特点，可以说比僧人过的日子还苦上不知有几倍呢，这样做人的生活习俗特点又有谁能学得了呢？然而，这位老人家以苦行终的生活条件并没有影响他出书、出国、出名、出访各层领域人们的大道之行的壮举！而且在任何方面做出的成绩都不是凭金钱实现的，而是凭他具有特殊的思想心路创造的多方面奇迹，因此这位老人相对"奇迹"二字用文字表述出如下一段语意。他说："奇迹，是从人的卓越精神脚步下产生出来的！这精神便是孕育天才人的沃壤！谁都尽可不信而却不可不由之发生、发展、到与历史并存下去的奇迹"。看吧！萧墅老人无论是用口头语言表达，还是用文字表述出来，而他的言词之中皆深含有极浓重的哲理思想！然而，这位博学多才的老年人自幼年就是这样默然的活在世界上，他从不争享任何以"家"而称的荣誉贵冠加冕于自己头上！但是，老人家的学术才力表现却是令人们深感非同寻常！就以2003年10月底以前发生的两件事情为例证来说吧，这两件事情都表现出了老人的大度胸怀，而同时也暴露出了窃取或掩盖老人才智作品的人们狭隘用心的失败！

其一是北京前门老正兴饭店的于万福经理别有用心妄图非法占有老人作品的人格败露的事情。其二是稼濮园饭店无偿占有老人文墨作品，而且妄想在电视广告宣传中废除老人的文字，结果被电视台工作者选用文字介绍中又把老人的文字摘用在广告节目中了，而且说老人的文字精练不可添加或去除文字中的用词或用句，尤其是老人以"餐—云—易—阁"四个字为核心概述稼濮园的特点之文字，只恐另择词句是不会有更恰当之新意的！然而，萧墅老人面对发生的这两件丑事稳定心绪不动摇，岿然拭目以待其自生自灭在低能思考之中！其后再作理会！

就此详述其上两则是非曲直的经过，着实应该把丑恶心态理裁事情的昏庸颠倒思想言行记录在文字历史上！不是揭露其败坏表现，而是为了令其不再以恶意用心害人！

老正兴于万福经理在十几年中用心良苦想最终达到强占萧墅老人作品目的之事的原案如下：

1989年前后，萧墅老人应邀到老正兴饭店作巨幅书画作品十五件，另外还赠给许多个人有小件作品，就此同时萧老写下文字提案连同十五件作品一并留在了老正兴负责人于万福手里，然而，于万福经理从此开始到今年2003年初夏关张停业为止，他始终对萧老提案文字冷而不作答复，当他与便宜坊集团合并后便硬性扣压下全部作品不退还给萧老，而且把责任推给便宜坊经理作主的强行做法造成的事端责任上。他们合力无理取闹的目的就在于强行占有萧老的十五件巨作！以惯用的拖延手法冷而不作答复来激化矛盾的妄想动小聪明！这一切全然被萧老看透了，因而指出：（一）属于老正兴向便宜坊出卖萧老及其作品的错打如意算盘；（二）属于便宜坊第三者手中的故生事端对萧老大施强暴手段！这两个单位人都在违犯保障公民财产权益的国家宪法！但是，身为大度的萧墅老人说："我宽恕所有不能宽恕我的人们"——这句话已从道义人格上彻底灭掉了他们肮脏的灵魂恶念！如此还用烦劳法律宣判吗？正是："不为浮云遮望眼，只缘身在最高层。"

另外，稼濮园饭店也在相对萧老动不良的心思！尤其明显的妄图偷梁换柱的做法，把萧老的总体文字废除不用而另行由无文才的他人写作电视宣传广告词，结果被电视台工作者公正的目光重新选用了萧老的文字！这该是怎样既不付劳动报酬而又利用萧老的文才地想埋没萧老的丑恶之举呀？然而，真理不容！因为萧老的文才早在2001年8月28日《人民日报》报导中就认定之是《文冠大千》的人物了。更何况是由萧老定名题写出的"稼濮园"饭店字号及以文字注解的饭店风格环境呢？

其上两则丑恶事端已暴露无疑的写在了生活历史上了！

萧老只是暗自笑而不止！这正是萧老自命居室为"时一笑书屋"的根本原由之所在！

有关萧墅先生老文人的生活历史趣闻轶事太多了！只能一一道来……

今天，便只能搁笔啦！因为窗外的天色已然大亮开来！《光明行》的乐章也已经奏鸣起来啦！此致

暂先告结——Bye－bye！

2003年10月27日　萧墅自白

读者朋友：我和大家告别了白昼一整天的时间，现在又是夜晚入睡两个小时过后，我再次回来向读者朋友用文字表述萧墅先生的趣闻轶事。

昨天白昼里，我于上午接待油画家刘戈夫妇及杨女士，他们邀请我出席11月1日的婚礼，我实在推辞不下便同意了他们的邀请，并同他们共进午餐，而后送别了大家。就在这2003年10月27日的同天下午接待了来访的刘林江夫妇并在德国工作的杨军先生，这三位年轻小友人的来访目的是邀我和妻子同赴德国进行讲学，我把相关资料交给他们带了回去。我几乎每天都是这

萧墅 著

云淡风轻

样不得休息也不得空闲的忙碌着各方面不同的事情直到夜晚来临，晚间倒头便睡，至半夜醒来审阅昨天的文稿，读罢便接续动笔书写历史生活的感悟之所思下的可歌人物——萧墅先生。

现在已是2003年10月28日凌晨两点钟整，我将接续上文向读者朋友们表述有关萧墅先生的真实生活历史故事，这位具有非常生活历史经历的萧墅老文人，他着实在人间社会人们当中活的不简单！我就此首先把这位老文人的历史生活事业概况年表用文字表述于下，而且是用英汉两种文字对照着作出表述。

农野寒窗诗意拾柒年忆情抒怀

　　我深感有韵味的情绪还是在古典文字知识和文化上，而且经过缜密观察无数人包括青少年以至婴童都深爱中国远古经典文学内容。我在大连市于2003年9月间参与古典文学经典诵读活动，亲眼目睹到幼儿园的孩子登台背读孔孟诗经大段文字内容。我自愧不如孩子们有条件有天赋和有幸获得到古典文化传承机会！但是，他们必须在长辈们引导下深化发展。所以，我在大连市的讲坛上面对公众作了多次有关古典文化学术传承问题的演说，而且深入到广电部直播工作室去接受采访以对话形式演说，也走进了电视台在摄像镜头里作了三次访谈对话。所以，我在大连市的那次学术活动实践令自己感到比过去在国内外数百次演说都更深有意义！最近，大连市公安干警李毅于2003年11月16日来到北京探望我，他对我强调提到大连市有许多听众都在希望我再到沿海城市去和大家会晤，我闻其言欣幸不已！并回想到自己于过去的拾柒年里步上演说台的历史往事，尤其是在2000年6月和7月28日于浙江金华和于北京大学百周年纪念堂的较长时间演讲活动，听众使我深加了解到他们的心愿，我才知道但凡中国人无论年岁大小或性别不同，大家都对古老中国深远文化深感十足的有兴趣，人人欲望得到了传承！真是天作其美，我竟然不由自主地在国内外人们邀请之下做了拾柒年传播演讲古典学术文化的工作，我虽然不是载着演说家帽子的进行演说实践，但是，我从实践活动上却以《文、史、哲综述概论》这个总题下进行面对群众演讲而迈开了实力派演说家的步伐！同时荣任为中国已故诗人艾青先生研究会首席顾问的称誉。为此，我于2000年6月2日在《金华日报》上发表了以《艾青故乡行》为题的文字。我受到了南国广大各界听众的亲切接待，老一代金华市委书记郭懋扬就曾多次在听讲席头排座位上听我演说马列主义学说内容的讲话。当地部队先进军人范匡夫也曾代表军界把我邀请到他们的部队上去对话，总之，我在南

萧墅 著

云淡风轻

国由艾青夫人高瑛陪同下做了很多有文化意义的大量文学播种工作！我不能不认为祖国广涌的大地就是我笔耕的文田！

现在，虽为深秋而犹似寒冬的京畿芍药居一带旧貌换新颜，过去的农田而今生长发展出了极盛文气的花朵——我亲手创立下了"萧墅文苑"。就在曾有的农野接连元大都土城遗址的地方，相应"萧墅文苑"门前的大理石碑也屹立起了两座高大的古碑，但是，古碑上的铭文已看不出来刻上去的是什么字意内容了。然而，"萧墅文苑"门前的石碑却清晰可见的铭刻着如下一句话："我以毅力压迫自身非毅力的本能行为。"而今当年的农野变了，变得新老文化气息浓郁起来，即便还剩下不多的农野板块也都可以堪称是文田了，如此怎能不把暗喻旧文人的"寒窗"一词也变化成新文化语言表述出来呢，此时此刻假装斯文的人还把新时代文人绕弯子地称呼为"布衣"，而深怀新潮时尚的当代文人思想里萌生的诗意却具有超前的现代实力派的影响力！有诗意萌生必振笔抒怀，因为这是《有情人生》的时代！回想起北京人民广播电台播音工作者李晓丽曾用《有情人生》为题开展广播事业，我写过的多篇文章就曾被纳入这一话题作出过连播！如《女儿酒》、《人老亲情在》等等篇章，在播讲过程中有无数熟悉我的人都收听了李晓丽对我原作的原文照播的节目。

我在《人老亲情在》的这篇文章中书写的内容，主要的是讲述了我与国家首任国家总理周恩来的秘书长顾明老人共处日子里的故事，其中细节还提到了我与顾老同去摄影家熊启瑞工作室的事情，熊先生至今难忘那段真情实感的故事，他与国家主席李先念的长女紫阳多次提到这段故事和我写的与故事有关的文章，还介绍了有关我在顾老的举荐下得到国务院的器重，由国务委员谷牧亲赠请柬邀请我出席"中美会议"开幕式，以及于开幕式上与美方政府代表人卡特、万斯、斯特劳斯、纳塞泽等人的会晤交谈的往事，李紫阳听了熊先生的热情介绍才进一步知道我与其父李先念国家主席也于中南海有过逢识，而且通过不断了解之后，李先念国家主席夫人林佳媚便将《李先念》革命史专集亲笔代签其字留赠给我，我也正是在众多友人器重下数次跨出国门做了对外文访工作，不但在1995年7月2日于韩国教育电视台进行了面向国际社会的演讲，而且在《东亚时报》社与法国政府文化部的理论家玛莉奥蒂尔进行了长达一天时间的会晤交谈！在交谈过程中终以中国古典文化的论述引起了这位法国人对中国文化产生了新感觉和新认识。我就是这样成功地在国内外走过了拾柒年的时间！可谓文拓八荒而终于开垦出属于自己的广壤文田。同时，我在这块文田上勤于笔耕播种、灌溉、萌芽、结果出现了丰收局面，从而检验出了天道酬勤的真理！看吧！大量的诗、文、书、画出版物遍及国内外的书籍画册都是我在这块文田上丰收的果实！只就我创作出版的《华天诗吟生肖十二品》首印出版的精装版本的专集就有三万册之重！而且以十六枚邮票面版引用了十二生肖为画面的邮票集锦封套也出版面世了三千册，还有我在牛皮上使用特殊化学颜料创作的百米《古国神牛画卷》也载入了世界吉尼斯记录，更有我编辑并写作出版于香港的《戈壁归来人》一书无人不喜闻乐见，我的《萧墅诗集》内容风格格调必然的与众不同正与我特殊经历有关！这是不言而喻的！所以，我终以实力发展步入了《当代世界名人传》史册，也载入了《中国美术名家名作选集》，我为此深怀自慰平生之感！

秋深了！未入冬的寒气带着雨夹雪提前袭来，我这条老迈的文化生命心里却依然如燃烧的地火在炽热着我的身躯，我怎能不以这拾柒年的收获而深感欣幸呢？正逢也是在2003年11月17日里，我写下了此篇论文，我真高兴！我在我文苑忽明忽暗的灯下努力于文田上耕耘！心情激奋之余写下了这篇总结成果的文字！我将以此手稿原貌印发出来，以之作为礼品请读者朋友们用明心见性的目光来阅览我心血和文字凝结而成的这件短文小品！其实，我要表述的内容远不止这篇短文能包容一尽！待叙……

此前，但凡对我人我事还略感有兴趣的读者朋友，可以查阅2001年的8月28日《人民日报》、查阅2002年5月24日的《文艺报》、查阅2003年11月7日《中国改革报》以至以前的很多家报刊杂志，都刊出有关我的文化发展史的内容，概而言之的说来，《文艺报》相对我在报纸上用过的文章标题给我定位的既概括又准确，《萧墅：从孤儿到文化名人》这个文章报导的标题是十分恰题的！也可谓是《异才出手，文冠大千》——《人民日报》就是以此标题对我生活事业作出文字报导的！

2003年11月17日　萧墅拟文

萧墅 著

云淡风轻

- 我比聪明者们多了那么一点傻劲头！
- 谢答友人宋作桐之邀的随感小品文
- 我绕过埋没我者而创造自己救自己的强力发展条件
- 早春二月冬雪春来的幻思 （我的爱是说得清楚的）
- 说梦

啸傲
踏戈

奔驰

供荒八百里十滇。對長空依稀見古道，黃難見人煙若云清寒，志請君尋海，盡得山果珍禽贈真，别有風化力魂起然神，輕再凌紅塵襄學止，那與眾同先生莫見怪等待蒼生聲情仍時了不向喁心為求不道乎壯懷了酬功�t毒殺樂觀靈芯不重一世大江東去佳州舟青等正戊辰春王時川月...蒼雲桂整

我比聪明者们多了那么一点傻劲头！

　　我在很小年岁的时候，我就对人与人相互表达的言谈话语深感有暗含着的微妙内涵，因此，我在几十年生活当中听别人说的话意总会反复推敲，同理，我看别人用文字表述在纸上的语句更是反复精心去深加理解，所以，我在对别人说话或写文字的时候也极为慎重！往往一句话或写在纸上的文字句子，其内涵十分深刻复杂地含有另外多种意思意义！如果只凭表面理解去照办就会受到语言的愚弄！这个问题不但充满人与人之间的普遍生活空间里发生着智斗问题，而且在特殊的种种场合对话中或文字交换中都暗藏着杀机！我就此提出的这两方面有关语言或文字问题而言，人们觉得自己深有所知，其实不然！现在，我就以我写在本段文字里的用词为例作出解剖来说明其深意，看！我用"普遍生活空间"和"特殊的种种场合"作我的思想，认识客观世界众人发生的不同问题和作用加以表述！就决不是随意的选用"普遍"或"特殊"这两个词汇。又如：我在自己写作的某篇文章一开头用了三个字"秋深了"，从表面读起来是在说秋天的气象，其实含意很特别很深刻！我用这三个字就能代言自己年岁老大了，学识经验丰厚了，懂得生活的复杂性了，了解到人间语言背后所暗藏的善意或阴谋啦！总之，"语言语气语汇"运用构成的《语言学》决非简单！如若认为简单便是纯属自以为是的得意忘形，甚至是幼稚可笑的无知。因此，我经过深入观察和了解加分析的认为，无数人的年岁不小而对生活的基础语言表达却不会运用！这样的人多如牛毛，我再揭露的深一点儿说，相当多的人无计支配文字！也就是不会运用文字写文章！甚至成为了响当当的文学家的人们，照样把文字表述的十分混乱，其文字颠倒的如胡言乱语，但是还把这样糟透了的语句添入歌词唱出来！而且人人在高兴的听和随着拍手唱到一起！更甚的是自称是语言艺术家的人就太多了！纯属自嘲！我于此不必多加揭示。总而言之，我在《语言学》道路上已经认真走了六十多年探索的时间了……

《语言学》是真正决定每个人有无生存能力的关键学术！也是决定每个人本质性社会地位高下的衡量尺度！是推进每个人发展的根本性助力！《语言学》不是空洞的理论！它与各行各业有着重要的密切关系！

我除了研究《语言学》之外，我也研究诗、文、书、画。"诗"就是《语言学》的最高灵魂体现，文同此理，书分两道：（一）书法艺术，（二）书籍著作。我皆有超乎象外的研究和认识！我说：书法作品当有诗意显其灵气！而著书立说尤应该把一部著作体现的富有诗意！我再论一论"画"。画给人们的赏析效果应该极有诗意感受！"画"实际上是艺术语言！然而，自称为是画家的人们太多了，而所谓画家却连话也不会说，文章也不会写，诗也不会作，如此能画出高水平的作品吗？甚至奉为名家的"画"品味也极低！而人们却还在用报纸、用广播、用电视等手段当作"菜"进行"炒作"呢！这样的"菜"炒出来也不好吃！不过，社会上这种普遍现象与处在清苦生活条件上的我无关！我玩赏书画而决不充当书画家！我研究了几十年的《语言学》足以使我超然物外的活在人们所设的各种圈外了！我"食无求饱，居无求安，敏于事而慎于言"的活着，我这样活到"死"点上就会证明出来我没死在求生的目的上失德！换句话说：我已宽恕了所有不能宽恕我的人们啦！

诗、文、书、画，曲苑杂坛对我来说，我也听够了和看够了！至于那些像美术家们画室里的"模特"似的人抡胳膊抬大腿的"舞蹈"太多了，太热闹了，我看不懂其美感的奥妙体现何在？而认为却比不上树枝弯曲的线条给我的灵感更多！尤其是秋冬之际的各种树木自然的造型令人赏心悦目！画家们如不把树木的自然造型姿色画出来，那么这样的画就不会有吸引人的趣味！一切，情同此理。我已对人们在大型乐队里搞的吹、拉、弹、唱听而不闻了，当然，视而不见！世界上的艺术家们就是那样儿，而人人总要活下去和活的好起来不那样儿也不行！随着生命发展的年岁对人的自身是不客气的！譬如，人们想学《语言学》已来不及了！这门学问必须从小的时候在人们当中挨打受骂忍气吞声和在承受几十年的磨难中去学，不过也是"可能"而已，因为在学习过程中极易夭折！现在，我是《语言学》的知音文客，所以，我知道自己的苦衷！而且知道别人学不好的难点在哪里！就以我现在这把年岁的人来说吧，我几十年来每天都在人们睡熟了的静夜里起来下功夫研究、分析人们白天说过的一切话意。并且认真的在纸上应用文字作笔记！我比干任何一行事业的人都苦！熬神费力而不赚钱！却还要搭钱去复印和打字！您说：您愿意丢下自己的行业不干而学我干这种傻事吗？傻子也不干的事情却成为我良心的天职责任了。我就是这样深入学用《语言学》的！

2003年11月20日星期四　哲理诗人萧墅拟文

萧墅 著

云淡风轻

话不再多而在于深藏真理

我写作的诗、文、书法这中国画作品，在国内外形成的书谱画册出版物，不保守的估真说法说此作品表示而明白的告诉天下每个人。我决不是在说空话，而是有相当可观数量的出版物事实存在于国内外社会上流传。我就此具体林情况的事实或史实请问你做到这一估于误着大众人们当中。我就此具体做到这一点了吗？难若没做到这一点就别在其他方面来面对我空口白牙的瞎扯谈然的言词了！至于任何人做些大小买卖商业的海一大笑话当时的事情到到我仰着脸来鸡进口！因为我对没有文化的的寿命之长失！谁若对我说其自己也写水平文版有书谱画册。那我如频比一比京版物上的文墨水平的内活深浅高低了！（列比左右声大小以及社会地位高低这美发而物质烦表）言主于此还团说什么废话了？

未来来！我让年等就看进来瞅着去……

生、湘薪馨克人笔迹

乙丑年二月廿二日同四郎枚藏之光

我拒他回答实然转换话程内容的问话！

对话中的言词不可跑偏——偷换
概念的滚球语言此电费话！
而费话就是康话！亦耿不
说费话而以他对不好别人
说费话给原味

指答偷换概念如废话！

谢答友人宋作桐之邀的随感小品文

　　我最近休闲赏析江西电视台重播的电视剧《封神榜》，本不愿意间断，但是，老友宋作桐先生打来电话说约我在2003年11月25日同往广西观光，我不得不放弃了赏析电视剧《封神榜》的重播内容了，不过，我从中也领悟到了星点教益，尤其插曲唱出的那句话"我辈需独占世界潇洒"，它使我对与友人同往广西大长了潇洒走一回的兴趣！

　　明天，我就要登程了，自北京搭班机飞抵广西，然而，我思想里回想和保留的声音记忆尽是插曲中自己连不起来的一句又一句的歌词，如："愿生命化作那朵莲花，功名利禄全抛下，让世人传颂神的逍遥"等等动人心魄的词句，还有什么"一个神话就是浪花一朵；一滴苦酒就是泪珠一颗"，把歌词联系剧情回味起来细作推敲，再想一想自己的生活经历真的有时像浪花一朵；而有时就是泪珠一颗！不论是浪花还是泪珠怎能不都是与功名利禄相联系着的呢？想到此又怎么不该把"功名利禄全抛下"呢？真的就该走上"神的逍遥——我辈需独占世界潇洒"。由此想到剧情中的哪吒魂影飘冉在天空中的那一幕景象，正如把连着功名利禄的骨肉全用刀自觉割还给父母来抵龙太子一命似的！那就是"神的逍遥"吧？我想到自己与神话中的哪吒大有同命相连之处，我也是从小的时候被逐出家门，从那时自己也就再没有家了！我的魂背带着流浪的身影便逍遥的不怕挨饿受冻的苦难了，我终于从小的时候熬到了中年才被大众封为神圣的画家！这时的我，才达到了"独占世界潇洒"这一步境界！所以，我的心情被歌唱家在《封神榜》插曲中给代唱出来了——"愿生命化作那朵莲花，功名利禄全抛下"，我在过去历史流浪生活基础上想不把功名利禄全抛下也不行啊！谁能给流浪人社会地位呀？因此，我也就从被逐出家门以后始终就没有社会地位了！尽管文化艺术能力超乎寻常的有大本事，而却也排不到社会有组织系统的名位上去！当然，我已经如此便也无可后悔！尤其是已到生命的暮年了，我更无所好奇的向往思潮了！这里只不过是对照《封神榜》电视剧的情节联想自己这将近一生时间的历史罢了，其实，我如此活下来又修炼出通身的超然本事到现在能有何不潇洒呢？论社会地位我没有大家那份条件！论本事我比谁的本事只高不低！哪吒有火尖枪、风火轮、金钢圈三宝！我相应之则有三个字，这三个字就是"语…言…学"——《语言学》。

其实，《语言学》的表达和表述能力，就是衡量人生活能力的尺度！也是测定人本质社会地位高下的尺度，也还是推进人全面发展促进获得公允认可的助力！《语言学》不是空洞的理论，而是与社会上各行各业都有重要关联关系的桥梁！人，谁也脱离不开《语言学》的应用！而表达能力和表述能力在人与人接触过程中便自然会起到区别人们本质社会地位高下的作用！其余之说已不言而喻。

《语言学》以极客观的真理口头表达方式和文字表述方式或行为方式面对公众形成实践活动，并以此实践活动持定批评与自我批评人与人彼此间的主观性错误的认识论，同时发挥出维护客观真理的强大威力！《语言学》是人在自己头脑中建立的思想工作机关的代称，也是古来有之的人类精粹语言的源泉！也还是最善意也最讲究法理性的公平正义之声的现实。

我于此今天不作深述阐论，因为要准备明天出发的相关工作，写此短篇文字也是旅行前的准备工作之一，目的在于与友人在旅游过程中以之充实思想和作推心置腹的表述，从而助友人对我产生更深入的理解！我认为只有从思想上真诚待人才有可能在更多方面得到友人的理解和谅解，从而促进团结关系的产生良好结果！写作至此就把这页短篇文字送给友人宋作桐先生为2003年11月25日的礼品吧！

2003年11月24日周一凌晨　笔者萧墅

我绕过埋没我者而创造
自己救自己的强力发展条件

　　我在本篇欲表述的文章标题中最后用"强力发展条件"之说，就是在所有人面前的生活空间里创立下自奋事业的成就事实！让人们看得见摸得着而毁灭不了！譬如，我在巨大的青石上铭刻下我发自深思的诗文这种做法，就是强力发展条件！如果继续扩大强力发展条件，就可以把在青石上铭刻着的自己的诗文经过拍照而后出版到本人写作出版面世读者大众的书中，如此也就构成强力发展条件了！尽管如此，而多如牛毛不自重的人们，他们也还会不去关注事实而空洞的站在我面前对我加以盲目指责！或暗中诋毁！总之明枪暗箭会经常向我发来，但是，无论是明枪还是暗箭已无力击倒我铭刻在大青石上的灵魂思想表达的文理精神形象啦⋯⋯

　　现在，我对抹杀我的人们不屑一顾！我不向他们作任何口头语言解释！他们是使我深感爱莫能助的人！因为他们没有星点儿语言文字能保留在生活历史空间中！他们饱食终日而语无伦次的话语不值一驳！任他们心衰力竭的身躯暂时的活下去吧！他们百年之后一死了之而不会给活着的人们留下有印象的文化精神财富！他们在活着的几十年时光里不过是经济气囊或者是代替点钞机的一股动力！我已用不着所有人们一改抹杀我的说法做法而笑面向我恭维了！我尤其是在走进年近古稀的这个时候，面对人间所有表现诱惑力的一切已不在乎了——全然扔掉！废物！没用！清除之！我宽松的就此颐养天年！我家不是"聊斋"；我接侍应用文字与我对话的学者。我就此明示于天下！正是：

无题

闭目闲卧拂松风，海潮海语海啸空。

岂如项下青石枕，铭刻诗文传心经！

2004年元月6日周二　萧墅拟文

早春二月冬雪春来的幻思

（我的爱是说得清楚的）

　　我踏着于春天里早来的一场冬雪走向广西大厦，一路上清新的空气令人深感神清气爽。蓦然回忆联想到有一部电影故事片的影名叫作《早春二月》，而自己此时此刻正好是走在早春二月的路上，更具体的说是在2006年2月6日星期一上午接近十二点钟的时候，我在漫天飞舞着大雪的路上走着，突然接到林日琼打来给我的电话，她邀我到她那里共进午餐，她还说有一位八五届毕业于中央美术学院的石先生也将到席共进午餐。我毫不犹豫的接受了这位广西大厦的林总经理的邀请！而且正点到达了广西大厦的"北海"命名的餐厅，就这样开怀畅饮的和新老友人们欢聚在一场春雪降临的宴会上了。

　　席间，那位曾经毕业于中央美术学院的石先生，少不了与我攀谈艺坛风云的往事，我则有问必答，期间谈到近代中国画山水画家傅抱石先生的轶事，我便把这位画坛上已故的风云人物画过的一幅《雪野江山访贤图》说及出来，我告诉石先生说这件原作现存于我的老友李毅华先生手中，这位李先生也是一位大有来历的人物，在少年时代曾是登上天安门向毛泽东主席献花的少年先锋队的优秀少年，其中年曾就任紫禁城出版社的社长职务，是一位现居北京欧陆经典豪宅广有才智的人物，我和这位李毅华先生相识六十余年而却并不经常走往。但是，我们彼此互尊互重，他每有相邀我必以至。关于傅抱石先生的遗作就陈放在李毅华先生的客厅里，我亲眼目睹观赏过此件山水画珍品，而且，我还为这件作品题诗写道："冷落寒窗外，江雪断桥边，欲访曾知己，客友连声喧。"李先生远在距今半个世纪前就知道我在和平画店经常出没，也知道与那时画店中的常客名流画家们有所交往，关于解放初期我在中国画界的历史，也不仅是李毅华先生对我有所了解，就是当时在画店工作的韩度权以至那时社会上大有名气的画家们，大家都道我是管平湖老人熏陶下成长着的一名奇才文人画家，而且，我也为很多当代名家的作品题写过诗文，譬如：我在广州黎雄才老人家中为老人题句写道的"云行月前如月往，日落山后似山移"的作品连同老人的书法作品在一张宣纸上，现在就存于我手中。又如，我在深圳也曾为白雪石和田世光两位画家题写过诗句，我诗写道："白云深处一声钟，雪落山前万壑空，石壁层然岚烟断，君坐燕邑画漓风。"总之，我不得不把丙戌岁首在广西大厦北海厅上的一场雪宴聚会，有根有据的化为精神会餐！因为，我深感当今社会各界人们已然甚渴望中华文化的补充了。不然，人们头脑里只印象有死去千年的诗人李白，而却麻木的不知道当今更富有超越前人的诗才人物，如此岂不断了文化的香火？所以，我虽不才而却有勇气推陈出新的创造当代具有新鲜感的诗文书画作品！

我是《戈壁归来人》书中的惨状史实上的主人公并作者——萧墅，也是发表《文化自救之路宣言》的文章笔手，还是《华天诗吟生肖十二品》的创作者老文人，我写作的文字手书原稿包括发表在社会杂志上的和复印件，都转赠给相关的友人进行检阅！我的文章被我视为属于我统领下的一支真理无敌的文字钢铁部队！几十年来攻无不取战无不胜！经得起调查、研究、分析、推敲、核实！皆有人物、时间、环境、条件可以具体查证的一清二楚——战无不胜的原因就在此真理上！我此时此刻亲笔手写的这篇文字，（一）赠林日琼（二）赠李毅华（三）赠诸多友人以期大家检阅……

我如每片雪叶似的必然身含尘杂垢物，大家能理谅每片雪叶，就也给我一点理解和谅解吧！我和雪叶一样不怕也回避不了被人们踏在脚下的命运！尽管如此，我和每片雪叶照样供人以观赏和同时给以清爽之气通透人们的心室！这篇文字也将收编到我的《芳菲的杂感》集子中去，我暂命名为《早春二月冬雪春来的幻思》。正是：

> 人海苍茫渡春秋，
> 是非曲直皆可丢。
> 主心骨里自知趣，
> 语意天真去两愁。

2006年2月8日星期三上午9:06分

拟此短篇文字并记 诗人 萧墅

说　梦

——我睡醒了的时候——

我睡醒了，我怎肯张扬着把还没睡醒的人吵醒。

我想，一是远离开还在酣睡的人。二是别与边睡边说梦话的人那番梦话对论。（因为他说西你说东对不上口！当你随着他说西时而他又变成说东啦，还是对不上口）所以，我睡醒后便与没睡醒的人主动拉开远距离。我必须信守这条人道主义的做人的规矩。躲向没有睡觉的人那边独自沉思默想自己曾在睡梦中的见闻。我觉得自己在梦中时候的见闻比自己睡醒后在白天里的见闻有很多特点：梦中的见闻没头没脑的怪事是经常出现在梦中的，还有在梦中的见闻在某些事情上也常与白天碰上的事情有相吻合出现的情形。再有梦中的见闻感觉和真人真事一样喜人或者是吓人出一身冷汗，还有不必一一冗言的各种各样奇特的情形也会出现在梦中。所以，我感到有的梦是美妙的，有的梦是吓人的而却又是有惊无险的。为此，我睡醒之后，我决不去打扰正在酣睡着进入美妙梦境世界的人！不过，我祝愿酣睡中的人别陷入噩梦事情上去……酣睡未醒的人，睡吧！睡得越香、睡得越甜、睡得时间越长久便越幸福！我对待我家中从入睡到未醒来的人正是这样信守道义而绝不去吵醒他们。我则还有另外一处自建的文苑居室环境，那里只有我一人当作读书写字的环境，那里十分简陋宁静绝无噪扰的声音，屋子里只有旧的檀木，红木条案桌椅床榻等无声之物，也有花开花落的草木，还有从去冬喂养到至今2006年2月16日早春还鸣叫声清脆响亮的一只蝈蝈，说来也怪，我在那里它鸣叫的十分热烈，而一旦有客人走进我的书房，那蝈蝈便立刻停住鸣叫声。我独在房间里的时候蝈蝈就陪伴着我唱起它那声音单调重复节拍的歌儿，我说它很有灵性……

我独自在我文苑屋子里有蝈蝈相伴毫无寂寥之感，而且在醒梦之后的深思中更别有一番充实的滋味儿。我有很多篇诗文都是在这早春二月的诗意屋子里写作出来的。现在，我又在写这篇《芳菲的杂感》总题目下的另一篇短文。我将立题为《说梦》，副标题就是《我睡醒了的时候》。

我醒后就离开妻儿老小还正酣睡的人独向自家另一处房屋去自学文化。

我这另一处房屋虽然简陋而却向阳，屋子里被阳光照得又温暖又明亮，在双层玻璃窗内的床榻上坐下来感受阳光照耀的温暖特别舒服。这种温暖比一切取暖方式使人感到柔和，尤其是光明给人以爽心的惬意。这种滋味儿真是美不胜言，在阳光下暖着自己精神和躯体。眯着眼睛沉思默想已成为过去了的昨天的事情，喝上几口清茶，吃些粥饭咸菜，饭后吸上一支自己手卷的旱烟，而后便动笔从容的写作诗文散章，以此一举两得。既练习了硬笔书法字迹，又练习文学写作的工作能力了，而这个意志却要以耐力和毅力来完成每篇手写体的文稿。从而达到修身养性自强自娱的生活在千折百转的复杂生活中岿然不动贪心的目的！正是：

胸藏万卷经书阔，
脚踏千山武功岿。

我这样一个年迈人，

我这样一个平凡人，

我这样一个老文人，除此安适心情还能有何作为呢？无疑唯有静卧草堂以待天年有终之日的从容的活在暮年时光里，我想这样一层推理下的几句话："一个字写在纸上记在心里就如同是自己带在身边的'士兵'，一行字组成的真理字句就相当是一个'兵团'，写成一篇无数字的文章就如同是自己率领下的'千军万马'，自己又怎能不是富有文理的文字统帅呢？以文传承卫国匹夫有责！正是老有所为"。因此，我睡醒了我就动笔安然的做此不会惊扰别人正在睡眠的工作。我如此从中摸索出的真理，我力求自知而决不强求别人有知于我！几十年来，我自重自己一字不苟写下的大量文字，我不时的检阅整编梳理自己笔下的诸字诸句诸篇文字"大军"。无谈乐趣只论严谨生活做人之道！我究竟写下了多少篇章的文字也从未去惊扰睡梦中的人得知此事。但是，历史会记住我这个年迈平凡老文人的史实！

总之，我睡醒了，我怎肯张扬着把还没睡醒的人吵醒？

但是，我为了不冒犯别人安睡的幸福权利而只能退避三舍以写作诗文自加聊赖本人平庸的生活时光。

此篇完成时间是2006年2月17日星期五黎明前5:24分钟

认真写作下的文字是留给自己灵魂的纪念品！决非戏言也！

萧堃 著

云淡风轻

马克思引用卢克莱修的诗

不死的死亡夺去了有死的生命，

«mortalem vitam mors imm
rtalis ademit»

　　1789法兰西斯制度文明
艾约.西蒙士写的小册子
　　《什么是第三等级》中写道……
什么是第三等级？一切。它在政治方面直
到现在有何作为？无所作为。它希
望什么呢？希望有所作为。

我在1976年到右，生活于河北
林村的时候，在煤油灯下读了大
量的哲学书，因而保存了以来的笔
记。——1993年2月17日夜宝海
　　　　　　　　　　萧默

Mortalem vitam ms im mrtalis ademit

（马克思多次引用卢克莱修诗句原文摘录于1976年5月1日）

今天已是2002年5月9日星期四，距今26年前，我就深爱哲学探索研究并从事哲理诗创作，当然发表并出版面世读者大众百许多篇作品。不过，我在距今的26年前因受盲目势力排斥而流落到河北农村落足，但是未改前志而于村外土屋继续深读马列主义著作并留下了可贵的读书笔记。我今虽至人生暮年而重温过去的笔记，此时此刻感慨颇多，我在感慨中蓦然被电话铃声震住，待收听时才知道是深圳小李来电催索我近期写作的诗稿，小李以自己李长春的名义已于此前把我创作的《华天诗吟生肖十二品》再版了三万册，所以此次催索诗稿之事，我推辞不下，只好照办！

诗天客——萧墅记文于北京文苑

玉门玺颂咏二十八字古风句

其一　　　　玉树蟾宫烁光寒，玺印通碟三月天，
　　　　　　门前仰首观星宇，颂句横空连珠旋。

其二　　　　玉白云青著史篇，门外谈易思空然，
　　　　　　玺文明心见性悟，正直才人话意绵。

再展鹤顶格落笔即成古风句——咏玉玺门

玉带桥上琵琶行　树隐风魂映水中　蟾娥瞰抚汤公子　宫阙十面埋伏兵
烁然灵思弦音震　光天化日出朗星　寒泉诗涌泪盈框　玺篆铭文颂应曾
印痕朱色即心血　通灵乐曲兵险溶　碟文失衡将军死　三生有幸骸下情
月移星空话青史　天理人情错杂声　门首依栏思痛定　前朝是非海啸空
仰怀大贤衷崇焕　首肯伴从乐师崩　观云起处诗情醉　天总有恩降苍生
宇宙玄机待深解　颂扬声里忌盲从　句势直朴唯自知　横竖须该讲真诚
空乏言词何须睬　连索激发利刃锋　珠宝不及慧海阔　旋然古曲果动衷

旧作寄情复书友人

太极玄理激山泪，八卦紫圭漱泉凉，
周易天轨锤翰墨，苍宇星罗布诗章。

红五月的第一天

作者：萧墅

萧墅 著

喂！

你说，文章从何而来？

嗨！

我说：文章由人与人又团结又斗争中产生的！

哎！

斗争多苦恼啊！

不！

苦恼中才有甘甜滋味儿呢！

啊！

我只愿团结而不要斗争！

呀！

傻瓜！人都是在斗争中出现的——人才……

咿！

我有点明白了！

喂！

你再多讲点儿道理吧！

哼！

我还要去大觉寺观光呢！

哈哈哈哈！

大觉寺有什么好看的？

不！

"无去来处"的匾特别好看！

哎!

我喜欢看的是"动静等观"四个字!

行了行了!

我们一块去看吧!

走!

两人登上卧车直往大觉寺飞驰而去。

(二)

——又一次对话——
《放羊娃的逻辑》

娃娃干啥哩?放羊唻!放羊干啥哩?放羊卖下攒钱唻!攒钱干啥唻?攒钱娶婆姨!娶婆姨干啥唻?娶婆姨生娃娃!生娃娃干啥唻?生下娃娃教他放羊唻!哈哈哈哈……好个教他放羊唻!

端午节将至缅怀爱国诗人屈原大夫
拟句祭以《诚笃自斟》篇而示我怀

2002年5月1日至4日周 凌晨
诗天客 —— 萧塈

（一）　　　爱莫能助始远尘，《国觞》罢别洁仁臣。

　　　　　　诗天魂驾青虬去，人王地主醉孤坟。

（二）　　　屈子行吟《涉江》篇，血荐诗行度婵娟。

　　　　　　古往今来《离骚》恨，晓风残月坠西天。

了观大觉寺化为餐云逸阁憾然咏题，以古风四首拟诗稿而待后整，即此以前提书录之于下：

　　　　　　动衷言语贯平生，静养慈怀抚愚聪，

　　　　　　等闲心态耐寒苦，观音普度任从容。

　　　　　　无求有报修证果，去邪驱庸天竟承，

　　　　　　来生百年云烟里，处子慧眼岂朦胧。

　　　　　　大地天庭何有别？觉悟之中认苦行，

　　　　　　寺庙外云金禅语，记牢施善无所凭！

另《无题》五则

一	二
五台山泉澍琼林，	任重道远苦修行，
月下题书碑有痕。	海量参禅楞言经。
二字藏头不漏尾，	平生六载曾削发，
日转星移立意深。	正宗少林素缘逢。

三

血染征衣杀气惺，
谁把胭脂化水中？
弥天大谎须认罪！
七级符图佛谅情。

四

瞒过他人难自欺，
虚设迷宫时漏蹄。
暗笑聪明常误是，
汝咒狂痴却显愚。

五

白昼难醒梦中情，暗夜无光却魂清。
老夫多难常有解，儿戏人生鬼不灵。

一日赴大觉寺，二日隔纱醉卧养子榻上，三日晨往香山，晚归待客任海平于文苑，至深夜客去不眠拟其上诗草共七首古风鹤顶格句并记于2002年5月4日周六凌晨六时搁笔。

无题之梦

我在海岸绿洲上，
我看见了自己眼前的汪洋大海！
我还看见了那大海里漂浮着有
被淹死的人们、还有正在挣扎求救的
大批将遭灭顶的人们！

哎！
我多么想救他们登岸！
然而他们却在危难中大骂我——
他们骂我是"反叛"、是"狂人"、
是"野汉"、是不该登上海岸绿洲的活人
等等等等！

我的善意愿望被他们的骂声撕碎了！
他们表明了不愿意和活人我生活在一起！
我怎能不遵从将死的人们的意愿？
死去吧！汪洋大海是你们的家！
死去吧！我对你们深感爱莫能助！

我眼前就是这样的场景，
这里用不着以诗的语言赞美其境的悲哀！
实话直说吧——
他们被汪洋大海淹死是自找的……
他们被汪洋大海吞没纯属活该！

我目不忍睹，

萧墅 著

云淡风轻

我垂首默哀……
重温《当代世界名人传》有关自己灿烂的史篇
我用笔在这本书的封皮上把历史的悲哀记下来。

2002年5月6日星期日　诗天客萧墅

生　命

那种，把错觉当成正确结论作出表述的人，
在自以为是聪明之下暴露的是愚蠢！
另一种，承受着误会把纯情永远珍藏在心灵
宝库的人，在显示着绝顶的英明！
这两种人在貌合神离中……
那天壤之别的本质却都说存小异共大同。
人间的事情，正是在风来雨去的展现着太空
自我矛盾的天性——
灵与肉构成了同一差异体的生命。

2002年8月18日周末子夜之思
诗天客萧墅

夜 雨 闲 吟

祸起萧墙语意深，鱼藏剑刺王缭心。
北斗栏杆弹古曲，鬼使神差喻今人。

注：正值壬午孟秋中浣即公元2002年8月18日子夜，窗外风雨飒飒，风声雨声令人难入梦寝，故尔提笔于案头灯下拟其上新体白话诗并古风句，以解秋愁闷怀也并记。

诗天客萧墅

清上無極

莺啼序
题萧墅画册

杨牧云

无心阵云出岫，只毛锥一扫。鸟飞倦、投入重林，隐没濡翠枝杪。叠雄嶂、胸藏谷壑，如椽笔运重重巧。现云翻崔崒，餐霞宿露魂绕。

游客扶筇，药倡荷铲，赞灵山蕴宝。泻寒瀑、疑假犹真，神游画卷不觉。谒昆仑、初惊雄伟，对珠玉、方钦学饱。捷才华、潇洒挥毫，令人称道。光芒乍射，魑魅欺人，弄昏明颠倒。征万里、背乡离井，淬磨筋骨，孑影孤身，百经寒燠。丹炉炽火，猴头傲性，迎灾趋难余轻健，得摩尼、五蕴心田照。蝇头蜗角，宠荣得失全抛，诗书绘画唯好。　　童年稚岁，对帧依栏，记名家画稿。细摩揣、层层深入，形韵兼收，划指当毫，代笺以袄。由衷传法，倾囊授艺，门墙桃李成俊逸，育英姿、豪迈新风貌。来朝搏浪鹍鹏，山海扶摇，不凡负抱。

自 示

少岁寒窗苦，
老来画案贫。
清风伴铁骨，
冷眼透红尘。

无 题

圣人难免遭众挫
海量容天化蹉跎
潮涌文思铭匡史
贺兰武穆殒风波

2003年12月28日
诗大客萧墅

萧墅 著

云淡风轻

文卫翰史陈列馆

翰史艺术馆藏有当代中国画翰墨巨匠萧墅先生三万多件作品，其中包罗万象发蒙振聩。更有一幅风云书画上盖有75个名人印鉴，世界各国元首的印鉴就有三十六个，是前无古人的绝世珍品。

文/王長文

馆藏珍品诗书画，剑韵刀风独一家。
泼墨平生三万幅，笑将图篆绽奇葩。

文/王長文

难得一书中外章，铄今震古放光芒。
神牛百米图惊世，腕下风雷笔墨狂。

文/王長文

黄沙大漠三千里，古道西风落日斜。
一馆画书藏万象，百年有志傲京华。

文/王長文（藏頭詩）

奇画瑰文震世寰，人正气傲避邪奸。
萧然物外天机悟，墅隐诗翁乐逸闲。

文/王長文

几经磨砺品偏尤，画境文河恣意游。
笑骂由心惊世梦，一腔豪气傲公侯。

文/逍遥

秦书汉画馆中寻，宋韵唐风老竹音。
丽句难陈沧浪事，诚邀萧墅筑兰琴。

文/平兒

翰墨艺潭诗卷画，文人萧墅独成家。
一生泼墨留精品，图篆奇葩赠远涯。

文/雲中客（藏頭詩）

翰墨流香醉万家，史藏国宝世人夸。
艺廊绝品胜今古，术苑风云名印华。

文/原來愛

铭魁翰墨清贫贺，古国神牛画卷人。
书法诗篇蒙振聩，扬名中外馆藏真。

文/恭喜

铁笔一挥天地美，巨幅三万引人眸。
笑将图篆当空舞，翰史丰芳代代流。

文/梅雪

雅堂长卷翰林风，白意丹书水墨情。
国韵史香华粹湛，淡淡挥就好人生。

文/梅雪

大家名匠久遐闻，旷世奇才灵慧根。
独立自强扬国粹，墨书丹绘展雄魂。

文/雨方

书画一城翰史留，萧家宝墨数风流。
丹青笔下文豪厚，鉴赏传承诗画优。

文/秋石

椽笔千钧舞大风，神牛长啸浪波生。
发蒙振聩风云起，瀚海巍巍一堵峰。

文/南風

饱积萧郎德艺煌，风光满室墨盈香。
丹青字画行张好，发古扬今翰馆藏。

文/三秦雪翁

中华翰墨妙无穷，萧墅先生不世功。
一幅风云惊宇内，诸夷伏首万民崇。

文/田耕

当代名家为巨魁，神牛画卷画坛唯。
超然翰墨一能匠，三万馆藏精品蜚。

文/吾華天光

琳琅满目画诗书，绝世刀风独自殊。
戈壁归来萧墅苑，雍华缱绻傲江湖。

萧墅 著

云淡风轻

文/平兒

奇才旷世早遐闻，墨宝丹青润慧根。
老骥仍存千里志，高风亮节铸忠魂。

文/寸土者

悠悠岁月叹蹉跎，款款朱章鉴墨歌。
宇际风云收翰史，毫端儒雅放轻波。

文/斯弄哲亘享英

泼墨描成景万千，挥毫写就水连天。
平民俯首耕阡陌，巨匠平身望百川。

文/曉風殘月

泼墨层林叶满溪，空山薄暮染霜枝。
尝思瀚海藏经史，不意萧公著画诗。

文/開封

翰册珍藏万象罗，风云印鉴作绝歌。
萧翁妙笔丹青润，日月春秋大气托。

文/孫德振

龙腾蛇舞杜蘅芊，难得神牛耕砚田。
跬步始于千万里，丹青翰史绘尧天。

文/雪兒飄飄

翰史丹青垂翰史，风云字画现风云。
一番挥洒才华展，几笔飘然韵永存。

文/感受生活

丹青淡墨胜先贤，百米神牛悦目鲜。

绝世珍藏留翰史，名人印鉴竞相连。

文/紫飘带

丹青神韵走书廊，宝墨挥毫百世芳。

翰室仰瞻前辈艺，国中瑰宝美弘扬。

文/佳音

奇才盖世笔飞霞，翰墨绵延印鉴加。

万幅绘成凭实力，馆中书画大家夸。

文/三醒斋主

翰史藏精品，名流鉴墨工。

江山千万里，大匠运春风。

文/逸群

文房四宝灿书画，万件珍翰誉世嘉。

笔走龙蛇元首赞，墨妍环宇绣帘遮。

吞云吐雾宗张旭，洒脱恢宏步米家。

砚海泛舟怜奉献，浩然正气赤城霞。

文/心博

翰林如海难穷尽，史迹茫茫万里长。

艺不乏人华夏盛，术无贫者九州匡。

风云书画国中宝，萧墅先生儒里良。

旷古空前真绝品，包罗万象尽芬芳。

萧墅 著

云淡风轻

文/雲淡風輕（李秀英）

画卷三千藏馆内，诗书几万翰林中。
风云天下名人鉴，艺苑生涯玉篆丰。
墨宝五湖独树帜，佳文四海自凌空。
春秋轮换光阴逝，世代流芳岁月荣。

文/逍遥

风云书画有坤乾，陈列一城相见欢。
萧墅先生知大雅，挥毫泼墨写冰丸。
包罗万象苏辛句，旷古空前杜李篇。
纵览三山参五岳，群峰览尽再登峦。

文/開封

观景无须苦傍徨，赏珍天下一城藏。
翰书酣畅腾龙跃，史画恢弘走兽狂。
艺湛非凡博彩墨，术精盖世印名章。
馆呈万象长廊卷，赞颂百年雅赋扬。

文/piao

笔飞章罢记年华，墨染江山风景嘉。
雅引书斋生妙画，文寻艺苑烂天葩。
欧虞韵劲盈生气，郭昪工奇骚大家。
自有砚农歌稼穑，纸田义理锦成霞。

文/松針楓葉/劉天江

孜孜不倦苦耕耘，默默无声胜有声。
王圣张癫龙凤舞，颜筋柳骨鬼神惊。
风云图上鉴诸国，翰墨书中悯众生。
心血结晶三万件，弘扬传统仰尊名。

文/流雲飛鶴

萧墅飞霜神入画，女娲润土任人嘉。

风云长卷驰名鉴，翰海穷舟奋藻葩。

可染空前柴氏路，祢衡工后米芾家。

石头也历红尘记，宝玉当初未枕霞。

文/三劍客

文明国粹灿中华，淡墨丹青图茂嘉。

雅颂诗经寻妙语，文从骚赋绽奇葩。

墨池腾浪龙蛇舞，宣纸生风狮虎嗟。

赤县儿郎承祖训，艺坛百卉织虹霞。

文/三劍客（藏頭詩）

天仙受命散鲜花，下界风光传世嘉。

第次春秋华夏美，一邦万世护千家。

翰林聚士书香漫，史册求真司马嗟。

艺海泛舟龙凤舞，术精技妙弄虹霞。

文/憩園農夫

艺馆包罗藏翰册，拾遗朝野撰春秋。

光森稗史长庚暗，芒动青花牍简稠。

印鉴《风云》绝墅海，《中华松韵》盖名流。

巨幅百米神牛栩，库案可评唐汉侯。

文/梵天竹

舟行翰海鼓征帆，笔拓宣斋沃砚田。

三万丹青情盖世，一身正气势吞山。

神牛巨卷连千古，印鉴七十映昊天。

跬步持恒成大器，独擎史馆震文坛。

文/玉兒

笔蘸风云写大千，徽宣漫展似琼田。

佳思每遇接霜晓，宝印催成有笑颜。

不屑虚名惊宇内，但求斗酒作陶潜。

如今后辈程门立，此意拳拳争向贤。

文/恭喜

丹青翰史万千留，墨宝萧翁一统收。

巨作篇篇关卧底，精英日日慕城楼。

陶公往事编成册，屈子浓情化作秋。

天道酬勤修傲骨，飘香国粹绽风流。

文/怡心閣

泼墨挥毫中国风，龙翔凤翥妙无穷。

书林逸韵惊初月，画卷飘香掩古松。

淡写轻描皆迤逦，精雕细琢亦朦胧。

萧生一幅风云卷，巨服诸夷玺印红。

文/叢中笑【漁歌子】

泼墨成山水自流，劲松苍柏醉神游。

三万卷，一腔酬，凝结灵气绘春秋。

文/龍泉人【風入松】

萧翁钟意绘丹青，日日权衡。珍藏巨幅风云露，狂飙起，尽显豪情。七五名人印鉴，万千翰墨精菁。

百花开放艺坛荣，砚润精英。稀奇珍品留春驻，衷情付，翰墨飞鹏。唯盼青年承继，同辉国粹旗旌。

文/夜郎泉韵《憶帝京》

京都诗画龙蛇字。翰学语言天旨。万卷协风云，百印留蕲芷。独闯识从文，众授师名士。鸾凤舞、丹青垂史。德艺硕、凌云轶事。远古神牛，今朝生肖，品读萧墅芳华示。现代有奇才，热眼皆畅志。

文/吾華天光《憶江南》

萧墅绝，浩瀚画中天。一幅风云书画上，名人印鉴竞相连，胜却古先贤。

文/紫凝軒主《憶秦娥》

惊暗叹，紫毫玉管丹青现。丹青现，宛若蛟龙，翩若惊燕。风云叱咤震宵汉，如巨椽笔书长卷。书长卷，奇葩三万，后世开遍。

文/吾華天光《浣溪沙》

大漠黄昏塞外凉，孤鹰万里逐云裳，沙尘漫漫路茫茫。
画剑仰天长啸傲，中流击水玉含樟，浩然正气对沧桑。

文/南風【風光好】

馆深深，艺琳琳。巨作包罗万象歆，世人钦。风云留鉴蜚声处，名家顾。水墨交魂笔走心，尽传神。

文/流雲飛鶴《錦纏道》

翰史奇葩，七十五人名鉴。看神牛、月摩星激。包罗万象鸿蒙览。萧墅先生，致笔挥精湛。馆藏三万多，画魔垂范。管平湖、在天惊憾。落锦霞、一幅风云长卷，邀元首，绝世流芳滟。

文/輕舟《減字木蘭花》

馆藏雅韵，脱洒丹青魂志骋。
艺海扬澜，鹰击长空揽月还。
龙蛇彦俊，彩卷风云驰睿智。
翰墨飘冠，文苑奇葩耀宇寰。

文/輕舟《減字木蘭花》

弘扬国粹，凝结民族灵羽圣。
联缀辉颜，神工鬼斧慧登冠。
千年艺醉，华夏古今齐奏颂。
然浩神川，华宝飘香舞睿翩。

文/夏日青青草《臨江仙》

　　馆纳奇珍唯翰墨，萧翁三万丹青。凛然正气鬼神惊。附庸风雅，陋室亦关情。

　　冷雪醒魂名利淡，一生桀骜卓行。得缘仙隐第一城。琴棋书画，杯酒论输赢。

死去活来之后的感思寄语——

我深感可笑的是那些充当奴才的人们在自鸣得意中利用诱惑或逼迫手段来陷我也和他们一同为奴的"活"下去……

2012年5月18日周四凌晨三点二十分钟醒梦
随笔书录此一语 哲理诗文书画老人萧墅

我，笑不出声的七十多个春夏秋冬

奴才们结伙垄断了生活中的一切！而深感无能为力的是掳不去我无产者的灵魂……因此，奴才们在气急败坏中暴露出各不相同的丑恶嘴脸！有假装哭丧脸儿的，也有假装武灵豪气腾空状貌的，还有露出满面阴霾之气的。总之，这支装假部队人多势众而却毫无独自奋发向上独立自主的无产阶级精神思想！决没有革命思维的《认识论》，决没有辩证法观念发展轨道上的《语言学》之才智。只贯于道听途说鹦鹉学舌……无产者在此预料中以彻底放任思想心态回敬之——不与理睬！不与更多接触时间！不与施教！因为，留世文章《文化自救之路的宣言》已面世发表多年了……我而今大可省话、省力、省心的活在地球上了。身为人生这盘棋上的局外赢家，我无须乎与任何人对弈……正是：

老庄孙子数千年，
画龙点睛费参禅。
观品悟中见分晓，
我自不动亦岿然。

壬辰岁孟夏 哲翁萧墅

我以毅力压迫自身非毅力的本能行为！！！

（铭刻于北京朝阳区芍药居《萧墅文苑》门前的大理石上之语句）

壬辰岁初冬于冰天雪地自白也

中精外成者当代哲理诗文书画老人萧墅

我于七十多年的蹉跎岁月生活中百转千折，死去活来研习马列主义哲学始获我暮年生活与事业工作上的长足进步和发展。我随时在以其真理文字表述出的教益约束自己的生活工作言行！因此，哲学真理随时墩促着我从感性跨入到理性境界，所以不断强化自己在"认识论"和"语言学"该两方面严格遵循着真理逻辑轨道上发展生活与工作，因而始能摆脱来自全方面的困扰我发展人文事业的问题！我相对无数违反真理哲学主张的人们陷入的自然现象之网当中皆不能自拔的原因认为之，尽在远离和偏离真理原文指南这个问题上！因此缺乏"认识论"和"语言学"。更加是以主观狭隘见解下武断处理本就复杂的社会人们之间的矛盾问题，结果酿成人与人之间貌和神离状态，然而，马列主义学说恰在这一点上起着重要又关键的化腐朽为神奇的作用！令人们从这个误区警醒过来而不再自以为是聪明，甚至能沉静下来走向哲学探索道路上来，以至迅速的改变生活和改变了生活态度，从悲观转为乐观心态大长了向上发展的生活信心和工作干劲！我每当亲眼目睹到人们在宇宙观，世界观和人生观之观念上的改变到正确方面来的情形，我在发自内心喜悦为进步的人们祝福的同时，我也更加信仰马列主义哲学真理了！我在七十多年的平凡生活里正是如此迈动着灵魂的步伐，我就此可以十分自信地说："只有充实在头脑里的马列主义学说真知的人，灵魂步伐始令人有发展迅速的新生命！新生命向前飞奔而把一切惰性思想者抛在了新生命之后几万里之遥，令腐朽者必会深感望尘莫及"。我还可为新生命而以"奇迹"二字断言！正是："奇迹是从人的精神脚步下产生出来的，这精神就是孕育天才者的沃壤。尽可不信而不可不由之发生，发展到与历史并存"。我言至于此，查阅手机显示的年月日和写此短文的时间是2012年11月14日周三凌晨两点五十三分钟整。

我之所以要写这篇短文，原因在于这天上午将有帕菲克设计工作室来人给我送《云淡风轻》一书的清样来，这位编辑者正是在校对我文稿过程中接受了马列主义真理，而且有所改观的投入到真理文字中去了，我想进一步使之获得到更开阔的学术思想发展，所以，我不惜笔耕于宁静的夜空下作此笔陈之短文。说来《云淡风轻》一书是继我前之出版物《走近祖先文化》的第二册诗文散章集。这两部书皆写作编辑在香河县境内中信国安第一城里。我在第一城定居近四年之久了，城内的四合院区域有我设立的《萧墅文苑》，距文苑不远处还设立有我本人诗文书画作品的陈列馆——即《文卫翰史陈列馆》。我想，我年逾古稀的人文事业成就大抵就在于此了……

　　正是：

灰飞烟灭时，
曾经拥有之。
猛智行天下，
开尊面崦嵫。

萧墅 著

云淡风轻

后　记

诗文散章是中华民族的文根

　　我虽然是年过古稀的老人了，但是，我非常敏感学生开学典礼的日子，今天又是2012年的9月1日学生们开学典礼的日子，我一生都不会忘记这一天，因为这一天是人类令我从愚昧走向文明的起点！！！而且，我自幼年入学后直到今天虽然成为七十多岁的老人了，我都从未改变过在生活世界上做小学生的习惯！我愿意随时和小学生一样总能学到新的生活知识，其实，生活世界相对我说来正然如此——总有学不完的新的文化知识……

　　我身为老年人而却有小学生心态的活着决非是在说空话！因为，我着实的做到每日三省吾身了，从而深知唯诚笃可支天下这个道理。甚至于说来，我每天完成的中国小学生的作业，就是除我之外的其他大多数人们都做不出的作业——如不停笔的运用毛笔字写作微型字迹的诗文散章。今天说来，我所留下来的大量微型毛笔字的诗文散章已然收存在《文卫翰史作品陈列馆》中了。陈列馆中的大量作品证明我老汉甘当小学生之说决非是在说空话！我认为若想做成优秀的中国人而首先要会写会用中国字修写诗文，如果连小学生写作业的能力都达不到，如此做中国人不亏心吗？所以，我甘当一辈子小学生日复一日的修写诗文散章。并决定在2012年的年终以前把以《云淡风轻》为题的散文集出版问世，而且为配合这项工程还在《联合国问国会网络电视台》作出一期节目，其实这期节目内容就是由我向专访人查尔斯·李先生背读我积大半生所熟读的马列主义原文！！！当然也作出讲解和展示自己所写下的大量作业，这位美籍华人见识到我一切表现十分吃惊的赞口不绝。其实，我不过是在认真的做马列主义小学生罢了。说来，我的生活表现不仅使这位美籍华人吃惊，即使是日常接触我的大量生活中的人们，都被我认真做小学生的表现所震惊了！有一位司秋利先生为支持我的学习精神而送给我

萧墅　著

云淡风轻

一套近三百平米面积的楼房当工作室使用，这套楼房就座落在北京通州宋庄画家村兴惠园小区，我为答谢之而建造出一座木亭并称之为《擎翰亭》。总之，我在2012年9月1日开学典礼这一天把上述四件事均已做出基本成绩——这便是我老年人而不忘做小学生从事学文化知识的实况。

正是：

> 云野长空下，淡定索文辉。
> 风采隐萧林，轻然举重锤。

萧墅老人拟文于自家的《文卫翰史作品陈列馆》

天下第一城全景（我自二〇〇九年春定居此城内南三号院，自命三号院为《萧墅文苑》，此外另设有《文卫翰史作品陈列馆》——专陈我的诗、文、书、画作品。）

—— 萧墅

萧墅 著

云淡风轻

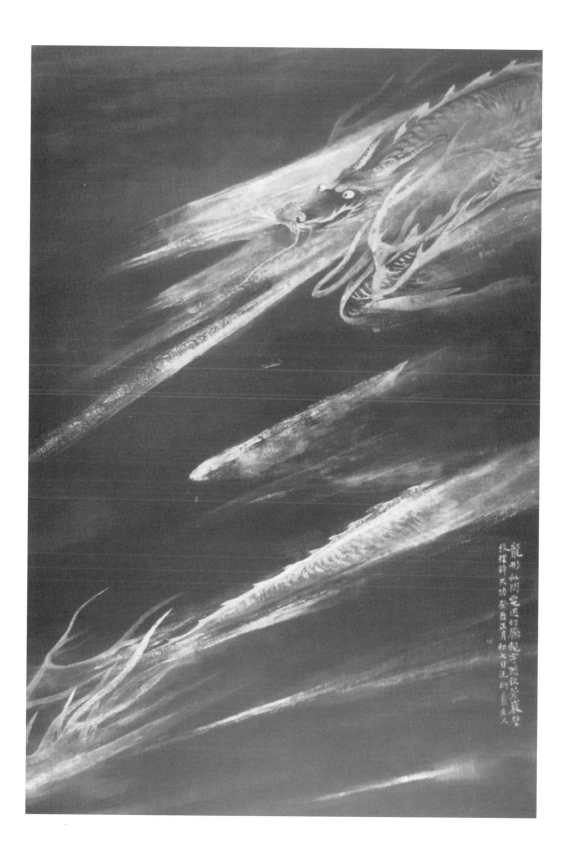

图书在版编目（CIP）数据

云淡风轻：回首仰天笑故史 / 萧墅著．
——北京：人民日报出版社，2013.1
ISBN 978-7-5115-1555-1

Ⅰ. ①云… Ⅱ. ①萧… Ⅲ. ①散文集－中国－当代②
诗集－中国－当代 Ⅳ. ①I217.2

中国版本图书馆 CIP 数据核字（2013）第 005822 号

书　　名：	云淡风轻　回首仰天笑故史
作　　者：	萧　墅

出 版 人：	董　伟
责任编辑：	韩　莹
封面设计：	帕菲克设计工作室
版式设计：	帕菲克设计工作室

出版发行：	人民日报出版社
社　　址：	北京金台西路2号
邮政编码：	100733
发行热线：	(010)65369527　65369846　65369509　65369510
邮购热线：	(010)65369530　65363527
编辑热线：	(010)65369511
网　　址：	www.peopledailypress.com
经　　销：	新华书店
印　　刷：	环球印刷（北京）有限公司

开　　本：	787mm×1092mm　1/16
字　　数：	220千字
印　　张：	21.5
印　　次：	2013年1月第1版 2013年1月第1版次印刷

书　　号：	ISBN 978-7-5115-1555-1
定　　价：	788.80元

ISBN 978-7-5115-1555-1

9 787511 515551 >

定价：788.80 元